民国军阀

非正常

死亡实录

聂茂 著

团结出版社

图书在版编目（CIP）数据

民国军阀非正常死亡实录 / 聂茂著 . -- 北京 : 团
结出版社 , 2023.4
ISBN 978-7-5126-9439-2

Ⅰ . ①民… Ⅱ . ①聂… Ⅲ . ①纪实文学 – 中国 – 当代
Ⅳ . ① I25

中国版本图书馆 CIP 数据核字 (2022) 第 096573 号

出　　版：团结出版社
　　　　　（北京市东城区东皇城根南街 84 号　邮编：100006）
电　　话：（010）65228880　65244790（出版社）
　　　　　（010）65238766　85113874　65133603（发行部）
　　　　　（010）65133603（邮购）
网　　址：http://www.tjpress.com
E-mail：zb65244790@vip.163.com
　　　　　tjcbsfxb@163.com（发行部邮购）
经　　销：全国新华书店
印　　装：三河市东方印刷有限公司

开　　本：160mm×230mm　　16 开
印　　张：21
字　　数：266 千字
版　　次：2023 年 4 月　　第 1 版
印　　次：2023 年 4 月　　第 1 次印刷

书　　号：978-7-5126-9439-2
定　　价：58.00 元

序言：历史的苍凉与时间的背影

人民创造历史，但历史由风雨和血泪写成。其中每一个苍凉的文字都充满战火、硝烟。无论历史积淀多少时间，过滤多少细节，积满多少灰尘，淘汰多少英雄好汉，只要你接近它，只要你轻轻地触摸或小心翼翼地打开它，你总能感受到一种扑面而来的气息，或沉默，或嚎叫，或哭泣，或呐喊；你总能感受到一种无可回避的虚幻和真实。它像一道虹、一扇门、一堵墙、一块石头，乃至一个毫无表情的老人，我们总能感受到它那"燃烧的宁静"和无处不在的阴影。在寂寞的午后，在黄昏，在落雨的晨光下，我们会自觉或不自觉地走进历史，置身于昨天的风暴中。

因为，忘记历史，就意味着背叛。

历史恰似埋在地下的莲藕，它由一节一节联结起来，每一节都有自己的特点和主题词。此时此刻，我们面对的是很近但又很远的一部分。我们面对它，犹如面对一所饱经风霜的房子。

19世纪40年代，英帝国主义用炮火轰开了清王朝紧闭的大门。中国几千年来的封建专制统治根基日渐瓦解，古老中华的国轮蹒跚却又坚定地驶入了到处都是祸乱和血腥的近代历史。

1911年，充斥着愚昧和腐朽的大清帝国在辛亥风云中轰然坍塌，取而代之的是中华民国。皇帝没有了，大大小小的军阀却为了各自利益，迫不及待地粉墨登场。他们中最大的窃据中央政权，小一点的割省霸市，再小一点的则拥武一隅，作威一方。军阀间争权夺利，你杀我砍，一时间将神州大地搅弄得支离破碎，乌烟瘴气，民不聊生。

总而言之，"中华民国"徒有其名。

学界一般认为，袁世凯称得上是中华民国的"军阀之父"，主要原因在于：一是他统领北洋军，这是军阀部队的前身；二是他当总统时有意将北洋军势力扩展至我国中南部；三是他崇尚武力，致力"政治军事化"；四是1914年他把各省都督改为将军，设立巡按使，牵制地方军队力量；五是他死后立即出现军阀割据。由此可见，袁世凯作为中华民国的"军阀之父"，可谓实至名归。

当然，中华民国军阀割据的形成有其内外客观原因。就外因来说，辛亥革命后帝国主义列强仍在中国寻找代言人，英、法、美、日等多方势力都在暗中角力，他们不断物色代言人并向地方军阀提供政治、经济和军事上的支持，大大加剧了民国时期军阀的势力膨胀。而帝国主义由于分赃不均进而挑起战争，导致中国战火纷飞、内乱不断。就内因而言，袁世凯死后，没有一支足够的力量能够统治整个中国，北洋军内部的派系争斗由来已久，各地有实力的人物各自为政，积极扩充势力范围，一言不合就开打，而各省的地主与绅商，往往也有自己的势力范围（包括地方武装），他们与各地军阀结成利益同盟，为军阀混战出力助威。

因此，某种意义上说，20世纪上半叶的军阀混战史，就是一部民国祸乱史，就是一部各领"风骚"三五年的小丑表演史，就是一部中华民族的血泪史。半个多世纪过去了，不可一世的大小军阀早已被历史的尘烟掩埋得踪影全无。然而，这些"末日枭雄"祸乱中国数十年，在整个民国时期的政治和社会舞台上占有显著位置。他们用刀光斧影在民国史上写下的黑暗和罪恶是任何风雨和漫长岁月都打磨不掉的。

1925年，吴佩孚发动反奉战争，点燃了战火。翌年，张作霖在日本势力的介入下挥师入关，冯玉祥退至昌平防守，奉系占领京城。张作霖借吴佩孚联合之力，将冯玉祥赶至绥远。成事后，吴佩孚没有得到好处，心存不满。

不久，蒋介石发动北伐战争，吴佩孚、孙传芳等被击败，阎锡山、冯玉祥等加入国民革命军。张作霖见势不妙，退往关外，被日本关东军炸死。张学良愤而易帜，接受国民政府领导。北洋军阀完全退出历史舞台。

而此时，南方的滇系、桂系、粤系和亲近孙中山的势力在"两广"争斗。湘系、川系也在地方作乱。护国战争后，黎元洪任命陆荣廷为广东督军，原广东督军龙济光不愿退位。陆荣廷派旧桂军进攻，击败龙济光。后因不满黎元洪和段祺瑞，陆荣廷宣布"两广"自立。

蔡锷去世后，唐继尧接掌滇系，与川系军阀时有摩擦。1918年4月，滇系和桂系排挤孙中山，爆发内战，旧桂系逮捕滇系将领张开儒、枪杀崔文藻，将滇系军队逐出广东。不久，直皖战争爆发。旧桂系发动第一次粤桂战争，被粤系陈炯明和许崇智击败。1921年6月，旧桂系发动第二次粤桂战争，再次战败。旧桂系由此分裂，李宗仁和白崇禧崛起，成为新桂系。

1923年，孙中山联合滇系杨希闵部、桂系刘震寰部及部分粤军，讨伐陈炯明，再任大元帅，开办黄埔军校，组成国民革命军。1925年起，蒋中正扫除广东内的反对势力，两次攻打陈炯明，歼灭杨希闵与刘震寰。

孙中山逝世后，滇系唐继尧支持陈炯明，欲与新桂系联手反粤，遭李宗仁拒绝，唐继尧组成川黔滇联军攻打滇系，遭败。新桂系与广州国民政府结盟。北伐后，国民革命军击败湘系与闽系军阀，黔军也接受国民革命军改编。川系刘湘也归入国民政府。1928年，滇系龙云推翻唐继尧，击败胡若愚，也归顺蒋介石，至此，西南军阀割据结束。

据不完全统计，仅1926年至1928年两年间，全国1300个大、小军阀打过140多场大、小战争，千疮百孔的中华大地烽火连连，战火纷纷，无数鲜活的生命倒在黑暗的泥泞中，令人扼腕痛惜！

　　在研读历史的过程中，我被一个残酷的事实吸引住了：民国时期的大军阀们，虽然他们生前呼风唤雨，显赫一时，却居然有二十几个死于非命，未得善终！稍稍归一下类，就不难发现，他们中有被刺杀的，比如张作霖、张敬尧、孙传芳、张宗昌、徐树铮、王文华、杨增新、李生达、谭浩明；有被处决的，比如韩复榘、陆建章、石友三、王天培、杨宇霆、郭松龄、刘珍年；有被毒死的，比如吴佩孚、赵秉钧、刘湘；还有自杀的，比如阎相文、李纯，等等。

　　军阀们拥兵自重，权倾一时，威震四方，竟有这么多人不得善终，是偶然现象，还是因果报应？这是值得研究的。

　　掀开盖在历史簿上的玄色陈衣，我们意识到，这背后一定有着错综复杂的政治、经济、社会、军事等各个方面的因素。

　　当我们逐个去探究这二十几个军阀的生平事略和所作所为时，我们不仅渐渐弄清了他们死于非命的前因后果，而且还有了新的发现。

　　就死于非命的原因而言，这些军阀大多印证了"多行不义必自毙"之俗说。尽管军阀们势大权大，但改变不了他们因作恶多端而铸成的人生悲剧。

　　这些军阀有的成了政治斗争的牺牲品。例如赵秉钧，他是袁世凯的头号爪牙，官至直隶都督兼民政长，地位不可谓不隆，权势不可谓不大。但由于他刺杀国民党代理理事长宋教仁一事做得不干净，让国民党追查到了袁世凯的头上，袁世凯为了保住自己的权位，就毫不犹豫地"烹"了这条"走狗"。

　　也有成了军事失利的替罪羊者。例如韩复榘，当丧心病狂的日军汹涌南下时，蒋介石要他在山东守住黄河；而他与蒋介石素有矛盾，又恨老蒋撤走李宗仁调给他的炮兵，一气之下一枪未放就下令全军后撤，致使日军轻易突破黄河天险，直指中原，使抗战形势骤然严峻，最后被气急败坏的蒋介石给枪毙了。

还有的死于冤冤相报。比如徐树铮，他于 1918 年枪杀了直系军阀陆建章，而陆建章是冯玉祥的姑父。1925 年，冯玉祥当上了国民革命军总司令，兵力有数十万之多。他念念不忘杀亲之仇，命部下设计将徐树铮枪杀于廊坊车站，报了一箭之仇，如此等等，不一而足。

至于我们新的发现，则在于对这些军阀的认识和看法上面。说起军阀，人们对其普遍印象不外乎是凶恶残忍，嗜杀成性，胸无点墨，粗野张狂，是地地道道的"混世魔王"。然而，当我们在细细研究军阀们的身世和事略后，我们认识到对他们不能简单地一概而论。虽然，我们无意为某个军阀唱赞歌，但正如十指长短不齐一样，军阀们的层次高低亦各不相同。

事实上，无论在政治表现上，还是在社会生活上，军阀们都存在较大的差异。即使是同一个军阀，在不同时期也有不同的表现。

比如奉系军阀郭松龄，他生活简朴，治军严谨，心怀大志。起初，他跟着张作霖不明不白地干过不少蠢事，但当革命形势发展时，他同情革命，倾向进步，最终扯起了反奉大旗，与那些反革命、仇视工农的军阀有着明显的区别。

又如吴佩孚，他在大革命时期双手沾满了工农群众的鲜血，是名副其实的反动军阀；但他在亲眼看到日本人炮轰蓬莱阁，将我中华名胜毁于一旦时，他义愤不平，喊出了"何日奉命提锐旅，一战收复旧山河"的豪言壮语；吴佩孚失势之后，日本人数度拉他出山，但他死活不愿意为日本人出力，不久竟惨死在日本军医的手术刀下。

诚然，一两个军阀表现出来的进步，一个军阀所做的一两件代表人类进步的好事，并不能改变军阀这个群体的反动本质，更不能掩盖军阀们对国家和民族犯下的滔天罪行。只是，我们用历史唯物主义的观点来全面地看待问题，可能显得客观、公正些。

正因如此，我便将研究结果和发现用自己笨拙的笔写了下来，断断续续地写成了这本书。由于时间仓促，对我们有用的史料有限，我只完成了21个死于非命的大军阀的写作计划，还有6个大军阀和其他小一些的军阀都只好遗憾地放弃了。

窥一斑而知全豹。倘若读者能从中读出一点有教益的东西来，那就是我们莫大的欣慰了。

目录

第一部 刺杀

第二部 处决

第一部 刺杀

第一章　追命"一品香"

——黔军总司令王文华之死

闪电，总是在暴风雨来临之前。

老天，快快让时间停止吧。

看！子弹呼啸着，击中了谁的心脏？

1921 年 3 月 16 日，大约是下午 5 点的样子，一个 30 岁出头的高大男子从"一品香"旅馆里走了出来。

他似乎有某种预感，刚一出大门，他就停了下来，机警地往周围看了看。可是，除了发现一个蹬三轮车的老汉外，并没有发现周围有什么异常情况，他松了一口气，脚下突然发力，向十步开外的一辆轿车奔去。

高大男子左手拎着公文包，右手抓住车门的把柄，正要拉开车门上车。

"砰"的一声脆响，有人躲在不远处的木楼上向他开了一枪。

男子"啊"地尖叫了一声，他左臂中弹，公文包落在地上。但他顾不上包了，急忙拉开车门，本能地转身，往开枪的方向看了看，急急地想钻进车里。

然而，就在他转身的一瞬间，"叭叭！"枪声又响了起来，他的胸部连中了两弹，翻身往车内一倒，血流如注……

这个被枪击的高大男子正是在上海休假的黔军总司令王文华。

"王文华被刺杀！"

这消息像插上了翅膀，一时间，整个上海滩都轰动起来。

神秘的贵州客

上海英租界内有一家高档次的旅馆，名叫"一品香"。"一品香"坐北向南，是一座有着三层楼房的四合院式建筑，东边一幢是食堂、宴厅和店主及侍役的住房，南、北、西三面则为客房。由于地处偏僻，档位又高，"一品香"旅馆的生意比较清淡。

1920 年 11 月初的一天上午，一辆气派的轿车在"一品香"旅馆门口停了下来，车上走下了一高一矮的两个人。

高个子身穿长衫，留着西式短发，两眼炯炯有神，似乎很有点来头，他提着个公文包走在前面；后面那位矮个子则吃力地提着个大皮箱，西装革履，戴着副眼镜，一脸阴郁。

两个人走进旅馆，唤来老板，要了北幢三楼西头的两间上等客房，付了点定金，看样子是要准备住上几个月的。

那时候，上海真正是个鱼龙混杂的地方。达官贵人，兵匪流氓，妓女赌棍，闹哄哄的，要什么人有什么人。

"一品香"的老板虽是个本地人，也有点家势，但他知道有些人还是惹不起的，故从不多管闲事。来者都是客嘛，因此，只要付钱，谁都可以入住。

眼前的两人来势不凡，老板吩咐茶房侍役小心服侍他们，吩咐完后，自己便上楼逗姨太太去了。

令人奇怪的是，高个子包了房间却并不住店，而是让显然是他的随从或者幕僚的矮个子在这里过着奢华糜烂的生活。不过，他三天两头到旅馆里来，和矮个子聊天、下棋，有时还关起门来半天没有响动。偶尔也在这里睡上一两个晚上，给人一种神秘感。

幸亏"一品香"的老板是个地地道道的小市民，他没有打探这两位来

王文华

客的来历。要不然，他可就没有闲情逸致去逗姨太太了。

原来，这两个客人可不是一般的人物，"一品香"的老板如果知道了，一定把眼睛瞪得像患了甲状腺的病人似的：高个子是黔军总司令王文华，矮个子则是王文华的高级幕僚双清（字子澄）。他们是前不久由四川偷偷来到上海的。

别看他们两个表面上一副很悠闲的样子，其实此时的他们正在焦急地等待着什么。

早在年初的时候，黔军少壮派首领王文华指挥黔军入川参加"讨伐"熊克武的战争，唐继尧趁机拉出黔军元老派头领刘显世，策划撤掉王文华黔军总司令的职务。在当时的混世，先下手为强比等待时机更有效。

1920年10月，老谋深算的熊克武大败少壮派王文华。灰头土脸的王文华在四川立不下脚了，想回贵州，但又怕自投罗网。经过一番思量，不甘失败的他另寻目标，决心与伺机搞掉他的元老派较量一番。

王文华是刘显世的外甥，他和哥哥王伯群都是由舅父一手抚养成人的。因此，尽管他恨死了刘显世，计划发动政变将他赶下台，但他还是不好亲自出面。于是，他找来心腹进行了一番周密的布置之后，便向刘显世请假三个月，由重庆来到了上海，并遥控重庆方面的事情。

王文华向刘显世发动政变的日子定在 11 月 11 日。

从当天起，王文华一直待在"一品香"双清的包房里等待政变消息。

11 月 13 日，双清急匆匆地从外面回来，他悄悄地关上房门，递给王文华一张报纸，掩盖不住内心的兴奋说：

"王总司令，刘老贼（刘显世）下台了！"

王文华从沙发上跳了起来，一把夺过报纸，边看边念：

"……11 月 11 日夜，代理黔军总司令卢焘指挥旅长谷正伦、何应钦等发动政变，郭重光、熊范舆被杀，刘副帅（刘显龙——作者注）通电辞职……"

报上还载有贵州省议会推举王文华为省长的消息。

"王总司令，啊不，我应该叫您王省长了。"双清高兴得难以自抑，好像自己坐上了省长宝座似的，高声说道："我要服务员拿一瓶红酒来，咱们好好庆贺一下。"

"双清啊，别急嘛。"谁知，王文华并没有想象中的那么得意。相反，他显得心事重重。他背着双手，在房间不停地踱步，眉间暗结高高地隆起。双清见王文华这番模样，既不解，又不安。

事实上，王文华并不是一个草莽之人，他虽然有着强烈的野心，但是，很能审时度势。他深知，现在逼刘显龙下台的目的已经达到，潜在的危险也随之浮现出来。

王文华犯难之处在于：若回贵州出任省长，就难避"以甥逐舅"和"以下犯上"之嫌；然而，若不回去，他的出路又在何方？

"要不，请令兄过来商议一下？"双清在一旁试探性地问了一句。

"你去请他一下。"王文华答道。

此时，王文华的哥哥王伯群住在上海租界静安寺路的私宅中，离"一品香"旅馆只有两里来路。王文华来上海后一直住在哥哥家里，并常在那里会客。

政变发生的第三天，也就是王文华看到报纸的当天上午，王伯群在双清的带领下，匆匆来到"一品香"旅馆商议大计。在舅舅和弟弟之间，王伯群当然偏向弟弟，但他认为王文华回贵州弊多利少，便建议他去广州找孙中山，一则去取得孙中山的信任，二则暂避嫌疑。

"好，就这么定了。"王文华听兄长说得有道理，便准备下个月南下广州。

仇人汇聚北京

自辛亥革命以来，王文华就有一个得力助手一直与他共事，这名助手叫袁祖铭。

袁祖铭生得人高马大，小王文华一岁，很能打仗，重江湖义气，结交很广，他的拜把子兄弟遍及大江南北。

1917 年以来，袁祖铭在川战中屡立战功，声望渐高，不久便被升为黔军第二师师长。

王文华与袁祖铭本来相处得很好。但是，刘显世为了排挤王文华，有意挑拨他们的关系。而袁祖铭野心很大，所以甘心为刘显世所用。

1920 年黔军回黔时，王文华就对已具二心的袁祖铭极不放心，便将各团归还旧制、统归总司令部指挥，袁祖铭成了光杆师长，心情之抑郁可想而知。

王文华带着参谋长朱绍良、幕友双清等到上海后不久，有职无权、无所事事的袁祖铭也来到了上海散心。

袁祖铭

    袁祖铭住在表弟何厚光的家里。何厚光乃帮会中人，特别喜欢财钱，袁祖铭对他时有接济，因此，表兄弟间关系极好。

    对表哥的到来，何厚光很不理解，粗声粗气地问道：

    "表哥，你身为师长，怎么有空闲到我这穷地方来了？"

    "表弟，你不知道，我这个师长现在是个空架子了。"袁祖铭摇头叹气。

    "怎么回事？"何厚光更不明白了。

    "事情是这样的……"袁祖铭把来龙去脉向表弟说了个一清二楚。

    何厚光还未听完，便气呼呼地站了起来：

    "王文华这小子我认识，我看见他已经来上海了。表哥，我找几个弟兄把他干掉，为你出这口恶气！"

    袁祖铭摆摆手，说："他是我的上司和朋友，我怎么能这样做呢？"

    "他不仁，我不义嘛。"何厚光劝道，"这兵荒马乱的年头，太忠厚老实是干不成大事的！"

    其实，袁祖铭就是为了找王文华算账才来上海的，只不过他觉得自己尚且势单力薄，下不了决心而已。与其说，他来看望自己的表弟，不如说，他是来求表弟帮忙的。这些年，自己时不时地接济表弟，从未开口求他办什么事。现在这麻烦事他能搞定吗？袁祖铭不知道。

"表哥，你的事就是我的事。"何厚光突然目露凶光，说，"谁要跟表哥你过不去，我就让他在地球上消失！"

"别鲁莽。得好好商议才是！"袁祖铭说。

实际上，袁祖铭是个有心计的人。来上海后，他自知逃不过王文华的眼睛，便经常主动去王伯群家与王文华、朱绍良等闲扯、下棋，以麻痹王文华等人的防人之心。

一天晚上，袁祖铭与何厚光在街上游荡，前贵州省议会会长、老乡张彭年突然出现在他们面前。老乡见面自然要亲热一番，三人便走进一家茶馆聊了起来。

都是贵州的头面人物，自然最关心贵州的时局，不久，话题就到了王文华的头上。

"袁将军，我们有家难归，流落上海，王文华这小子真损啊！"张彭年气愤地说。

"是啊！不过……"袁祖铭装模作样，故意欲言又止。

"去年，我那做财政厅长的哥哥因为与刘副帅交往甚密，王文华又是要逼他清算欠饷，又是造谣中伤，并扬言要知趣，否则死无葬身之地，硬是逼他服毒自杀。后来，这狗日的连我也不肯放过，想想真心寒啦，我只得远走他乡……"

张彭年伤心地提起旧事。

何厚光也听说过张彭年的哥哥张协陆被逼自尽的事，听到张彭年旧账重提，便怂恿他说："有仇不报非丈夫，我表哥也受了他的气，你们不如联手干掉他吧！"

"王司令活活逼死你亲哥，的确是狠毒了点。可惜我人微言轻，想制止都制止不了啊。"袁祖铭不露声色地说，又好言好语安慰张彭年一番，令头脑简单的张彭年大为感动，恨不得立即动手，干掉王文华才好。但是他知道，袁祖铭不同意他们贸然行事。

"袁将军，听说王文华要倒向南边，我们去北京找刘显治商量商量，争取北京政府的支持吧！"

张彭年所说的刘显治是刘显世的胞弟，时任贵州驻京代表，国会议员。

"对，我们去看看刘显治的态度！"袁祖铭心底一亮，终于下定了决心。

12月初，袁祖铭、张彭年、何厚光秘密来到北京。刘显治正对王文华威逼胞兄下台之事恨得咬牙切齿，于是，四人计议一番，决定一面向北京政府报告王文华倒向孙中山一事，一面派何厚光回上海组织人暗杀王文华。

死刑密令

一天晚上，"一品香"旅馆的茶房领班在各客房查看了一遍后，回到自己的房里，正准备上床休息，突然有人敲门。

门开了，进来两个陌生人。陌生人一声不吭，只拿眼睛死死地瞪着领班。

领班以为碰上了强盗，吓得瘫在地上，战战兢兢地说："先生，不，不，大爷找、找小人何事？"

"大，大爷，你们这是干什么？"

"给你的！"其中一人终于说话，而且还不算凶。他拿着一把钞票在手中抖了抖，脸上露着捉摸不透的笑容。

"小人不敢要。"领班哪里还敢要钱，他颤抖个不停。

两人见领班被吓得差不多了，便语气轻缓地说："起来，我们是来要你帮忙的。不过，除非我们叫唤，你不能打搅我们，更不能让外人知道！懂吗？"

"小人明白！"

"去吧！"

201、202 两间客房临近马路，一般人都嫌吵闹，一直空着。领班见这两人要包这样的客房，而且还给自己赏钱，明白他们定有阴谋。但他死也不敢得罪这两个恶神凶煞，只得按吩咐照办了。

这两人都是青帮流氓，一个叫张克明，一个叫石忠卿，他们是来"一品香"旅馆执行一项"死刑密令"的。

茶房领班虽不敢多管闲事，却抑制不住好奇心，时时刻刻注意张、石两人的动向。他发现，两人虽订了两个房间，却挤在 201 房里，从没去过 202 房间。更奇怪的是，这两人与别人不同：白天住房，晚上反而不明去向。

何厚光在北京接受了刺杀王文华的任务之后，立即潜回上海。由于他和王文华熟悉，自己不便动手，便高价雇来了专业杀手张克明和石忠卿，指使他们住进"一品香"旅馆，摸清王文华的活动规律，伺机下手。而何厚光自己则躲在对面的四马路小花园"协记商栈"。

张克明、石忠卿受雇后，白天躲在 201 房里，通过窗户严密监视马路上的情况，等待着王伯群家的小轿车出现。

奇怪的电话

王文华和双清住进"一品香"时曾跟店主打过招呼，要店主对他们的包房绝对保密。因此，除了王伯群、朱绍良等几个人外没谁知道他们的住址。

然而，就在张克明等住进 201 房后的第二天下午，双清房子里的电话竟突然响了起来。

王文华此时已去广州，王伯群、朱绍良知道此事，于是他们都不可能在此时打来电话。

双清觉得奇怪，会是谁呢？接过电话，他小心翼翼地问：

"你是谁？"

对方犹豫很久，半晌没有说话，双清气得挂断了电话。

过了半个小时，电话铃又令人不安地响了起来。

双清操起话筒吼了起来："你是谁？要说什么？"

"小声点，请小声点！"对方突然这样要求他。

双清听后，觉得对方似乎有要事相告，便压低声音：

"请讲，我这儿没有别人。"

"王将军在吗？请你提醒他，有人要害他。"对方很紧张。

"啊？你是谁啊？"双清心里陡然抽搐一下，仿佛自己的脖子被架上了刀子似的，感到胸口掠过一股冷气。他见对方不吱声，便说："谢谢你的提醒。"

对方欲说未说，双清却能听到其粗重的喘息声音，双清的手在发抖。他意识到这个消息十分真实，因为真实，所以他害怕。

"你为什么不说话？"过了好一会儿，双清忍不住，还是问了一句。

"别问了，有人在盯着我，再见！"电话挂断了，传来一阵"嘟嘟"的忙音。

有人要暗杀王文华，这是双清意料中事，因为早几天曾有几位贵州同乡也在街上提醒过他。可是，他觉得这一次情况不同，打匿名电话的人似乎知道内情，而且，听口气似乎刺客已在行动了。

双清越想越觉得可怕，刺客在暗处，自己在明处，王总司令若回到上海，问题就麻烦了。心一急，他便风风火火地去了王伯群家。

王伯群听了双清汇报之后，也觉得事态严重。他立即找来了自己的朋友李元著，打探一些情况。

"事情很急，你一定要帮我查查！"

李元著曾在青、红两个帮派里混过，对两帮的情况非常熟悉。他认为刺客肯定是青帮里的人，而且打匿名电话的人肯定跟刺客熟悉。

这个电话会是谁打的呢？李元著决定先查出打电话的人。

可是，在偌大的上海寻找一个不知姓名的人，难度不亚于大海捞针。精明过人的李元著分析：此人知道内情，一定是青帮中的人；此人关心王文华的安危，一定是贵州人，而且受过王文华的恩惠。顺着这种思路去分析，去思考，他的目标范围越来越小。

然后，李元著利用过去的关系，一个个查找青帮里的贵州人。

果然不出所料，5 天之后，打匿名电话的人找到了。

不过，这个人只说了刺客准备在"一品香"到静安寺路的途中行刺，其他相关事情则死也不肯开口。

"王司令曾经帮过你，现在王司令有难，你就不能帮一帮吗？"李元著不满地说。

"老兄，王司令当年给了我一口饭吃。我就把最早知道他遇险的事情告诉你们了，也算是对得起他啦。"这个人坦率地说，"我是一个知恩图报的人，但帮忙要量力而行才是。对不对？"

"你告诉我刺客是谁总行了嘛。"李元著还是劝说。

对方忽然一笑，说："咱们都是在场子上混的人，连这点规矩都不懂吗？我要是说出刺客姓名，让王伯群先下了手，我自己岂不就活不成了？"

说罢，双手抱拳，掉头走掉。

李元著无奈，只好请王伯群劝说王文华回上海后改住旅店，以防不测。

枪声终于响了

日子慢条斯理地从日历本上消失，枪声则在暗处越来越近。

双清、王伯群等人熬过了半个来月后，终于到了 1921 年元旦。在颇有喜色的新年第一天，王文华兴致勃勃地从广州回到上海。

王文华在广州不仅受到了孙中山先生慰勉，而且还接受了一项重要任务：劝说浙江督军卢永祥支持孙中山。

王伯群设宴为王文华接风洗尘，李元著、朱绍良、双清被邀作陪。

席间，双清急不可待地告诉王文华，说有人要害他。

王文华哈哈一笑，大手一挥道："别扫了大家的兴，我王文华没做什么亏心事，谁来害我？"

王伯群很严肃地说："华弟，双清说的是事实。你逼死张协陆，赶走舅舅，架空袁祖铭，他们能放过你吗？"

"他们？现在都成了流浪汉，能奈我何？"

王文华恶狠狠地吃了一口大肉，美美地嚼着，嘴角沾满油腻。显然他根本不把所谓的危险放在眼里。

"王司令，我们都替你捏一把汗，你不要掉以轻心。我告诉你，有确切证据表明：不仅有人要害你，而且他们已经做好了准备。"

李元著说完，便将匿名电话一事详细地告诉了王文华。

见大家都这么说，王文华的脸色凝重起来，看来，他不相信也得信了。但是，他嘴上还是很硬："我在广州算过命，算命先生说我'应该水里死，不会岸上亡'，我不下水就行了。"

李元著曾是黑道中人物，对黑道盯人方法了如指掌。他建议王文华以后不要坐王伯群的小汽车，因为刺客不认识王文华，但应该认识王伯群家的轿车。

王文华拗不过众人，以后去"一品香"旅馆总是坐黄包车。

两个月过去了，一切居然风平浪静。

李元著估计得没错。

张克明、石忠卿两人带着望远镜和手枪在"一品香"201房里待了两个多月，他们一直在盼望着王伯群家那辆轿车出现。由于王文华改坐黄包车，而且也不常来"一品香"，张、石两人失望极了。他俩闹不明白：难道王文华回贵州去了不成？

1921年3月16日，王文华在哥哥家闷得慌，便早早地来到"一品香"自己的包房里跟双清下棋。

过了两个月提心吊胆的日子，王、双两人玩得特别开心，不知不觉到了下午4点多。

突然，王伯群来了电话，说："李协和（烈钧）和卢小嘉（卢永祥的儿子）来会你，说有要事商量，请在旅店等候。我差汽车去接你，这样比较快些，你以为如何？"

两个多月过去了，王文华毫发未损，他觉得坐一回汽车也无妨，便答应说："也好。"

卢小嘉是代表父亲来和王文华谈判的。

王文华一想到孙中山先生交给他的任务，哪敢怠慢，放下电话，抓起公文包就往外走去。

虽然过去了两个多月毫无收获，但张克明和石忠卿在何厚光的钞票督促之下，丝毫没有放松对"一品香"门外来往汽车的监视。

这天下午4点50分左右，张克明突然兴奋地叫了起来：

"终于来啦！"

石忠卿赶快拿出手枪站到窗户边。

然而，王伯群的汽车停稳之后，却并没有人下车。

石忠卿差点泄气了，张克明却满有信心地说：

"耐心点，做好准备！"

果然不到10分钟，一个身材高大的青年人出来，而且奔向汽车，准备上去。石忠卿二话没说，扣动了扳机。

王文华中弹后转动了身体，仰头朝身后望来，胸脯正对着张克明的枪口。

张克明见状大喜，毫不犹豫地又连开了两枪。王文华应声便倒，随即被人拖进了车内。

双清听到枪声，大叫一声"不好了"便急步下楼。

然而，待他来到旅馆门口时，王文华以及王伯群的汽车早已不见踪影，他立即租车前往静安寺路。

双清气喘吁吁地走进王伯群家，里面乱哄哄的，哭声一片。

"完了！"他无力地哀叹一声，瘫坐在地……

第二章　车站疑案

——"狗肉将军"张宗昌之死

津浦车站上的疑案

历史总是不露声色地进行，等待某一刻的玄机，玄机来了，历史便在那一刻凝固成一个突起。

1932 年 9 月 3 日下午 5 点 55 分，天气出现少有的闷热。车站上人流匆匆，由济南开往天津的特快列车再过 5 分钟要发车。

正在此时，前山东军务督办、直鲁联军头子张宗昌在山东军政官员的陪同下，向这列快车的一节头等车厢走来。他让自己的参谋长和经济处长刘怀周及两名卫士先行上车，自己则跟送行人员一一握手之后才攀上车门。

上车后，张宗昌转过身来，站在车门边，颇有风度地举起右手，再一次向送行的人群招呼告别。

突然，一位青年从人群中抢先一步冲出，举枪对准张宗昌，大声骂道："我打死你这个王八蛋！"同时扣动扳机。

然而，枪没有响。

张宗昌吓得失魂落魄，扭头就往车里躲。

那青年与一个中年汉子箭一般地追上了车。

事情太突然了，送行的人们竟一时没反应过来。

张宗昌在前没命地跑，青年和那中年汉子则在后面拼命地追。张宗昌

张宗昌

的卫兵则跟在青年和中年汉子的后面追截他们。

不巧，中年汉子不慎摔了一跤。张宗昌的卫兵没有理睬他，从他身上跳过去，紧追着那个持枪青年。

中年汉子落在最后。

不一会儿，张宗昌跑到了车尾，眼看无路可走便纵身跳车。青年跟着跳了下去，举枪又打，枪还是没响。

张宗昌的卫兵气喘吁吁，不顾一切地在后面向青年开枪射击。

糟糕的是，青年被铁轨绊倒，子弹呼啸着从他的头顶飞过。

正在这紧急关头，中年汉子此时也追了上来。他突然出手，接连几枪将张宗昌的卫兵打倒几个。

大家没有想到的是，此时停在十股道有辆兵车。兵车上的士兵听见枪声，竟不知何故，连忙开枪射击。

子弹雨点般地向这边袭来。

那青年因为猛摔了一跤，手枪居然被摔响了。他一个翻身爬了起来去追张宗昌。然而此时张宗昌已被乱枪扫倒在铁轨上了。

青年毫不犹豫地冲上前去，向张宗昌接连补开两枪，然后跑回站台，大呼：

"大家别慌。我是郑军长的侄子郑继成，我不会滥杀无辜，我只是为叔父报仇！现在仇人已死，我马上投案自首！"

中年汉子也跟着高叫："我是郑继成的卫士，也就是郑金声被枪毙时的随从，陪绑者陈凤山。现在，我既是为郑军长报了仇，也是为个人报了仇！"

不一会儿，车站军警赶到。郑继成和陈凤山主动放下枪，被押送到地方法院。

没过几天，张宗昌被杀、郑继成报仇的消息传遍了山东。郑继成成了人们心目中的英雄，各民众团体、社会组织纷纷向南京发出请求特赦郑继成的电报，说张宗昌祸国殃民，通缉令尚在，人人得而诛之。

据说，当时隐居在泰山的冯玉祥还叫人收集材料，将郑继成的生平事略和报仇经过印成小册子，广为散发……

不久，南京的特赦令来了，郑继成大摇大摆地走出了看守所。

然而，细心的人发现了疑点：张宗昌受的致命一弹是步枪子弹，而郑继成拿的却是手枪；再者，张宗昌逃跑，郑继成摔倒时，兵车上的士兵开枪射击，而张宗昌倒卧铁轨，郑继成起身扑向兵车时，兵车上的士兵又停止了射击，难道这是偶然的巧合吗？即使如此，那步枪子弹又作何解释？

显然，在郑继成为叔父报仇的背后应该隐藏着很多令人惊骇的谜团。

从日本回来以后

张宗昌是依靠奉系军阀发迹的。

1926 年，张宗昌被张作霖任命为山东省军务督办之后就成了"山东王"。

张宗昌

　　张宗昌这个人的罪行可以说罄竹难书。他既有"义威上将军"的头衔，又有"狗肉将军""长腿将军"的绰号。而他最闻名于世的则是，他说他"不知自己有多少兵，也不知自己有多少钱，更不知道自己有多少姨太太"。

　　有一次，张宗昌强奸了人家的闺女，受害者对他无可奈何，只能忍气吞声。后来，一位相当有地位权势的人批评他不该干这种伤天害理的事，他竟无耻地说："闺女大了就该嫁人，留在家里干什么？"

　　因此，张宗昌激起的民愤特别大。

　　1928年4月，国民党进行二次北伐，张宗昌的主力在徐州一带被歼灭。

　　同年秋，他见大势已去，便带亲信逃往大连，过寓公生活。

　　但是，张宗昌野心不死，总想夺回失去的天堂。1929年，他又拼凑部队向山东进攻，遭到胶东刘珍年部毁灭性的打击，他只好只身逃亡日本。

　　"九一八"事变之后，张学良率部退驻关内，屯兵北平。张宗昌认为东山再起的机会来了，便急忙于1932年初潜回北平，找到张学良。

　　因为张宗昌与张作霖有八拜之交，张学良对他很客气，给他提供住所，供应开支。可是，张宗昌的目的是重回山东，他岂肯在酒肉之中"虚度年华"。

张宗昌首先在北平打出一个"总司令"的招牌，开场办公，招引旧部。然后，他又派出心腹暗探到山东去探听虚实。

一天，山东省主席韩复榘的特别侦谍队抓住一个正在市政府刺探情况的中年人，此时韩复榘正在跟蒋介石闹别扭。他怀疑此人是南京派来的军统特务，便决定亲自审问。那时，很多人知道韩复榘审案的特点：先对犯人定睛看一两分钟后，若他用右手向下一捋，再向右边一伸摆，犯人就完了；若他用左手向上一捋，向左边一伸摆，犯人就没事。

这个被捉的中年人也知道韩复榘这个审案特点。他心惊胆战地立在韩复榘的面前，偷偷地观察韩复榘的手势。

两分钟后，这个人见韩复榘的右手往下一捋，便吓得"扑通"一声跪在地上，大叫："韩主席，别杀我啊！我跟你说实话，我是张宗昌手下的人！"

韩复榘一听，正要往右伸摆的手停住了，瞪着眼睛问："什么？你是张宗昌手下的人？你来干什么？"

"张宗昌正在北平招兵买马，准备杀回山东。"张宗昌的心腹为了活命，将主子的一切计划和活动全都抖了出来。

这回，韩复榘的右手既没往右边摆，也没向左边伸。他丢下那个暗探径自回办公室了。

张宗昌是老"山东王"，他回来捣乱是够厉害的。正跟蒋介石斗得难分难解的韩复榘，一想起如果张宗昌回来，自己将面对"前狼后虎"的可怕局面，心里万分着急。

韩复榘普照寺求计

一天上午，因愤恨蒋介石不抗日而隐居泰山的冯玉祥正在普照寺门前劈柴，忽闻山东省主席韩复榘来访。他放下柴刀，搓了搓双手，迎出去，朝正快步奔来的韩复榘说："向方（韩复榘，字向方），你不好好在济南做主席，跑到这荒山野岭上来干嘛？"

韩复榘满脸堆笑，极为恭敬地说："冯将军，卑职前来看看你也不行？"

"哈哈哈哈，我这把老骨头有什么可看！我看你这副样子，肯定是有什么事要说。走，进去谈吧！"冯玉祥说完便把韩复榘引进密室。

卫兵送来两杯清茶，退了出去。韩复榘走得又累又渴，端起杯子"咕咕"喝了几大口。

喘息方定，韩复榘便直截了当地说："冯将军，我是来向你请教的。"

"哟，向方今天怎么这样谦虚。有什么事？"

韩复榘沉思一会儿，抬起头，突然直截了当地说："张宗昌回来了，我想杀掉他！"

一听说张宗昌，冯玉祥来了兴趣，他问："你为什么要杀他？"

韩复榘便把张宗昌在北平的情况添油加醋地说了出来。

张宗昌本来是冯玉祥的老对头。冯玉祥听后气愤地说："这畜牲是该死了。向方，这不难嘛，你自己想想办法就行了。"

"冯将军，我有办法还来向你讨教干嘛？我只不过是山东主席，而他却是国家正在通缉的要犯，来明的我没这个权力。来暗的吧，他躲在张学良的府第中，而且拥有一定势力，耳目极多，我不好动手。就是动手也不一定能成功。"

"哦，也是，这畜生是不太好对付。"冯玉祥沉思起来。

韩复榘又端起杯子喝茶，冯玉祥则在一旁踱步。片刻，他似乎有了办法。他走向韩复榘身边，压低声音说："引蛇出洞，然后再来个张冠李戴。"

"引蛇出洞？张冠李戴？冯将军，你能不能说具体一点。"韩复榘读书不多，反应不快，一时还不明白冯玉祥的意思。

"附耳过来。"冯玉祥便如此这般地说了起来。韩复榘听完，连连点头，嘴里忙不迭地说："还是冯将军有办法，还是冯将军有办法！"

拉帮结派，臭味相投

韩复榘从泰山回来没几天，就听说张学良以国民党海陆空军副总司令的名义，在北平召开华北各省将领军事会议。他喜不自禁地带着石友三赴北平开会。

韩复榘此行是醉翁之意不在酒。

好不容易等到张学良把会开完，韩复榘跟石友三一起走进了张宗昌的寓所。

张宗昌见韩复榘来访，大吃了一惊，他不知这个对头葫芦里卖的是什么药。但是，张宗昌毕竟是闯过大风大浪的人，还能够处事不惊。

张宗昌笑容可掬地把韩、石二人引进了客厅，并当即吩咐设宴招待。

几杯酒下肚，韩复榘装作十分诚恳的样子，恭维地说："张将军，你在山东时政绩显著，鲁民受恩不浅，在下敬佩至极啊！"

"哪里，哪里，你被鲁民唤作'韩青天'，才真正是国家的栋梁呢！"张宗昌见韩复榘似无恶意，也客气地吹捧起他来了。

"张将军，国难当头，你不辞劳苦回国出力，我韩某感动之余，很想为你尽绵薄之力。"韩复榘越说越肉麻。张宗昌此时也想广交朋友，网罗人才，两人越聊越亲切，恰似兄弟一般。

石友三见时机成熟，便说："张将军，韩主席，我们三个意气相投，是不是也学学'桃园结义'，结为兄弟？"

韩、张两人虽各怀鬼胎，相互看了一眼，大笑，连声说好。于是张宗昌与韩、石互换了金兰谱，结为拜把子兄弟。接着，三人你敬我、我敬你地喝了一通，不一会儿就酒酣耳热了。

韩复榘见张宗昌已消除了对自己的戒备，便动情地说："张大哥离开济南好几年了吧？现在的济南可比过去不同了，你若旧地重游，定会有一番感慨的。"

"是啊，只是……"张宗昌做梦都想回到济南，只是此时的济南是别人的天下，他犹豫了起来。

石友三生怕张宗昌不答应，便怂恿说："张大哥要干大事，应该去一趟嘛，济南有许多你过去的部下，他们都很想念你呀！"

张宗昌觉得石友三的话很有道理。自己要拉势力，交朋友，搞经费，不亲自出马怎么行呢？

于是，张宗昌爽快地答应过一段时间去济南。韩复榘见自己的第一步目标已达到，心中一阵狂喜，但他表面上仍严肃认真地说："君子一言，驷马难追，小弟我就在济南恭候大哥光临了！"

西花厅里的遗像

9月2日，是张宗昌与韩复榘约定去济南的日子。

前一天晚上，张学良、吴佩孚来张宗昌的寓所话别，张宗昌的幕僚们均过来作陪。吴佩孚对韩复榘与张宗昌套近乎的行为很怀疑，他说："效坤（张宗昌，字效坤）兄，向方野心很大，想独霸山东，他邀你去恐怕是不安好心吧？"

"对，老蒋都在山东插不进手，你又是前山东督办，还是谨慎一点好。"张学良也想劝住张宗昌。

张宗昌的参谋长也乘机进言："你只顶个总司令的空名，不能去！要去，拉起队伍再去！"

张宗昌固执地摇了摇头，一字一顿地说："我也知道向方的为人，但不入虎穴，焉得虎子！"

9月2日，张宗昌带着金参谋、手下处长刘怀周和两名卫兵到达济南。韩复榘派了几名代表到车站迎接，将他们暂时安排在石友三的公馆里休息。

随后在西花厅宴请张宗昌。

西花厅别具一格地建筑在珍珠泉上，环境迷人。张宗昌兴致勃勃地随韩复榘走进宽敞舒适的厅内。大厅中间摆着一张大圆桌，13把椅子，13套餐具已整整齐齐地摆好。

张宗昌客套了一番之后，被请到了北向的贵宾席上就座，韩复榘坐了正位，其余11人随便找了位子，坐了下来。

菜还没上来，张宗昌随意地抬起头来打量厅内的装饰。突然，他"啊"地惊叫了一声，原来他看到了对面墙上挂着一幅遗像。

大家不知何故，都奇怪地看着他。张宗昌意识到自己有些举止失措，便掏出了手巾擦了擦额上渗出来的细汗，连忙解释说："我最忌讳13这个数字，刚才我发现我们同桌正好13人，故有些不安！"

韩复榘哈哈一笑："张大哥还讲究这个！"随即向自己的一个部下使了使眼色，部下便借口有事要办，退出了宴席。

张宗昌竭力控制住自己，好歹挨到宴会结束，一溜烟地跑回石友三的公馆，竟不再出门。

原来，西花厅里的遗像是以前冯玉祥手下的军长郑金声的。

1928年，郑金声军长随冯玉祥北伐与张宗昌交战，不幸被俘。不久，张宗昌战败撤退，郑军长被他枪毙了。

韩复榘把张宗昌引到济南之后，并不愿与他多作纠缠，便按冯玉祥的吩咐，他在西花厅张挂郑金声的遗像，来个打草惊蛇，迫使张宗昌按时钻进他已布置好了的"口袋"里。

石友三设计夺枪

张宗昌回到石友三公馆之后，脸色苍白得吓人。金参谋、刘处长不明白主子的心病，左一句右一句地问个不停。张宗昌脑子里是浮现出郑金声的遗像，特别是那双黑洞洞的眼睛。他不耐烦地挥了挥手："你们早点去休息吧！"

金、刘两人刚走，韩复榘的参议张受骞走了进来。

张参议是张宗昌的旧部，他神秘地对老上司说："难怪向方要让我看到郑金声的遗像！"

第二天一早，张宗昌便说有要事需立即回北平，来向韩复榘辞行。韩复榘故作客气地挽留。但张宗昌的态度非常坚决，韩复榘装作无可奈何，不再勉强。

张宗昌哪里知道，他早走迟走都是一个样，因为刺客早已在他必去的车站等待了。

红胡子出身的张宗昌是有名的神枪手，而且还新买了一把新式手枪。刺客在接受暗杀任务后，曾提出个特定条件，即设法下掉张宗昌的手枪。韩复榘把这个任务交给了石友三。

拜把子兄弟匆匆而来，又要匆匆而去，石友三当然设宴饯行。不过，他没邀人作陪，因为他要完成任务。

两人亲亲热热地聊了半个时辰，石友三突然说："张大哥枪法国内有名，听说不久前你买了把新式手枪，能不能让小弟开开眼界？"

"这有什么不可以？"张宗昌很大方地从怀里掏出手枪递给石友三，补充说，"德国造的，我在东京看到它，觉得很有趣，便买了下来。"

石友三接过手枪翻来覆去地看个不够，口里称赞不已，好一会儿才恋恋不舍地把枪还给张宗昌。

然后，石友三从卧室里取出一把剑，双手捧给了张宗昌，说："这把宝剑随我石家三代了，今张大哥远道而来，小弟无以为礼，就给你作个纪念吧。"

张宗昌被石友三的热情和友谊感动了，他忘记了韩复榘要对他采取行动，忘记了自己的危险处境，竟慷慨地将自己的手枪放在了石友三的手里，颇有点激动地说："贤弟对我情深义重，张某终生难忘。然我身无他物，深感惭愧，刚才见你对这把手枪特别喜爱，我将它送给你，权作回报吧！"

石友三拿着张宗昌的枪死死不放，口里却说："岂能夺他人所爱！"

当天晚上，车站的枪杀案就发生了。

谁是刺客？

10年之后，当时编写《郑继成为父报仇》小册子的王慰农和郑金声的继子郑继成都在商丘成了汉奸张岚峰的座上客。

一天，王慰农问郑继成：

"你10年前枪杀张宗昌的经过到底怎样？"

郑继成狡黠一笑，答道："你见过冯先生印的《郑继成为父报仇》的小册子吗？上边写得很清楚呀。"

王慰农不以为然，说："你别瞎吹了，那本小册子靠不住。"

郑继成故作一惊："你怎么知道靠不住呢？"

王慰农冷"哼"了一声，望着别处说："你的事略和杀张的经过是我写的。当时陆实君（济南市政府社会股主任）从济南法院看守所拿来由你口述、由他笔记的材料交给我，我认为这些素材不漂亮，大部分不能用，我只采用了几点，把它加以夸张渲染，并臆造了一些事实加进去，写成了英雄式的小传，那怎么靠得住呢？"

郑继成大笑，故作无奈地说："那么你说呢？"

王慰农说："杀张宗昌是韩复榘有计划、有布置的行动，叫你顶名去干的。西花厅里的遗像是打草惊蛇，逼张离开济南；石友三缴张的械是为了你和送行者的安全。再有，法院档案里的验断书上明明写着张宗昌是被步枪打死的，就是被预先停在十股道上的兵车上的士兵奉韩复榘的命令开枪打死的。你是机会造就的英雄，是韩复榘赠给你的荣誉。"

郑继成抱拳，大声道："你既然知道得这么清楚，又何必问我呢？"

两人相视大笑。

第三章　弱女复仇
——"五省联帅"孙传芳之死

风云激变，军阀开战。

话说 1925 年 11 月初，"五省联帅"孙传芳率部与山东军务督办张宗昌部激战于安徽固镇。那真是一场惨烈的较量啊。

不久，张宗昌部大败。

张宗昌这次败得很惨，他的前敌总指挥、山东军务帮办兼第一军军长施从滨都被孙传芳活捉去了。

打败了张宗昌，孙传芳可谓得意忘形，尤其听说抓住了张宗昌部大将施从滨，他更是高兴得躺在烟床上抽起了大烟。

抽足了大烟，孙传芳来了精神，下令手下，他要专审施从滨。

士兵们得令后立即七手八脚地将身着陆军上将服装的施从滨推了进来。施从滨年届七十，须发皆白，是个职业军人，即使被捉了，也不失军人风采。

施从滨进来之后，整了整军装，还向孙传芳敬了个军礼。

孙传芳卧在床上一动不动，阴阳怪气地笑着说："施老，你好，你不是来安徽当督办的吗? 你马上去上任吧！"

施从滨正要回话，没想到孙传芳大手一挥："算了，不听了，毙了！"

孙传芳枪杀施从滨后，觉得还不够解恨，竟又下令将施从滨尸首分解，暴尸三日，悬首七日！

如此下作，举世哗然。

正所谓善有善报，恶有恶报。孙传芳为泄一时之愤，残杀战俘，便引出了 10 年后一场轰动全国的仇杀案来。

复仇女在行动

施从滨的被杀，激怒了当时一位只有 20 岁的女青年。她就是施从滨的养女、施从滨哥哥施从云的女儿施剑翘。

养父被杀的噩耗传来，施剑翘痛哭了一场。

悲愤之余，颇有才情的她作了一首诗。

诗中写道——

战地惊鸿传噩耗，闺中疑假复疑真；
背娘偷问归来使，恳叔潜移动后身。
被俘牺牲无公理，暴尸悬首灭人情；
痛亲谁识儿心苦，誓报父仇不顾身！

施剑翘是一个文弱女子，手无缚鸡之力，要报父仇谈何容易。起初，她把报仇的希望寄托在她的叔兄施中诚及几位弟弟身上。

施中诚早年丧父，是由施从滨夫妇抚养成人的。施从滨被孙传芳杀害的时候，他刚从保定军官学校毕业。

施剑翘是个有心计的女孩子。她知道，要报仇，就得让施中诚和几个弟弟到军队中去，去当军官，手中有了军权，就好办了。

施中诚刚好毕业，施剑翘立即带他去见张宗昌。张宗昌是施从滨的上司。他在施剑翘的恳求之下，给了施中诚一个团长职位，并出资送她的胞弟施则凡等到日本士官学校读书，为杀孙传芳做准备。

转眼三年过去了，施中诚当上了烟台警备司令。但是，他很是让施剑翘失望，终日只顾吃喝玩乐，将报仇的诺言抛到了九霄云外。施剑翘多次劝说无效，痛心疾首地在家里大哭起来。

恰巧，施中诚的军校同学、阎锡山的中校参谋施靖公借住施家。他见施剑翘哭得悲痛，便在问清缘由之后自告奋勇地表示要为她报仇。

施剑翘见他说得慷慨激昂，便以身相许，随他到了太原。

然而，施靖公的目的只是为得到施剑翘，报仇之事不过是说说而已。施剑翘跟他到太原后，他一反原来的态度，不仅自己不闻不问孙传芳的事，而且还不让施剑翘提起。

两次依赖别人为父报仇，两次被人欺骗，施剑翘伤心至极。尽管如此，她还是忘不了嗣父的惨死，忘不了自己立下的誓言。她决心寻找孙传芳的下落，亲自复仇。

孙传芳素有"好战魔王"之称，在与别人来往的电文中，时有"秋高马肥，正好作战消遣"之词。他曾先后投靠过老北洋军阀王占元、直系军阀吴佩孚、奉系军阀张作霖、皖系军阀段祺瑞等，不断扩充地盘。1925年是他一生中的鼎盛时期，此时他自任浙、闽、苏、皖、赣五省联军总司令，权倾东南，不可一世。

1926年，广州国民革命军北伐，张群奉命到杭州劝孙传芳与蒋介石合作。孙传芳谈古论今，能言善辩，张群一直未能将他说服。张群便说："我看你不像一个军人，倒像一个政客。"

孙传芳一听，勃然作色，对张群说："我不是政客，我最反对政客。我的儿子我也不让他当政客。政客全是些朝三暮四、迎新送旧的下流东西。我是一个地地道道的军阀！"

张群听后面红耳赤，无言以对，十分难堪。

孙传芳

　　然而，这个"地地道道的军阀"在北伐军的强大攻势下，先败于江西，继失浙江、江苏，后又退出山东，五省地盘尽失，只得奔北京，投靠张学良。后来张学良宣布"易帜"，孙传芳便举家迁至天津英租界寓居。

　　1935年，施剑翘从施靖公的客人口中打听到孙传芳在天津当寓公，并听闻孙传芳正在与日本特务土肥原勾结，阴谋发动华北事变，她怕孙传芳成功后当上华北王，杀他不易，便于6月带着两个孩子从太原回到天津娘家，准备寻找机会下手复仇。

1039号汽车

　　施剑翘并不认识孙传芳，而且也只是听说他在天津，对其他情况更是毫无所闻。因此，她要做的第一件事就是找到孙传芳的住处。

　　孙传芳一生作恶多端，而且又在进行不可告人的勾当，因此，他的行动格外隐蔽，从不肯轻易露面。施剑翘要找到他实在不是一件容易的事。

　　施剑翘正在为难。她突然想起她的儿子曾告诉过她，他班上有个叫孙家敏的女孩，还说这个女孩怪有意思。

"是不是孙传芳家的小孩？"施剑翘眼前一亮，继而又摇了摇头，自言自语地说："天津这么大，姓孙的多得是，哪有这么凑巧的事？"

但是，一想起自己的复仇计划，施剑翘又急了。她下了决心：哪怕只有百分之一的希望，也要做百分之百的努力。于是，她叫儿子过来，要他去跟孙家敏交个朋友，问问她家住在哪里，家里有些什么人。

第二天，儿子放学回家，兴冲冲地告诉施剑翘，他已跟孙家敏交上了朋友。他说："孙家敏说她家住在法租界 32 号路，她爸爸叫孙传芳，是个可了不起的人啦！"

踏破铁鞋无觅处，得来全不费工夫。施剑翘心中一喜，几天后便去法租界 32 号路探听。

然而，当她找到那里时，却发现门上挂起了一块招牌，上写"不请不得入内"。施剑翘急中生智，装作要租房子，与看门副官聊了起来。副官信以为真，无意中告诉她孙传芳刚刚搬到英租界 20 号路去了。

回到家里，施剑翘的儿子也告诉她，说孙家敏已不来这所学校读书了，她要到一所叫"耀华小学"的学校里去读书。

施剑翘决定从孙家敏这条线索入手，想办法认识孙传芳，并弄清孙传芳的活动规律。

一天下午，耀华小学快要放学了，施剑翘装扮了一番，等候在学校的礼堂里，并请了一位老师找孙家敏。不一会儿，那位老师拉着孙家敏走到施剑翘的面前说："孙家敏，这位阿姨找你。"

孙家敏吃惊地看着施剑翘，说："阿姨，我怎么不认识你呀？"

施剑翘笑了笑，温和地说："小敏，阿姨跟你妈是朋友，以前常去你家，你那时太小，所以不认识我。"

"真的？"孙家敏似乎不太相信。

"阿姨怎么会骗你呢？阿姨送你回去吧！"

"谢谢你啦，我爸爸天天派车来接我的。"孙家敏往外面看了看，突然说，"阿姨，你看，我家的车来了。"

孙家敏拉着施剑翘就往校外走。

"你爸爸对你真好。他常带你出来玩吗？"施剑翘见孙家敏快要上车了，赶紧问。

"不，他只是星期六带我去看电影，或者看戏。如果不是星期六，他就和我妈妈去。阿姨，再见！"

孙家敏说完便上了车，施剑翘急忙绕到车的后面。她看清了这辆汽车的号码是1039。

接连几个晚上，施剑翘早早地吃了晚饭，又来到法租界"大光明"电影院的门口。这回，她看到了1039号汽车！

1039号汽车停在电影院门口。但是，孙传芳显然比她来得更早，已进入电影院。"既然来了，还怕看不到他？"施剑翘装作散步，在电影院门口附近走来走去，等待着电影散场。

两个小时后，电影院的大门打开了，人们三三两两地走了出来，施剑翘走到1039号汽车的附近，睁大眼睛看着。

不一会儿，只见一男一女两个人牵着孙家敏的手向1039号汽车走来。那男的五十岁上下，戴着副墨镜。

"就是他，肯定就是他！"

施剑翘的心狂跳起来，仇人就在眼前！

她屏住了呼吸，并暗暗捏紧了手心。

痛哭观音寺

施剑翘弄清孙传芳的住处和认清孙传芳的面目之后，便决定伺机亲手刺杀他。她首先通过她弟弟施则凡弄来了一支崭新的勃朗宁手枪，然后找来了弟妹，要他们到时把母亲和孩子接走。

孙传芳的住所墙高院深，戒备森严。

一天，施剑翘在孙宅门口摆了个小摊，想在他走出大门时开枪射击。可是，她刚坐下，两个看门的卫兵不由分说地连拖带拉将她赶走了。

以后的几个月里，她想尽了一切办法，但总是混不进孙宅，也见不到孙传芳的踪影，急得茶饭不思。

很快就到了施从滨被杀十周年的忌日，焦躁苦闷的施剑翘来到日租界的观音寺给亡父烧纸念经。当班和尚念完经后便想下楼休息，施剑翘却跪在地上不肯起来，痛哭失声。当班和尚觉得奇怪，便劝道："女施主，你已为亡灵烧纸诵经，为何还这般伤心？"

施剑翘擦了擦眼泪，抽泣着说："烧纸念经不过是尽儿女的一点心意罢了，其实这不还是迷信吗？"

和尚有点不快，说："女施主，这就错了，如果是迷信的话，怎么会传了几千年呢？到现在你看，靳云鹏、孙传芳这些有名的人，不也信佛吗？"

一听到"孙传芳"三个字，施剑翘顿时停止了抽泣，装作不相信的样子说："不可能吧？我住在这儿，怎么从未听说过。"

"贫僧怎么会欺骗施主。前年，他们两人在东南角租了块地，创了个佛教居士林，靳云鹏当林长，孙传芳是理事长。礼拜三和礼拜六是讲经的日子，他们从不缺席呢！"和尚越说越有劲。

施剑翘无意中知道了孙传芳的行踪，大喜过望，但她还是故作平静地说："这样说，这佛还真值得相信。"

"那当然，那当然。"和尚以为自己劝服了这个女施主，不禁有点沾沾自喜。

施剑翘回到家里，打开收音机想听听新闻，恰巧收音机里在介绍孙传芳创办居士林的事情。事迹广播完后，播音员还说明天晚上孙理事长将在法租界仁昌广播电台讲经。

施剑翘决定去看个究竟。

第二天晚上7点，施剑翘来到了仁昌广播电台门外，她发现1039号汽车果真停在那里。等了好一会儿，孙传芳讲经完了之后带着一个卫兵走了出来，钻进了汽车。

施剑翘狠狠地盯着他，心里骂道："杀人魔王竟然进入佛门，我施剑翘一定要你的狗命！"

新来的女居士

这天是星期日，位于东南城草厂庙的天津佛教居士林里拥挤不堪，两三千名男女居士聚在这里听富明法师讲经。

富明法师讲完经后，准备回去休息。女居士张坤厚带着一位30岁左右的少妇来到了他的跟前。

富明法师双手合十，细声细语地说："张居士，找贫僧何事？"

张坤厚还了礼，拉着少妇说："这位女士是我的朋友，听了法师讲经之后，豁然开朗，想入林为居士。"

富明法师打量了少妇一番，问："你叫什么名字？"

少妇连忙答道："我叫董慧。"

富明法师沉吟了一下，说："好吧。张居士，你带她去办一张'林友证'吧！"

自称董慧的少妇就是施剑翘。

星期三，又是一个讲经日，施剑翘早早地来到了讲经大殿，在前排坐下。

讲经大殿里，佛龛前放了一张大供桌，讲经和尚坐在中间。桌子的两边放着两把太师椅，是靳云鹏和孙传芳的座位。男居士与和尚坐在东边的矮凳上，女居士则坐在西边的矮凳上。

施剑翘落座不久，孙传芳走了进来，径直走向供桌旁的太师椅。他身材不高，长着一双三角眼，相貌凶恶。施剑翘目不转睛地盯着他。

施剑翘决定在讲经大殿行刺孙传芳。

一番准备之后，施剑翘打电报给在南京的弟弟施则凡，要他立即来天津。

施则凡连忙来到天津，将母亲和两个侄子接走。他本想留下来助姐姐一臂之力的，但怕毁掉自己的前程。施剑翘早就知道他的心思，只求他照料好母亲和两个孩子。

施剑翘有一个叔弟叫施中达，是个有血性的汉子。他在知道堂姐的复仇计划之后，决定留下来协助她刺杀孙传芳。

姐弟俩拟了一份《告国人书》，并将其印刷成几十张传单，然后特制一件大衣，将手枪和传单放进施剑翘的大衣口袋里。

一切准备就绪了！

血溅佛堂

1935 年 11 月 13 日，又是一个讲经日。

这天老天不作美，一直阴雨连绵。孙传芳已焦躁地等了一个上午。

午饭后，雨越下越大，孙传芳犹豫了一会儿，叫来司机，准备冒雨前

施剑翘

去居士林。他的妻子上前劝阻："今天眼皮老跳，恐怕不太吉利，你今天就别去吧！"

孙传芳很不耐烦，说："真是妇人之见！我是理事长，又跟靳云鹏约好，怎能不见呢？"

妻子不敢多劝，孙传芳如约前往居士林。

施剑翘这天也特别焦急，她担心孙传芳被风雨所阻，不来居士林，因为她把复仇的日子定在这一天。

随身将手枪和传单带上，怕别人发现破绽，施剑翘要等弄清孙传芳到了才带去。上午，她打了两次电话，但居士林没人接，她便决定先去看看。

吃过午饭，施剑翘冒雨赶到居士林，她失望地发现，居士林门外没有1039 号车！

无奈的施剑翘只好随着居士们上殿，心烦意乱地坐到自己的位子上。

突然，一个工友匆匆忙忙地将一本经书放到孙传芳的位子上。

施剑翘精神一振，脱口而出："来了！"幸亏声音很小，没引起别人注意。

果然，孙传芳披着一件青色的和尚衫快步走向供桌，坐到了自己的位置。

孙传芳来了，可是施剑翘没带枪。她犹豫了一会儿，便悄悄离开大殿，租了一辆汽车回到家中，带好手枪和传单，又悄悄地回到原来的位子上。

施剑翘坐在孙传芳背后的第二排，仇人的后脑勺清清楚楚、纹丝不动地摆在她的眼前。她把手伸进大衣口袋，打开枪的保险，紧紧地抓起了枪。

复仇的时刻到了，可连鸡都没杀过的施剑翘慌了起来，心跳加快，两腿发软！时间在一分一秒地过去，再过半个小时，讲经就会结束。

施剑翘闭上了眼，想起了那惨死的嗣父，想起自己的誓言，于是，她一咬牙关，强迫自己冷静。

富明法师正在干巴巴地讲着他的经，大殿里静寂一片。

施剑翘突然说："后面的炉子烤得太热了。"

坐在她旁边的张坤厚随口说："你就不会到前一排去吗？"

施剑翘说了声"好"，就站起身来上前一步，走到孙传芳的右后方。

居士们都在聚精会神地听讲，谁也没有注意施剑翘刚才的言行。

仇人的脑袋离自己只有不到两尺的距离了！

施剑翘果断地从口袋里掏出手枪，照准仇人的右耳边就是一枪。孙传芳立即倒在太师椅上。

施剑翘怕孙传芳不死，又对准他的后脑勺和后背连开两枪。

这位不可一世的"五省联帅"便一命归天了。

孙传芳的卫兵听见枪声，急忙冲进了大殿，但一见施剑翘手握手枪，威风凛凛地站在那儿，竟畏缩不前，不敢上前一步。

看着大殿里人慌马乱，施剑翘掏出传单一撒，大叫：

"我是施剑翘，为报父仇，打死孙传芳，一人做事一人当，绝不牵连别人！"

闻讯赶来的警察接过施剑翘递过来的枪，从地上捡起一张传单，只见上面写道：

（一）今天施剑翘打死孙传芳是为先父施从滨报仇。

（二）详细情形请看我的《告国人书》。

（三）大仇已报，我即向法院自首。

（四）血溅佛堂，惊骇各位，谨以至诚向居士林及各位先生表示歉意。

传单的背面还有她作的两首诗。

惊魂方定的富明法师重整法衣，向孙传芳的遗体做了一个"送往生"的佛门仪式，从室内拿出两床棉被，将尸体裹好，由孙传芳的卫兵抬上汽车送回府中。

施剑翘在两名警察的押送下，昂首走出佛堂大殿……

第四章 鹬蚌相争
——"新疆王"杨增新之死

毕业宴会上的枪声

1928 年 7 月 7 日，乌鲁木齐俄文法政专门学校里张灯结彩，喜气洋洋，新疆军政各界要员在幕僚、卫兵们的簇拥之下鱼贯而入，而学校教务主任张纯熙则站在大门口，笑容可掬地恭迎。

这一天，是该校第一期学生举行毕业典礼的日子。

太阳已经老高了，却因为一位最重要的人物没来，毕业典礼没有开始。学生们在静静地等待着。张纯熙则急得踮起脚板张望。

突然，一辆气派的小轿车鸣着喇叭停在学校门口。从车上走下一位年近七十，身板却十分硬朗的老人。他笑呵呵地向急忙迎上前来的张纯熙等人点头招呼，然后在副官张子文和张纯熙等人的陪同之下，慢慢地走进学校礼堂。

这个老头就是今天参加毕业典礼最重要的人物，他是统治了新疆 17 年的杨增新。

隆重的毕业典礼如期举行。

典礼结束后，张纯熙引着各位贵宾来到后院的教室里。他在这里设了数十桌酒席款待来宾。

宴会在后两间房子里举行。后厅里设了 3 桌，杨增新同实业厅厅长阎毓善、迪化道尹李溶及旅长杜发荣等坐在中间一桌，而他们的副官和卫兵们则被安排在前厅。

杨增新下午还要去讲武堂训话，因此他催促张纯熙赶快上菜。

张纯熙答应了一声，侍役们便托着菜盘依次而上。

杨增新今天兴致很高，几杯酒下肚之后，便跟杜发荣等人吆五喝六地猜起拳来。宴会进行得热热闹闹。

酒过数巡，只见张纯熙拿着酒瓶走到坐在西边一桌的军务厅厅长樊耀南的身边，"砰"地一声将酒瓶放在桌子上。

杨增新等人正在起劲儿地猜拳，没加理会。

樊耀南低声问张纯熙："酒菜都齐备了吗？"

"齐备了！"张纯熙眼睛古怪地一眨，回答道。

一个穿着蓝色长衫的侍役走了进来。

樊耀南站起身，端起酒杯跟同桌的苏联领事一碰，并向侍役点了点头。

蓝衫侍役突然从怀里掏出手枪，对着杨增新开了一枪。

杨增新胸部中弹，但伤得不是很重，他扶着桌子站了起来，大吼了一声。

紧接着，又有几个穿蓝色长衫的侍役冲了进来，一齐拿着手枪，往中间一桌一阵猛射。

杨增新又中了数枪，终于倒地不起。他旁边的杜旅长也被击中要害，气绝身亡。

听见枪声，杨增新的副官张子文便不顾一切地冲进后厅，当即被乱枪打死。其他客人吓得魂飞天外，四处躲逃。

宴会厅里顿时硝烟弥漫……

这次轰动一时的政变是由新疆省政府军务厅厅长樊耀南一手策划，他的死党张纯熙等人协助执行的。

樊耀南何许人也,他为何要刺杀杨增新?杨增新又是怎样起家的?

袁世凯封他一等伯爵

杨增新,字鼎臣,1864年3月6日出生于云南省蒙自县莫别村的一个官僚家庭。

杨增新自幼聪慧好学,后曾中进士。进入仕途之后,曾任甘肃省中卫县知县、河州知州、甘肃武备学堂总办等职。

1907年杨增新进入新疆,4年后调任阿克苏道尹。此后不久,新疆巡抚袁大化保举他升任镇迪道兼提法使。1912年5月,经北京政府正式任命,杨增新最终当上了新疆都督兼民政长,开始了他对新疆的全面统治。

杨增新能统治新疆,固然是因为他有一套投机钻营的本领,但也离不开掌握着北京政权的袁世凯的扶植。因此,杨增新对袁世凯总是百般拥护。

1915年,袁世凯窃国称帝。杨增新不识其不义,竟立即通电拥护,同时下令在新疆不许有任何反对袁世凯的举动。

同年10月,云南督军唐继尧为联络力量,出师讨袁,派心腹马一携带公文到新疆省会迪化(现乌鲁木齐)。

马一通过当时的军务厅厅长张鸣匀向杨增新递交了公文,并与在迪化任职的刘应福、夏鼎、李寅等人一一相见。

杨增新精明机警,断定马一突然来新疆另有所为。因此,他不露声色,将马一安置在一个回族旅店,派密探谢文富严密注意其行动。

1916年初,马一联络新疆督署副官长兼护卫军营长夏鼎和警卫营营长李寅,准备举行反袁起义。谢文富得知后迅速报告了杨增新。

元宵节的前一天,杨增新在督署二堂宴送教育部视察员刘章楹,各厅道和高级军官们都被邀作陪。

正当大家静坐桌旁等待的时候，杨增新带着几个马弁回来了。他径直走到督署副官长夏鼎的身旁，用手一指，说："砍夏鼎！"

马弁抡起马刀，夏鼎的脑袋骨碌碌地滚到了地上。

视察员刘大人吓得缩到了桌子底下，其他人也目瞪口呆，不知如何是好。杨增新吩咐马弁将尸体拖了出去，然后扶起刘大人，微笑着请大家就座喝酒。

然而，只过了一会儿，杨增新又突然站起来指着警卫营李营长说："砍李寅！"

也许是刽子手太紧张了，这次砍得不利索，李寅的脑袋没有掉下来，他负痛夺路而逃。马弁们愣了一下，又赶紧追了上去。李寅的脑袋还是搬了家。

在座的人目睹夏、李被砍，惊得六神无主，谁也不知道下一次刀会落在哪个的脖子上。

杨增新还是微微一笑，说："各位请坐！今天只杀他们两个，你们安心喝酒吧。夏鼎和李寅密谋造反，不让老百姓过安宁的日子，我才忍痛干掉他们。唉，我们新疆自从民国以来，不知费了多少心血才得到今天的安宁。我是国家派到这里的父母官，我怎么能眼看着反叛者们把老百姓推进火坑呢？"

其实早在谢文富向杨增新报告"云南人谋变"时，就有夏、李的同僚在场。杨增新担心夏、李知道后先发制人，立刻大骂谢文富有意挑拨离间，造谣邀功，并且不容分说地把他拉出去枪毙了。

夏鼎、李寅哪里知道这一套，果然受了麻痹，毫无提防，丧命在二堂宴会上。

杀了夏鼎、李寅及马一之后，杨增新立即打电报给袁世凯。袁世凯见杨增新对自己如此忠诚，复电褒奖，封他为"一等伯爵"。

两雄相斥

杨增新为维护自己在新疆的统治，一直坚持他的闭关自守和愚民政策，不容别人插手新疆，而对内地，他也持"纷争莫问个原事"的态度。

杨增新是有些眼光的，他生活朴素，不讲享受，不讲排场，反对送礼、办寿，并且事必躬亲，每天用大部分时间批阅公文，了解各地情况。

在对外交涉上，杨增新极力维护他的统治，没同帝国主义签订过丧权辱国的条约或类似的口头默契，从未借过外债。

正因为这样，他常以"圣人"自诩，总认为新疆不能没有他，而他也不能没有新疆，俨然"新疆霸王"。

1917 年，黎元洪任总统。当时在国务院工作的湖北公安人樊耀南受命来新疆准备就任阿克苏道尹。

樊耀南是日本早稻田大学的毕业生，以前曾来过新疆。正当他动身的时候，杨增新接到了自己布置在北京的密探的电报，说北京政府派樊耀南来新疆的目的是了解虚实，相机赶他下台。

杨增新哪容得北京政府插手新疆？

樊耀南一到乌鲁木齐，便被他留了下来，不让其到阿克苏去上任。

樊耀南在省城待了很久，总算被杨增新安置在迪化道尹的任上。

樊耀南不像一般官吏那样专以当官发财为目的，他也是一个很有政治抱负的人。他不修边幅，生活十分朴素，跟杨增新很有相似之处。

按道理，杨、樊两人应该"惺惺相惜"才是。可是，他们为了实现自己的"抱负"，竟然矛盾重重，互相排斥，大有"一山不容二虎"之势。

樊耀南一到新疆就受到杨增新的冷遇，心里十分不满。他常常私下对人说，杨增新的政策是黑暗政策，天山南北到处是贪官污吏。又说新疆没有一所像样的学校，文化教育不发达，这都是杨增新愚民政策造成的。他还指责杨增新利用民族间的私人恩怨来巩固他个人的地盘。说这样下去，新疆的前途十分危险。但是，他知道自己势单力薄，表面对杨增新却又是唯唯诺诺。

同樊耀南一起来新疆的湖北人蓝肇华，曾参加过伊犁革命，杨增新对他十分警惕。

1921 年 12 月，驻奇台的伊犁马步两营营长宋金山、高土豪哗变，事情牵连到蓝肇华。杨增新在镇压了奇台兵变之后，准备杀掉蓝肇华。蓝肇华是樊耀南的朋友，因而樊耀南又是求情，又是担保，总算保住了蓝肇华的性命，但蓝肇华还是被杨增新逐出了新疆。

奇台兵变之后，杨增新对樊耀南更加警惕了，而樊耀南则对杨增新更加愤恨，双方矛盾加剧。

羁縻樊耀南，招来无穷怨

对于自己不喜欢也不放心的人，杨增新的办法是"羁縻和牵连"，既不倚重他，也不放走他，这是他统治新疆多年总结出来的经验。

对樊耀南，杨增新又用上了这个办法。

杨增新知道樊耀南这个人和一般官吏不同，但他认为这样的人也是能羁縻住的。

一天，他找来个手下人，颇为动情地说："樊道台一个人在新疆，有两个孩子在北京大学念书，负担很重，应当给他一些津贴，好让他安心工作。"然后，他拿出价值几百两黄金的省币，让这个人送给樊耀南。

樊耀南知道这是杨增新在收买他。犹豫再三之后，他还是收下了这笔钱。

但是，收钱归收钱，主张归主张。樊耀南还是照旧指责杨增新的政策。

而且，他还在乌鲁木齐政界中广交朋友，扩大势力。不久，外交署的赵得寿、教育署的张纯熙、警察署团长袁廷耀等，都成了樊耀南的密友。

杨增新见樊耀南收下了他的钱财，以为樊耀南心有所动，会老实些，没想到他仍处处跟自己作对，四方活动，培植党羽。

杨增新心里又气又急。但他仍旧认为，樊耀南是拉得过来的。为了进一步笼络，杨增新又升任樊耀南为督署庶务厅长、交涉署署长，迪化道尹一职不动。

然而，事情的发展并不如杨增新所愿。随着官位的升高，势力的扩大，樊耀南要在新疆实现抱负的欲望越来越强。他提出，要挽救新疆，应尽快办好五件事：民族平等，整理财政，铲除贪污，发展教育，整顿军队。

樊耀南提到的这些事情恰恰又是新疆开明人士和进步青年所喜闻乐道的。这样，他的追随者就越来越多了。

但是，杨增新牢牢地掌握着新疆的军政大权，他怎肯让樊耀南去另搞一套呢？对于樊耀南的主张，杨增新置之不理。

樊耀南似乎也看到了在新疆永无自己的出头之日，郁郁寡欢，萌生退意。他请求杨增新放他回内地。

可是，杨增新认为樊耀南在北京政府工作过，而且还和南方革命党有联系，他若回内地，肯定会对自己不利。因而，他客客气气拒绝了樊耀南的要求。樊耀南叹息之余，怨气连天。

转眼到了1926年，樊耀南来新疆快10年了。是年7月，震撼神州大地的北伐战争开始了。

在这紧要的历史关头，敏感的杨增新意识到，中国又要改朝换代，而他稍有不慎，就将被迫退出政治舞台。因此，他对外控制交通，对内外加强侦察，时刻准备镇压异己。

樊耀南知道自己与杨增新政见相左，一旦关内局势剧变，杨增新肯定会

杨增新

拿自己开刀。于是，他又找到杨增新，小心翼翼地说："杨将军，我来新疆多年了，妻儿没个照顾，今关内战火连绵，我很想回去看看啊！"

杨增新哪肯放他走，他严肃地说："樊厅长，此时正值内外交迫之际，新疆很需要人才。我年事已高，已有些力不从心了。你应该留下帮我分忧嘛。"

樊耀南横下一条心要走。他没听杨增新的挽留，坚持说："杨将军，卑职在新疆多年，无所作为，还是让我回去吧！"

杨增新见说话没用，有点不耐烦，没好气地说："谁也别想在这多事之秋溜掉，想回去？我们将来一道回去吧！"

杨增新将退路堵死，樊耀南只好点头称是。但是，不能挣出牢笼，留下来又不能按自己的想法去干，而且还有被杨增新干掉的危险……樊耀南由怨而恨，竟突然间有了一种强烈的冲动：只想生吞活剥了杨增新。

枉认了南京这座"庙"

1927 年初，随着北伐战争胜利发展，杨增新意识到北洋政府行将垮台。

但是，在新疆何去何从的问题上，他还是抱着"纷争莫问中原事"的一贯宗旨，既不想跟吴佩孚、张作霖之辈同流合污，也不愿顺应历史潮流，跟广州革命政府联手。因此，他按照老一套，严密地封锁消息，不让国家政治形势的剧烈变化影响新疆。

1928 年 2 月，冯玉祥派了两名代表到新疆进行联络。

这两名代表一进入星星峡，便被杨增新派人软禁起来，并秘密解往乌鲁木齐。

杨增新既不难为两位代表，也不让他们外出，而且也不让外界知道此事。

然而，世上没有不透风的墙。北伐军进入北方，冯玉祥派来了代表的消息不久就传遍了新疆各界。各界人士萌发了要求改变现状，适应形势发展的要求。

在这种形势之下，樊耀南认为时机已到，连忙召集心腹，举行秘密集会，准备伺机推翻杨增新的统治。

6 月 12 日，奉军撤出北京，内地形势急转直下，南京国民政府稳操胜券。

杨增新权衡再三，意识到自己若还不表明态度，南京政府是不会对他置之不理，让他安稳地过日子的。因此，他本着历来对中央政府"认庙不认神"的原则，准备于 7 月 1 日通电承认南京政府。

在过去，杨增新总认为内地的武人忙于混战，谁也没有余力干预玉门关外的事，他用不着今天对谁宣布独立，明天对谁表示拥护，徒使自己陷于被动。但是这一次，他感到北京政府彻底垮了，再没有谁能跟南京政府

晚年杨增新

抗争了。因为张作霖已被日本人炸死，阎锡山、冯玉祥又同蒋介石联手了。他下了决心：既然"庙"已搬到了南京，也只好认下南京这座"庙"了。

从1912年做新疆都督算起，杨增新已在这个戈壁滩上掌管了17年生杀大权。17年中，他不知道经过了多少风风雨雨。袁世凯、冯国璋、段祺瑞、曹锟……不管哪个掌权，人要他杨增新来个"认庙主认神"，他就会照旧做他的"新疆王"。

然而，这一回，他觉得"庙"内易神与往日有所不同，是福是祸还难以料定。因此，他在认"庙"的同时，也做了最坏的打算：先将家眷送回内地，如果新疆待不下去，他就假道苏联去天津或大连去做寓公。

7月1日终于到了，杨增新按计划通电承认了南京政府。

接着，他召集地方官绅开会。

在会上，杨增新大言不惭地说："现在北京政府倒了，中央在南京，南京政府实行三民主义。其实我们新疆早就实行三民主义了。17年来，新疆各族人民相安无事，我们也没有让外国人侵略我们的疆土，在外交上没有丧权辱国，这不是实行民族主义的结果吗？人们把新疆称作世外桃源，大家都有饭吃，也可以说这是民生、民权主义的表现吧……新疆同南京政府的政策是一致的，所以我们决定承认这个政策。"

演讲博得了一阵喝彩，杨增新心里得意扬扬，他觉得认了南京这座"庙"后，又有奔头了。

然而，杨增新哪里知道，他手下的"第一红人"樊耀南正在为他挖掘坟墓。

樊耀南也听了杨增新的演讲，只不过他觉得杨增新的话特别刺耳，令人特别难受。他听过后异常气愤，对密友说："杨将军又要用骗人的手段了，想用换汤不换药的办法混过去。"

本来，北京政府的垮台给樊耀南带来了希望。他认为南京政府跟杨增新的黑暗统治是水火不相容的，而他则跟南京政府是有关系的，而且他的政治主张也与南京政府的政策有不少相同之处。然而，杨增新一番堂而皇之的吹嘘和表白很可能骗取南京政府的信任。若果真如此，他樊耀南还能有出头之日吗?

于是，他决心把自己的命运掌握在自己的手里，跟杨增新争争高低，大干一场。

7月1日，一位同僚将杨增新拟定的一份省政府委员会名单偷偷送给樊耀南。樊耀南接过一看，脸气得铁青，因为这份名单除了他以外，各厅道的大名都有。

樊耀南意识到，杨增新要向他摊牌了。他断定，只要新政府一成立，杨增新肯定会拿他祭旗。

先下手为强，后下手遭殃。樊耀南决心立即铲除杨增新。

7月1日晚，樊耀南的交涉署后园里，聚集了他的心腹张纯熙、昌葆、张馨及三十来个江湖人物和卫兵。一场有组织的政变计划很快就出笼了。

这样，便有了7月7日毕业宴会上激烈的一幕。

但是，政变的结果却大大出乎樊耀南的意料之外。

政变发生之后，政务厅厅长金树仁连忙召集自己的亲信、军务科科长张培元及杜旅长的儿子杜治国等人商量。权衡利弊之后，他们决定率军包围督署，为杨增新报仇。

而樊耀南原以为他有一定的政治资本，只要把杨增新刺死，占据督署，夺到印信，便可指挥一切了。

对于金树仁等的包转进攻，樊耀南和他的三十几个死党只抵抗了一个多小时，或者战死，或者被捉，没有一个逃掉。樊耀南最终被活捉。

不久，金树仁下令处决樊耀南。

要报杀父之仇的杜治国将樊耀南绑在拴马柱上，命令士兵一根根地拔掉他的胡须和头发，挖掉他的眼睛，慢慢地把他折磨到咽下最后一口气。

鹬蚌相争，渔翁得利。政变把金树仁推到新疆省主席的权位上。

此后，新疆进入了"金树仁时代"。

历史的钟声仍然沉闷而冗长……

第五章　廊坊血债

——陆军上将徐树铮之死

那真是一个危机四伏的年代。

1925 年 12 月 29 日午夜。千里北国，万籁俱寂。雪月相映，格外逸丽。一切皆在梦中。

突然，京津之间，爆出几下枪声，鼎鼎大名的陆军上将、远威将军、考察欧美日本各国政治专使、前陆军次长、国务院秘书长、西北筹边使兼边防军总司令，"段祺瑞的智囊、灵魂、左右肱股"——徐树铮，应声倒在血泊中……

30 日，上海《时报》率先登出"徐专使专车被炸"的消息，在全国引起巨大反响。

31 日，国内外大报纷纷登出"徐树铮在廊坊被杀，陆承武为父报仇"的新闻。北京《晨报》还登了"陆承武的通电"的独家新闻，说陆承武"本月二十九日遇徐贼于廊坊，手加诛戮，以泄国人之公愤，报杀父之深仇"云云。

这究竟是怎么回事？是"专车被炸"还是陆承武"手加诛戮"？倘若是后者，陆承武又是何以得遂其手的？行凶后为何没有被捕？其通电又是从何处发出？廊坊可是冯玉祥国民军张之江部驻扎的军事要地！一个疑团接着一个疑团，令人如坠云里雾里。

倘若读者诸君欲明底细，还得从头说起才是。

投靠袁世凯，羽翼日渐丰

徐树铮，字又铮，1880 年 11 月 11 日出生于江苏萧县（今属安徽）——徐州南 50 里处的醒泉村。

曾祖徐济川、祖父徐兰，皆终身务农且生活贫寒。父亲徐世道，勤勉耕读，入选贡生，榜名忠清，字葵南，后来成为徐州城乡有名的教书先生。徐树铮从小随父读书，3 岁识字，7 岁能诗，被人称为"神童"。他 13 岁中秀才，17 岁乡试一等第一名，补为廪生。前景一片光明。可是次年到南京投考举人，却榜上无名。

徐树铮愤而回家，从此不图科举及第，而以经世致用为旨，刻意攻读兵法时政之书，孜孜为国家前途担忧。

甲午战争，中国一败涂地；戊戌变法，希望百日破灭；义和团运动，八国联军入侵，慈禧太后与光绪帝仓皇西逃。这每一件事，都使他那颗报国之心倍感焦虑、异常烦恼。他满怀痛楚地写道："居恒窃念，儒者读书，要以致用为宗。频年朝政日非，丧师害地，为国大辱。释而不图，虽瞄首牖下何益？"父母觉得他还年幼，不许他离家当兵，而希望他一心向学，早日中举，将来能像父亲那样，当一位教书先生就可以了。父亲告诫他："好好念书，将来像我这样，乡邻百里皆受人尊重，日子殷实不用发愁，有什么不好？"

然而，徐树铮还是"私究兵谋，留意天下政财大略"，把父亲的告诫丢到九霄云外，时刻预作投笔之计。

1900 年，慈禧、光绪西逃后，徐树铮听说国家征兵，便私自拿取父母的钱，乘夜出走，不料未至江浦，便被母亲坐着骡车追回，强行为其娶妻，以作羁绊。

不过，徐树铮的心早已飞出山村，慈母和娇妻是绊不住的。

果然，未隔多久，徐树铮毅然请求再度出走，父母看其意志甚坚，不忍复加阻挠，即取平日积蓄，送他远行。母亲一边抹泪一边叮嘱："你长大了，翅膀硬了，要远走高飞，我不拦你。但你要事事小心，不得任性。"新婚之妻不但未加阻拦，且倾出奁金相助，虽然开通，心里也有离别的悲苦，忍不住送了一程又一程，令徐树铮无比感动。

就这样，徐树铮只身一人，跋山涉川，径奔济南，去投靠因创练新军名声渐起、时任山东巡抚的袁世凯。他带给袁世凯的礼物是一纸万言书。他在书中言道："国事之败，败于兵将之庸蹇。欲整顿济时，舍经武无急务。"

袁世凯看后甚以为壮，但因正服母丧，不便亲自接见，即命道台朱钟琪接待。心高气傲的朱钟琪自视为名士，素来目无余子，对这初出茅庐的青年怎能看得起？问答中话不投机，徐树铮便愤然而离去。

茫茫天涯路，何处是归宿？苍凉苦闷之中，徐树铮借酒浇愁，似乎要一醉方休。

有一次，他借酒发挥，在草纸上疏狂地写道：

性气粗豪不自收，等闲岁月太难留！
安能化得身千亿，处处迎风上酒楼。

写毕，自己把玩一番，觉得意犹未尽，遂又顺手提笔，写信讥笑朱钟琪，称他为"迂腐老生，山间竹笋一根"。不料两信被转至家中，朋友惊为奇特，长辈讶其鲁莽，甚者胆战心惊，忧虑起其即将获祸。

独有其父手书训诫说："汝之出将以待用也。未得人用，乃妄拟用汝之人先为汝用乎？"真是知子莫若父也。

投袁的希望似乎已破灭，徐树铮却意外地见到了段祺瑞。正所谓"东方不亮西方亮"，此处不留人，自有留人处。后来，徐树铮与人谈起这段往事时，将"此处不留人"的"人"改为"爷"。真正是此一时，彼一时也。

一天，他穿着一件夹袍，正聚精会神地书写楹联，忽听有人问："喂，伙计！天气这么冷了，怎么还穿得这么单薄？"

徐树铮抬头一看，是一位身着军装的中年男子，面虽消瘦而眼中神采不凡，即随声回答："因投友不遇，暂住此地，等待家款寄来，即作归计。"

那人本是到该店来访客的，看徐树铮气质不俗又写得如此一手苍劲的好字，顿起延揽人才之心。他微笑着，问徐树铮姓甚名谁，家居何地，进而又问愿意就事否？

"值得就则可说！"徐树铮毅然回答。

那人更觉奇趣，于是约与之长谈。

经介绍，徐树铮才知道此人乃袁世凯手下爱将，名叫段祺瑞，字芝泉，安徽合肥人，时年37岁，大徐树铮整整15岁。当时，他正以武卫右军炮队统带和随营武备学堂总办名义，跟随袁世凯驻防济南。

徐、段二人促膝而坐，指点江山，纵横议论天下大事，真是"惺惺相惜"。

徐树铮大发宏论，慨然结语："创练新军，转抚山东，大有可为者，莫若项城袁公（世凯）也。"

段祺瑞深以为是，遂引徐树铮作为记室（秘书）。从此，两人结下了不解之缘，也确定了徐树铮一生事业发展的路线。段祺瑞以徐树铮为左右手，逐渐发展为对其言听计从，信任无疑；而徐树铮深感段祺瑞的知遇之恩，奔南闯北，鞍前马后，始终奉段祺瑞为至尊。

就在徐、段相识后不久，袁世凯调防直隶，在保定设立督练公所，委派段祺瑞为参谋处总办。徐树铮便随段祺瑞到了保定，仍掌记室。虽是文职，却天天坚持晚睡早起，与士兵一起操练。段祺瑞称赞他"坚苦卓绝，志趣异人。"

1905 年，依照徐树铮的请求，段祺瑞保荐他到日本留学，入陆军士官学校步兵科学习。在日本，徐树铮极珍惜这次难得的学习机会，他学习之用功，成绩之优异，成为师生交口称赞的楷模。1910 年徐树铮学成回国，仍至段幕，时段祺瑞任江北提督，遂派徐树铮为江北军事参议。

辛亥革命爆发，段祺瑞署理湖广总督，统率一、二两军，驻节湖北孝感，派徐树铮为总参谋，徐树铮的羽翼日渐丰满。

当时正值南北两军对峙，有推倒清帝不战而和之意。段祺瑞奉袁世凯之意领衔北军高级将领通电，逼迫清帝退位，主张共和。此电一发，清廷震动，时局顿变。草拟电稿之人就是徐树铮。

"倒段"风波

民国建立后，段祺瑞任北洋政府陆军部总长期间，先后派徐树铮为陆军部军学司司长、军马司司长、陆军部次长，可见段祺瑞对徐树铮的器重。袁世凯进行帝制活动，徐树铮与段祺瑞一致反对。袁世凯死后，段祺瑞任国务总理，以徐树铮为秘书长。后因"府院之争"，两人又均遭免职。

1917 年 7 月 1 日，张勋赶走总统黎元洪，抬出末代皇帝溥仪作傀儡，逆历史潮流而行，宣布恢复帝制。

当天，段祺瑞即到天津马厂誓师讨张，由徐树铮与梁启超等作为参议。事后，段祺瑞以"再造共和"之英雄复任总理，并兼陆军总长，仍以徐树铮为次长。同时，举冯国璋代理总统。

然而不久，冯国璋和段祺瑞争权斗势，如同水火。冯国璋是直隶人，遂成为直系军政人物的首领，段祺瑞则成为皖系头目。

这个时候的中国，真正是四分五裂。桂系军阀陆荣廷，坚持他在反对张勋复辟时提出的"自主"；滇系首领唐继尧，极力反对段祺瑞内阁；广东方

徐树铮（左）
段祺瑞（右）

面的"护法"军，已向湖南、福建、江西发起了猛烈的进攻。全国上下被这些军阀弄得乱七八糟，狼烟四起。

由于三省驻军一时难以顶住进攻，告急的电报接连到达陆军部，情况十分危急。

徐树铮与段祺瑞商定后，随即下令第十六混成旅旅长冯玉祥，率部增援福建，并同意加冯部编制，满足他扩充一团的条件。

冯玉祥，字焕章，祖籍安徽巢县，1882 年生于天津附近的兴集镇，不久随父迁居保定。

其父冯有茂是个行伍出身的小军官。冯玉祥 10 岁丧母，12 岁从军。从军前读过 15 个月的私塾。从军后，奋发向上，由一名小兵，逐步升到第十六混成旅旅长。

辛亥革命时，冯玉祥曾发动滦州起义，被袁世凯派人镇压，后随陆建章东山再起。他几年前开始信奉基督教，有极高的军事指挥才能。蔡锷在云南举兵讨袁时，冯玉祥命所部张之江、蒋鸿遇等与蔡锷暗中联系。不久，促成陈宧宣布四川独立。

1917年春，段祺瑞以冯玉祥不能忠于北洋团体，免去其旅长职务，改任为正安府第六巡防营统领。对此虚职，冯玉祥坚辞不就，以养病为名避居北京西郊天台山。张勋宣布复辟时，段祺瑞约他率其旧部参加讨伐，复任第十六混成旅旅长。所部训练有素，纪律严明，战斗力强，享有盛誉，因而深受段祺瑞与徐树铮的重视。

冯玉祥接到援闽命令后，派得力部将李鸣钟，到河南归德招募新兵2700人，组成一个补充团。

11月上旬，冯玉祥以远征的姿态，带领部队由丰台转京汉路南下。本来，他完全可以走津浦线，但他绕道而行，从而拖延时间。当他到达河南彰德时，"护法军"已攻占了湖南长沙和岳州，段祺瑞的"四大金刚"之一——由徐树铮极力荐任的湖南督军傅良佐，从前线败回北京。

此后，冯玉祥前进得更慢了。

11月19日、22日，徐树铮与段祺瑞因湖南战争受挫相继辞职。

12月上旬，冯玉祥才缓缓到达浦口。

徐、段辞职后，冯玉祥鼓动各省督军12月上旬到天津开会，继续布置对南用兵。会议决定两路进攻湖南，曹锟为第一路主帅；张怀芝为第二路主帅；直隶、山东、安徽分别出兵1万，奉天出兵2万，山西与陕西各出5000；所需军费，由各省自行负担。

12月6日，曹锟、张怀芝、张作霖、倪嗣冲、阎锡山、陈树藩、赵倜、杨善德、张敬尧等督军和上海护军使卢永祥联名电请北京政府颁发讨伐西南的命令。在强大的压力之下，冯国璋不得不答应对南用兵，并于12月8日派段祺瑞为对欧参战督办。

事实上，段祺瑞又成为一个拥有无限权力，从军事、外交一直管到内政的"太上皇"。他所做的决定，可直接交有关各部办理，因而更积极地推行武力统一政策。冯国璋表面上好似屈服了，暗中却指示江苏督军李纯和江西督军陈光远，设法阻止北军南进，进而暗中与西南方面的桂系等信使往来，以推行"和平统一"的政策。

同时，冯国璋派他的高级顾问陆建章奔走黄河上下与大江南北，为进一步打击段祺瑞作积极的准备。

陆建章，字朗斋，安徽蒙城人。行伍出身，是和段祺瑞同辈的老北洋军人，曾任陕西督军，与段祺瑞不堪相合，被皖系陈树藩逐出陕西。

连日来，陆建章不断到豫、鲁、沪、皖等地，煽动倒段。听说内侄冯玉祥（字焕章）率兵抵达浦口，急忙从上海赶来，见面就说：

"焕章，你不能去援闽，那是帮段祺瑞的忙。"

"是啊，姑父，我根本就不想去，正准备在这里停兵呢！"

"对！停止前进！就停在这里，我再去和李纯说一说，以获得他的谅解和支持。"

"如此当然更好。"冯玉祥说。"还有，安徽督军倪嗣冲，是段祺瑞最得力的干将，与徐树铮等人一个鼻孔出气。"

陆建章颇为气恼地说："他积极鼓动对南用兵，并派马联甲等率部进入江西，往攻南军。"

冯玉祥轻轻地"嗬"了一声。

陆建章继续说："你现在在这里停兵正好，我准备在六安、霍邱、寿县、淮南一带组织些人马，趁机把倪驱逐出安徽。"陆建章停了一下，又颇有把握地说："我已同孙毓筠、王庆云、柏文蔚、岳相如等皖人联系，相约讨倪……如果你能出兵支持，估计可以一举灭倪！"陆建章双拳紧握，咬了咬牙。

"好！若是安徽组成讨倪队伍，首先发难，我就率兵直捣安庆，打他个措手不及，人仰马翻。"冯玉祥非常爽快地说。

两人商定之后，陆建章又到南京找其旧部李纯。李纯，字秀山，是继冯国璋之后坐镇南京的直系将领。他听说陆建章来了，急忙起身出迎，毕恭毕敬地说："陆老匆匆远道而来，有要紧的事情吧？"

陆建章当即将冯国璋反段用兵、冯玉祥浦口停兵和相约讨倪之事，一五一十地密述于李纯，要求其予以协助。

李纯欣然答应："既然冯代总统对段祺瑞很反感，我绝不愿意对南用兵，那就让焕章在浦口停兵好了。如果因此缺少粮饷，我在这里想办法接济他。逐倪出皖之事，倘若焕章出兵，我即响应。我可以调集军队，在苏皖毗连地带，接应讨倪军。讨倪军失利时，还可以撤退到苏省范围。"

陆建章一拍大腿，随即拉住李纯的手说：

"好，秀山！就这么干，给段祺瑞点颜色看看。"

这时，福建省军李厚基，已准备好许多船只，欢迎冯玉祥旅入闽。

冯玉祥则以"海军难靠、船运危险"和"易被攻击"为借口，提出要走陆路——经浙江仙霞岭这一最迂远的路去福州，好像他还准备去援闽似的。

实际上，冯玉祥再也没进一步。

段祺瑞方面再三催促，冯玉祥均置若罔闻。

更出乎段祺瑞意料的是，南征军施从滨部从山东进至浦口时，冯玉祥公然加以拦阻。

1918 年 2 月，湖南战事再度紧张。段祺瑞改派冯玉祥援湘。

冯玉祥接到命令，开始还是不予理睬，后来听说代总统也主战了，才勉强离开浦口溯江西上。可是到了湖北武穴，他又停兵不前，于 2 月 14 日通电主和。

18 日，冯玉祥再次通电指责主战派。段祺瑞不禁震惊地说道："这是在别我的马腿，要把我彻底打倒。"

陆建章图谋驱逐倪嗣冲的活动也在紧锣密鼓地进行。

陆与安徽地方势力联结，分别在寿县、凤台、霍邱、怀远、定远、和县、含山、来安等地组织了许多武装力量，号称"安徽讨倪军"。陆自任总司令，领衔孙毓筠、柏文蔚等34人，发出讨倪通电，兵分东、中、西三路，声势之浩大，实令倪嗣冲心惊胆战。

倪嗣冲火急布置安武军应付，并连电北京告危。

这时，段祺瑞已命徐树铮到奉天引奉军入关。

冯玉祥率兵乘轮船过安庆，但他反复掂量，估计讨倪不会成功，加之又有情报说倪和段方已做好应战准备。徐树铮引带奉军时刻可能南来。

于是，冯玉祥佯称坠马伤腿，需往武汉住院，没有进攻安庆。

李纯看军未动，也就没有出兵响应。

"讨倪军"虽然声势浩大，但组织分散，未能及时集中力量，而且孤军无援，所以很快即遭失败。"倒段"风波就这样草草收场了。

倪嗣冲因此恨陆入骨，决心除之而后快，并要求徐树铮予以协助。

枪杀陆建章，埋下"祸根"

1918年2月，徐树铮奉段祺瑞之命，奔赴东北联络张作霖，并自作主张到秦皇岛截取从日本运来的冯国璋预备主要用以武装直系的一大批军械军火，作为礼物送给奉军，遂引奉军源源入关。

3月12日，徐树铮与张作霖联名宣布，在天津军粮城成立关内奉军总司令部。张作霖自兼总司令，徐树铮以副总司令名义代行总司令职权，直接指挥关内奉军。

3月23日，段祺瑞得以再度组阁，遂又大张旗鼓地对南用兵，并积极准备选举新国会。

徐树铮经常往来于天津、北京、武汉、长沙之间，既主持对南军事，又要包办国会选举，真是一位大忙人。

为了推动湘南战争，徐树铮把关内奉军布置到湖南战场上，还亲自到衡阳，给有厌战情绪的吴佩孚打气。

4月下旬，段祺瑞到武汉召开军事会议，徐树铮和直隶督军兼援湘军第一路总司令曹锟、山东督军兼援湘军第二路总司令张怀芝、湖北督军王占元、河南督军赵倜、长江上游总司令吴光新及段祺瑞的主要随员财政部次长吴鼎昌、交通部次长叶恭绰等出席。

席间，张怀芝突然告陆建章扰鲁一状，说："陆建章到山东，大肆鼓吹'和平统一'，严重扰乱军心，影响援湘作战，请予处分。"

"有证据吗？"段祺瑞严肃地问。

"有。"张怀芝随手将一份材料摆到段祺瑞的桌上。

"有电报告诉国务院吗？"段祺瑞非常震怒地问。

"有！"

"既然如此，请在座诸位，注意协拿，就地正法。"段祺瑞随即命令，并且申明："朗斋老袍，不如此，将法曲于情。"

在座诸位连称"遵命"。唯独徐树铮默然不语。

段祺瑞回京后，进一步指示徐树铮，要注意陆建章的活动，设法缉捕严办。

5月17日，徐树铮与曾毓隽奉段祺瑞指示，联名密电上海会办卢永祥，要其密悬重赏，务获陆建章。

6月11日，倪嗣冲、曹锟、张怀芝和各省军阀代表到天津，准备13日召开军事会议，讨论继续对南方作战问题，并准备讨论总统大选问题。

由于直系长江三督撤回了他们的代表，会议改在19日召开。

冯国璋得知要开这次会议时，暗中授意陆承武把他父亲陆建章从上海叫到天津，来拉拢曹锟等，企图使会议有利于己而不利于段祺瑞。

陆建章在上海时，已拉拢卢永祥，因而卢永祥用电报介绍他来天津。

12日，陆建章大大咧咧地到了天津。

14日中午，徐树铮与奉军参谋长杨宇霆商定后，写信派人请陆建章到驻津奉军司令部晤谈。

陆建章虽然觉得情况有点不妙，但自恃为现任总统府高等顾问、陆军上将和北洋派中的长辈，别人对他不敢轻举妄动；他儿子陆承武夫妇与徐树铮夫妇留日期间是同学，因而陆建章放松了警惕，欣然应约而往。

徐树铮请他到花园密室中说话，陆建章不知是计，结果走进花园却被枪杀。

陆建章被枪杀，事关重大。徐树铮当即致电国务院、陆军部和奉天张作霖、浙江析善德、福州李厚基、长沙张敬尧、武昌王占元、太原阎锡山、渭南陈树藩、卜奎鲍贵卿、张家口田中玉、热河姜桂题等督军、都统，及上海会办卢永祥、浙江省长齐燮元等，历数陆之罪恶，报告杀陆的情况。对于在津的倪嗣冲、曹锟、张怀芝等，则分别抄送电文，以求得谅解和支持。

15日，冯国璋勉强发表由国务院秘书长方枢拟就的一道命令，谓陆建章之死罪有应得。

这个时候，冯玉祥正在前往湘西的途中。

由于冯玉祥武穴停兵主和，政府2月25日已下令免去他的旅长之职，交曹锟"严切查明呈候核办"。为此曹锟在武穴悬赏两万元，购捕幕后主和的陆建章。冯玉祥请求"戴罪立功"。

4月武汉会议时，经曹锟调解，段祺瑞同意冯玉祥开赴湘西"戴罪立功"。此时冯玉祥已到津市临沣一带。

徐树铮清楚地知道，冯玉祥是陆建章的亲戚，陆建章是冯玉祥的老首长和知遇恩人。陆建章死，冯玉祥是不会没有反应的。

杀陆建章当天，徐树铮就给冯玉祥拍电报，转述所至国务院及陆军部电报的内容，并谓"陆某罪恶昭著，久为同人所切齿。今兹自行送死，亦是恶贯已盈之证"。

冯玉祥接读电报，一阵惊惧，一阵酸楚，一阵愤恨。往事如烟，历历在目！

早在 1902 年，冯玉祥在袁世凯武卫右军当兵时，就与陆建章结识。是陆建章最先发现和培养了他，带他沿着军阶向上攀爬。

1907 年，陆建章又把内侄女刘氏许嫁于冯玉祥，给冯玉祥安了个温暖的家。

1911 年，冯玉祥滦州起义失败被捕时，经陆建章多方营救，他才幸免于难。次年，陆建章奉袁世凯之命编练左路备补军，任冯玉祥为前营营长，并派他到直隶景县招士，招到孙良诚、刘汝明、石友三、佟麟阁、冯治安等这些后来都干出一番"大事"的干将及旧部李鸣仲、韩复榘等，随陆建章驻防北苑。

1913 年 8 月，左路备补军改编为京卫军，陆建章保升冯玉祥为左翼第一团团长兼第一营营长，后又派他当旅长兼任陕南镇守使，驻军汉中。

1918 年浦口停兵、武穴主和，陆建章又为他运筹帷幄……可以说，冯玉祥的每一次升迁，都是陆建章直接作用的结果。

冯玉祥越是回忆过去，越是感到悲痛，越是追念陆建章，越是痛恨徐树铮。

但是，冯玉祥知道，以他目前的力量，与徐树铮对抗，无异于鸡蛋对石头。因此，他抹去眼圈的泪水，又不免疑虑重重："我与陆建章的关系，是众所周知的，他们会不会株连到我？徐树铮经常到武汉、长沙来，会不会对我下毒手？怎么办？我还在'戴罪立功'啊！"

冯玉祥思虑再三，决定以退为进，先忍忍再说。6 月 24 日，他不动声色地回复徐树铮一封好像只关心陆建章"身后之事"的电报。

冯玉祥

28 日，徐树铮又致冯玉祥一封电报，望冯放心，对陆建章身后之事，他当悉力操持。

为了使冯玉祥安心，段祺瑞方面还采取了一些安抚措施。

6 月 17 日，撤销对冯玉祥的免职处分，恢复其陆军中将第十六混成旅旅长原职，还委他兼任湘西镇守使。

22 日又授以勋士位。

段祺瑞本人还赠给陆建章遗属 5000 元，以表北洋袍泽之谊。

事后，冯玉祥绝口不提陆案，而且自告奋勇，要求调往福建去打"护法军"。将仇恨暂时压在心底，并暗暗祈祷上苍赐给他一个报仇的机会。

徐树铮"引火烧身"

1924 年 9 月，第二次直奉大战爆发。

曹锟、吴佩孚任命冯玉祥为第三军总司令，率部出古北口而趋赤峰。冯玉祥早就对曹锟、吴佩孚心怀不满，于是率所部佯装前进，进而又退。待吴佩孚在山海关前线与张作霖大战失利，冯即命令所部偃旗息鼓，日夜兼程回京。

10月23日凌晨，冯玉祥出其不意，一举囚禁总统曹锟，迫其下令停战，撤去吴佩孚职务。

吴佩孚自前线闻讯，仓皇乘船从海路南逃。曹锟、吴佩孚控制中央政府的局面随之垮台。

当时，徐树铮正在上海至香港的海上。

原来，徐树铮已因直皖战争失败，被列为十大祸首之最，被悬赏10万元通缉。1922年初，他到广西会见孙中山先生，筹组反直同盟。10月，徐树铮到福建延平，利用旧部王永泉旅，赶走背皖亲直的闽督李厚基，成立"建国军政制置府"，但仅一个月就告失败。

1924年9月初，江浙战争突起。10月13日，卢永祥兵败北逃。徐树铮收其残部，准备再战，不料刚开了两次高级将领会议，15日就在公共租界被亲直的英国人唆使工部局拘禁。21日，徐树铮被迫乘上英国蓝烟囱公司的货轮离开上海，在未到英国利物浦之前，不准下船。

24日早晨，船抵香港。原内阁总理梁士诒、前广东省省长李耀汉和徐树铮的旧友数人前来看望。孙中山先生也派专员到港接洽。

正谈论间，忽接北京大局已变之电。

徐树铮当即决意上岸，经与有关方面交涉，香港总督派人请他下船，并向他表示歉意，告诉他完全可以自由活动。

26日上午，徐树铮登岸住到坚尼路61号李耀汉家，以观时局变化，再定行止。

很快即有冯玉祥将迎段祺瑞进京主政的消息。

香港一家英文报社特派记者，赶到李耀汉家，就时局等问题采访了徐树铮。徐树铮一一做了回答，摘录如下：

问："您与段祺瑞旧交甚深，可否请您谈谈段祺瑞的情况？他是否会复出？"

答："合肥段上将军，为国家柱石，又为树铮唯一长官，德望在人心，故旧满天下。出任国事，则确尽己责；退居在野，则苍生引领。论及段公出处，应为国计。此刻段公仍在天津，不易轻出。"

问："因与段氏关系，今后您还再从政否？"

答："余在本国，已饱历风尘。现无从政问题。"

问："闻冯玉祥有拥段为总统之表示，确否？"

答："段公现时必自保存其声誉，而不汲汲于实力之活动。此时所组之政府，不过过渡时代之产物，恐不能久存。似此之政府，于现状仍无甚补益。"

问："有谓段氏非与吴佩孚合作不能出山。请谈谈吴佩孚好吗？"

答："吴将军子玉，为树铮旧友，其任第三师师长及孚威名号，皆树铮一力推荐，累与树铮往还无忤，树铮始终许其为战将，未许其可假以国政。当六七年前，絮始与树铮意见不合，时曾与以一电，以君行径，必有退维谷之一日，俟届彼时，君但记徐某尚可为君解释足矣，好自为之，他事不必相溷云云。襄岁在沪，尚述此育，以电警之，仍只许为战将而已。今春斋公复完，派员到沪，今夏要对铮到奉，晤张公雨亭，共商国计，树铮皆虑子玉一部，须好安置。若尽以力经营，即获全胜，亦损国家元气。此皆为国事计，非与何人有何私爱私恶，今仍此心志耳。吴君之自计，作何打算，能否念及树铮前言，非所问及。若云其中国，今日不可再得，溢誉误友，树铮不比所不为，然絮果能降心相从，不复廖自愎忮，则尚有可取也。"

问："可否谈谈冯玉祥？"

答："冯将军焕章，亦树铮旧友，共事更久于子玉，且部属将士，彼此互调者，亦属不少，絮曾有一二困窘之事，由树铮为之援手。综树铮之于枲，及枲之于树铮，未见有何反复之事。"

说到此，徐树铮顿了顿，又感慨地说："但今日用人之人，率以己利为主，用时则甘如饴，用后则弃如遗！"他还断然宣称："段祺瑞不能与冯玉祥合作。"

说到底，徐树铮不赞成段祺瑞和冯玉祥合作。他曾接连几次打电报给在津的段祺瑞，请其"暂缓入京，即入京须有条件"。

段祺瑞果然即刻暂缓入京，同时提出条件："须先定裁兵办法，余始出山。"

这时，孙中山已表明赞成冯玉祥。但冯玉祥虽然控制了北京，却控制不了全国大局。张作霖拥兵10万，进驻在津浦沿线，高喊着："北京政府之收拾，当请段老当之。"

吴佩孚有回师之说，东南齐燮元、孙传芳等联合声讨冯玉祥。

冯玉祥赶紧到天津，与段祺瑞和张作霖会商，决定拥段为"中华民国临时总执政"。

段祺瑞迫于形势，即于11月24日进京，次日就任"临时总执政"。

徐树铮认为，段祺瑞进京仍太匆促，难免做冯玉祥的政治俘虏。而"临时总执政"名义，"与中华民国实属不能相属者"，"不能连贯"，不合中华民国之约法。不伦不类，名不正，言不顺。

因此，徐树铮更加反对段祺瑞与冯玉祥合作。

徐树铮将自己与记者的谈话发表在报纸上，引起了冯玉祥的深切关注，冯玉祥恨他称赞吴佩孚，更恨他反对段冯合作，还恨他骂自己是反复无常的小人。事后有人说徐树铮这是"引火烧身"。

徐树铮看事不可为，决计乘机出国求学。不久，段祺瑞特任徐树铮为考察欧美日本各国政治专使。徐即组织考察团，横渡印度洋、大西洋、太平洋……作环球逍遥游。可是，他的心里真的能逍遥起来吗？

多了一笔死账

冯玉祥刚刚回京政变时，张作霖即举军入关，收编吴佩孚之残兵败将，强占津浦与京津沿线地盘，冯玉祥气得仰天长叹。

原来，早在天津会议时，两人就为划分地盘翻了脸。段祺瑞反复调和，才勉强弄出个折中方案：张作霖的队伍驻津浦线，冯玉祥的队伍驻京汉线。双方都可以沿着分得的路线向南发展。但冯玉祥认为张作霖还是占了便宜，据说他曾与张约定奉军不入关。

段祺瑞就任总执政后，冯玉祥与张作霖的矛盾一天天深化。他们不断地互相扯皮，争军费、争地盘、争中央的人事职位。张作霖一度提出要他的部下李景林担任北京警备司令，以取代冯玉祥的部下鹿钟麟，冯玉祥坚决不同意。

张作霖原本派 1 万人马进驻京师，随后亲自进京亮亮威风。可是冯玉祥驻京的人马远比张作霖的多。有人对张作霖说："冯玉祥是个惯于采取非常手段的人，你应当提防一下才是。"张作霖听了不禁毛骨悚然，离京而去，并带走了他的 1 万人马，以免被冯玉祥的队伍吞掉。

1925 年 5 月，张作霖从关外带来更多的队伍，布置在京奉、京津、津浦各路驻扎。其势似乎要和冯玉祥一决雌雄。传闻张作霖可能与伺机再起的吴佩孚联合，这显然对冯玉祥很不利。

冯玉祥听了，急忙召开高级将领会议，决定将其驻扎在北京地区的大部分军队，撤往宣化、张家口等地，暂且让一让张作霖，以防他与吴佩孚联合。

张作霖在京津地区站稳脚跟后，又积极向南扩张。

同年八九月间，张作霖派杨宇霆、姜登选分别率部进驻江苏、安徽，并任两省军务督军。

此时坐镇浙江的孙传芳，认为此举对他是很大的威胁，即和冯玉祥联系，相约南北夹攻奉军：先由孙传芳在南方发动，把奉军大部吸引到江浙一带，随后冯玉祥在北方发动，南北夹攻，一举将奉军消灭于关内。

10月上旬，孙传芳以"双十节"阅兵为名，迅速集结军队，布置战线。

张作霖一看势头不对，急令杨宇霆和姜登选赶回沈阳讨论对策，但为时已晚。孙军已是箭在弦上，而奉军还在榆关、天津、浦口、南京、上海之间漫步，宛如一字长蛇。如果孙传芳打头，冯玉祥截后，奉军就将首尾不能相顾，后果难以想象。

10月15日，孙传芳以浙、闽、苏、皖、赣五省联军总司令名义，通电讨伐奉军。

杨宇霆在南京急喊姜登选来商讨如何是好。两人请孙"念及同窗之谊，毅然止戈"，并保证奉军"不犯浙"。

可是孙传芳这时不愿再讲老同学的交情，悍然分兵五路，大举进攻奉军。

冯玉祥在北方摩拳擦掌，正准备响应孙传芳以全歼奉军，忽然报纸登出《徐树铮劝孙张息兵电》。冯玉祥看了非常恼火：电文中所谓"徒便他人"，"不免曹氏覆辙"，不是含沙射影地责骂自己吗？张孙果真歇兵，岂不毁了自己的大计……

冯玉祥正沉思着，忽又传来徐树铮请段祺瑞阻止奉浙之战的电报，电文中又有万勿听使"庶政滞驰"，"甘自暗于眉睫"之言。

冯玉祥疑心重重，自言自语地说："京城在我控制之下，怎说'暗在眉睫'？这是要防备我了？"

10月22日，徐树铮又从美国电劝杨宇霆撤兵，并致电张作相、吴俊升两督办，谓为拥戴段祺瑞之中坚，奉事即大局之事，希望两督办与张作霖妥计东三省之事，保养全力以待后图。倘若入于困战，"奉军尽失所长，再经挫败，奉事何以善后，大局益无根蒂"。这些也都登在当时的报纸上。

冯玉祥越看越气。

恰恰这时张作霖、杨宇霆已将主力撤退。孙传芳进军至徐州，也就宣布"胜利"回师了。

冯玉祥怅然若失，殊怨徐树铮多事，甚至不顾身份，顿足骂道："狡猾的胡子（指张作霖），可恶的小徐！"

11月22日，冯玉祥与图谋倒戈的奉军将领郭松龄双方签订了联合反奉密约。

次日，郭松龄在滦州誓师讨张，率军7万反攻东北。

25日，冯玉祥派宋哲元率部出喜峰口，向承德、热河进军，以配合郭军，并通电要求张作霖下野。

26日，徐树铮从美国抵达日本东京。

29日，徐树铮通电国内各报馆，指责郭松龄等"苟合之朋，皆无救国主旨，徒以利结，利尽交疏，舍干戈相向，更无他能"，并咒骂他"犹如脓肿"，"不容姑息"。郭松龄未加理会。

郭松龄初战得胜，张作霖竭力组织反攻。双方对攻，死伤惨重，不久即成对峙之局。正在此时，坐收渔利的日本出兵相助张作霖，郭松龄即战败身死。

冯玉祥难免郭死己悲，不但怨恨徐树铮助张之屡屡通电，更怀疑他联络日本出兵。就这样，冯玉祥把这一笔账又记在了徐树铮的头上。

自掘坟墓

冯玉祥对段祺瑞早就怀有敌视之心。细细算来，段祺瑞撤过他的职，推行他极力反对的武力统一政策，支持徐树铮杀害陆建章，等等。这些，冯玉祥都不会忘记。天津会议时，冯玉祥主张实行委员制。段祺瑞不愿接受，徐树铮在香港也坚决反对。冯玉祥之所以让段祺瑞进京任总执政，也只是权宜之计，不得已而为之。他曾想迎孙中山来"主持大计"，但远水不解近渴，孙中山也未必就能同他一般想法，而段、张也不可能接受这种局面。

段祺瑞就任总执政的第一天，冯玉祥就提出辞职，就要"游学欧美，俾遂素愿"。令段祺瑞十分难堪，坚持挽留。

此后，冯玉祥又三次提出辞呈，段祺瑞照样"嘉许慰留"。

段祺瑞一上台便命亲信人物担任政府要职，但无枪杆子后，夹在张作霖、冯玉祥之间，左右为难，凡事张作霖不点头、冯玉祥不同意就难于办成，或者根本不能办成。

孙传芳又自称五省联军总司令，称霸东南。吴佩孚在武汉自称十四省联军总司令，时刻准备逐鹿中原。西南唐继尧、陈炯明等更是各自为战。

全国四分五裂，一片混乱。

1925 年 12 月 10 日，徐树铮一行结束考察回到上海。

刚刚上岸，鞍马未解，徐树铮就在接受中外记者采访时大放厥词："在外人观察看来，以为树铮与北京政府关系甚深，但政府与段执政个人。须分别言之，树铮与段芝老感情极深。诚然，虽觉中国目下无第二人再较段芝老适于为元首之人，但对政府不觉其如是……树铮前日曾主张推段芝老为总统……至各方是否拥护，原不可知。但问除芝老外，尚有谁可以拥戴。"

原来，徐树铮 11 月 29 日在日本对国内各报馆的通电中就主张由各省共同拥段祺瑞"速正总统大位"，并谓"国家前定制度，不容轻议，不宜自戕，国亦受损"。还表明自己"有至诚之心，至正之行，至刚之气"，堪供国人驱策。为了国家"虽捐顶踵，无所吝避"。

这些言论都发表在报纸上。

徐树铮与考察团成员摄于
意大利（居中者为徐树铮）

　　冯玉祥看了，实在深恶痛绝。他绝不拥段祺瑞"速正总统大位"，仍主张委员制度。他期待着与徐树铮较量，他打电报欢迎徐树铮北上，并声称会保证徐树铮的安全。

　　12 月 11 日，徐树铮到达杭州，与孙传芳接洽。他和孙传芳相约共同拥段联张，排斥冯玉祥。

　　回到上海，徐树铮又马不停蹄地与军政商及外国领事、中外新闻记者多方联络，一再申明要合力拥段祺瑞为总统。

　　15 日，孙传芳又到上海与徐树铮进一步商讨拥段等事。

　　17 日，徐、孙两人携手至南通，拜访状元公张謇，因为张謇也是反对冯玉祥的。徐、孙联手，是冯玉祥所不能容忍的。

冯玉祥杀人唱戏

　　12 月 19 日，徐树铮从上海乘船北上。23 日抵天津，转乘宋子杨借自英使馆的汽车，当天到达北京，即见段祺瑞汇报考察结果，并讨论时局问题。

27 日，执政府举行了徐专使晋谒段祺瑞执政的庄重仪式，以向国内外表明徐树铮考察欧美及日本各国的重要性。

仪式后，徐树铮遍访各国使节，出席国务会议，报告考察各国的情况。用忙得"不亦乐乎"来形容，一点也不过分。

29 日傍晚，徐树铮托龚心湛出面，设宴和冯玉祥方面的人联欢，鹿钟麟也应邀到席，与他碰杯笑语，好像老朋友一般。

这时，徐树铮心血来潮，忽然决定离京南返。早在他进京之前，李思浩等友人就劝他"切勿进京"，或"暂缓进京"，段祺瑞也几次"电止缓行，且派员阻其来京"，说北京的形势对他可能不利。但他不以为意，自觉肩负使命，一定要尽快回京，同时龚心湛等也有电报催他北上。他回国前通电推荐龚心湛为即将成立的新内阁的总理人选。他本人也打算在政府中任职，以推行他的经国大计，所以匆匆赴京。进京之后，发现形势确实对他不利，才断然决定离京南返。

而此时，死神之网早已张开。徐树铮想逃却来不及了。

就在 29 日下午，段祺瑞突然在自己的书架上发现一张纸条，上写"又铮不可行，行必死"。他赶紧叫人送给徐树铮。心高气傲的徐树铮看了，只是一笑置之。他压根儿没有料到，死神已向他迎面走来。

专车已经备好，有人劝徐树铮借乘英国使馆的汽车先到天津再转往上海，但他坚持要乘火车走。他说："北京四周，到处都是仇家爪牙，随时随地都可置我命死。我之所以犹能安然无恙者，徒以鬼蜮伎俩，不敢在光天化日之下公然露其面目耳。我若躲躲藏藏，岂非正中其计！"

到车站前，褚哲文带一连人准备护送，但他坚辞不允，自信绝不会有什么危险发生。然而，置他于死地的阴谋正在紧张有序地进行着。

事实上，早在一个月之前，冯玉祥就已详细布置好了杀徐计划。

11 月 26 日，即徐树铮归途抵达日本的第一天，冯玉祥命令鹿钟麟拘禁了曾毓隽，接着又逮捕了姚震，还准备逮捕梁鸿志、李思浩、天光新、叶恭绰、朱深、沈瑞麟等，这些人都是徐树铮的老朋友，并在执政府任要职。逮捕这些人，就等于断了徐树铮回国后活动的渠道、门路和支柱。

与此同时，冯玉祥派心腹朴化人在上海搜集情报，派副官长张允荣负责布置计划，派其督办公署外交处长唐悦良驻京负责联络交际，避免引起外交方面的纠纷，令鹿钟麟在北京坐镇主持执行计划。

为尽量避免是非，冯玉祥还先从手枪队中挑选了20人，由发誓要报杀父之仇的陆承武（陆建章之子）带领，化装入京，伺机行刺。但陆承武等一直没能得手。

鹿钟麟觉得那样干对自己很不利，于是进言：

"那能行吗？那样做目标太大，恐怕……"

"怕什么？天塌了有柱子顶着！"冯玉祥对着话筒，咬牙切齿地吼道，"老子早就想要徐贼的狗命了！"

鹿钟麟随冯玉祥多年，深知其秉性：他的决定谁也不能更动，他具有无上的权威。对于部属将领来说，他是位至尊而极严厉的家长。甘肃督办刘郁芬和察哈尔都统张之江都曾被罚跪，鹿钟麟自己也曾在全军将士面前，因没扎好皮带而被罚跪。对于政敌，那就更可想而知了。鹿钟麟只好执行命令。不过，在军阀队伍中混久了的他，知道冤冤相报的残酷性，他生怕落个什么把柄，对自己不利，因此很想找个不露痕迹的办法。

这时，徐树铮的专车已从北京开出，鹿钟麟急命参谋处同丰台站联系，答复是，车已开过丰台，估计尚未到达廊坊。

鹿钟麟赶紧再向冯玉祥请示办法，并说："徐贼一走，从此多事。如决心干掉他，仍可用电话命令张之江执行。"

冯玉祥即又命鹿钟麟转达张之江，派工兵队埋地雷炸专车。

负责冯军运输的许祥云，也接到命令，转饬各站，设法延迟徐树铮的专车通过，以便做好杀徐的充分准备。

张之江是河北盐山县人，行伍出身，信奉基督教。曾任冯部团长、旅长，是冯的主要战将。推翻曹锟后，任察哈尔都统兼骑兵一旅旅长。现在，他是冯部第五师师长兼前敌总指挥。

12月20日，他刚刚结束了在京津路东与李景林部的战斗，撤到廊坊后处理善后，并等待回到察哈尔。接到鹿钟麟的电话，张之江颇为踌躇地说："此事重大，不宜鲁莽。"

鹿钟麟说："这是命令！"

张之江见没有商量的余地，便赶紧找参谋长黄忠汉商谈，决定用"先礼后兵、截车抓人"的办法对付徐树铮。遂命令副官长宋邦英（号汉铮）把彭仲森叫到总指挥部。

彭仲森是张之江部第七混成旅参谋长、代旅长，与宋邦英是保定军校同学，并相处至好，此时负责廊坊车站及附近一带的警戒工作。由他亲自到车站守着站长给万庄车站打电话，让徐树铮的专车通行到廊坊来，并不让它开走。

专车晚上7点由京开出，夜半12点一刻始抵廊坊。

车刚一停，黄忠汉即持张之江名片上车请徐树铮，说："张都统特开欢迎会，请专使下车。"

徐树铮感到有些不妙，但他极力镇定地对黄忠汉说："极感盛意，只是我此时感到有些头晕，不能下车，请张都统谅解。"即命褚其祥代表赴会。褚其祥不知有诈，正待整衣，外面一声哨笛，闻讯而动的排兵队将专车紧密包围。

精于武功的手枪营官兵王子平、马华祥、于国栋等多人，蜂拥登车，立刻将徐树铮和随员、跟差等，尽数拥架下车。

自感末日降临的徐树铮冷冷地对士兵说："徐某不劳诸位簇拥！"说

罢，遂大踏步向张营走去，随后被拥到离站不远的地方枪杀了。

事毕，张之江立即用电话报告鹿钟麟，鹿钟麟又立即报告冯玉祥。

善于演戏的冯玉祥命鹿钟麟转叫陆承武当夜赶往廊坊。

正在温柔之乡的陆承武，从梦中惊醒，听到徐树铮被枪杀的消息后，迷迷糊糊地对来人说："事已完结，还需要我去吗？"

来人说："你不去怎么行？非去不可！"

于是，陆承武被来人用汽车接送到廊坊，用他自己的话说，是"糊里糊涂地唱了一出替父报仇的戏"。

他的戏极其简单，只奉命向被拘的褚其祥、徐赞化、薛学海、段茂澜、孙象震、李骏、刘卓彬、韩宾礼等十几位随员们宣称："过去徐树铮杀了我的父亲，今天我杀了徐树铮。我杀徐树铮是为家父报仇。"

接着，随员们又被"军法官"等审问了8小时，并被迫各写保证书，按上指印，发誓对当天的案情不泄露一字，否则各人全家性命难保，还集体拍了一张照片。

直到30日下午6点，宋邦荣告诉他们："徐某系陆承武所杀，乃冤冤相报。君等获释，皆张都统力保之功。"随后放他们赤手空拳离开廊坊。

这时，冯玉祥已于29日向上海《时报》预发了"专车被炸"的新闻，还有"陆承武的通电"，以及张之江和鹿钟麟煞有介事编造的响应电报。

可是，由于国内外多方关注，加之参与者太多，不久真相就暴露了。

获悉徐树铮被杀，段祺瑞禁不住痛哭失声："断我肱股，断我肱股！"于是打算辞职下台，不料冯玉祥先声夺人，意于新年元旦通电下野。

冯玉祥认为，徐树铮之死，必然引起大局震动，以致对自己不利，"与其贻误将来，见讥国人，莫若早日引退，以勉咎戾"，并托词"拟即出游，潜心学问"。他还给段祺瑞打来电报，请辞去本兼各职，这当然是再将段祺瑞一军。

这时，孙传芳在东南组建五省独立政府，吴佩孚称尊武汉，准备联奉讨冯，张作霖稳霸东北，也要联吴讨冯，山西阎锡山对冯亦深怀敌意，他们都不承认冯玉祥控制下的段祺瑞政府。

段祺瑞痛感"事愿俱违，心力交瘁"，于1926年元月7日通电下野，后于4月无可奈何地离京南返，从此再也没能重登政坛。

接着，冯玉祥也真的解职出游，离开张家口至苏联去了。

20年后，徐树铮之子徐道邻提出控诉，先后到国民党中央军事委员会控告冯玉祥，到北碚地方法院控告张之江。

而此时张之江已任国民党中央执委，冯玉祥为军事委员会副委员长。冯玉祥与蒋介石素有积怨，一时丈二和尚摸不着头脑，唯恐有什么政治背景。他仍振振有词地坚称，徐树铮是陆承武杀的，与他完全无关；徐道邻告他，是错认了仇人，并很快组织了反攻，在《扫荡日报》上骂徐树铮"亲日""卖国"。

此案关系甚大，除冯玉祥、张之江外，当然还有时任华北某集团军总司令的鹿钟麟和其他要员。

没有蒋介石的点头，谁敢受理此案？

蒋介石权衡轻重，又怎可去掉冯玉祥等人？

1945年12月，国民党中央军事委员会对徐道邻的诉状批示说，依据民国十四年（1925年）适用的刑法，杀人罪的诉讼时效是15年，所以此状失去了时效。

徐道邻马上以抗战8年时效中断为理由提出抗告，但军委会没再回答。

法院也一直没有下文。

此案就此不了了之。

后来，历史学家们在翻开这段发黄的历史时，都感到既可笑，又可悲！

第六章　皇姑屯惊梦

——"东北王"张作霖之死

历史的真相渐行渐远。

1928 年 6 月 4 日，这是一个注定要在历史上留下点儿什么的日子，不管是真相还是假象。有关这一天的种种怪事，民间流传的很多。

比方说，沈阳的天空突然飞出了数以万计的花蝴蝶，这些花蝴蝶环城优雅地飞了一圈后，居然莫名其妙地全部自杀于中心公园。

又比如，一对新婚夫妇被一群复仇的蛇咬死，原因是两天前，新郎在自己的书房里发现一条火炼蛇，便去追杀，一直追到大街上，最后这条蛇被车轮辗去一尾却侥幸逃脱。

这些怪事轶闻经过了时间的打磨和岁月的淘洗后，变得可有可无，在庄重的历史上留不下片言只语。

但这一天的另一件大事却在历史上打下了深刻的印记。

这天凌晨 5 点多钟，天空阴沉沉的。大地只露出微弱的曙光，人们大多还沉浸在睡梦中，而沈阳火车站却笼罩着一片紧张的气氛。口哨声、警笛声和喊叫声不断，一队队荷枪实弹的军警把火车站围了个水泄不通。他们在焦急地等待一辆载有要员的专列到来。

其时，在京奉线上，一列 22 节的专列，车头冒着浓烟，一路呼啸，向山海关方向飞驰。

专列上坐着大名鼎鼎的"中华民国陆海军大元帅"、安国军总司令张作霖。

然而，谁也没有料到，当专列至皇姑屯附近京奉、南满两路支岔处的桥洞时，突然，"轰隆"一声巨响，桥底下的炸弹爆炸。

一股浓烟伴随着沙石冲上了半天云中。

响声过后，全桥塌下，张作霖所乘的专车被炸得粉碎，车身被崩出三四丈远，只剩下两个残破的车轮。

火车被炸后，展现在人们面前的是惨不忍睹的场面：乘务人员躺在血泊中，有的四肢分离，有的身首异处，有的断肠裂肺，死者个个面带恐惧之色，伤者则奄奄一息地呻吟。

死里逃生的卫兵惊慌失措，他们在炸翻的车身底下翻出了不可一世的张作霖。此时的他犹如一只断了脊梁的癞皮狗，血流满身，一条腿被炸断，只有少许皮肉还连着，头颅上全是血，一只耳朵被炸飞，气息奄奄。

恰在此时，离事发地不远的公路上，迎面驶来一辆贴着鲜红"囍"字的迎婚汽车。

"这么早搞迎亲，我看你们是想迎丧！"一位军官模样的人站在路中央，朝迎婚汽车大声骂道。

众卫兵不管三七二十一，截住来车，强行赶出新郎，急将张作霖扶入汽车，吵吵嚷嚷拉到帅府。

回到帅府后，重伤的张作霖早已只有出气而无进气了。在回光返照之际，他微微睁开双眼，看了一下围在身边的人，断断续续地交代了几句，然后双眼紧闭，身子一挺，归西而去。

一代"枭雄"死得如此凄惨，真叫人难以置信啊！

张作霖系"中华民国陆海军大元帅"，长期称霸东北，素有"东北王"之称。却在自己的老窝，张作霖被人一包炸药送上西天，并且死得如此惨不忍睹，这实在是一个令人费解的谜。

　　然而，只要我们回过头去了解一下张作霖死前的所作所为，尤其是他与日本人之间的种种丑恶勾当，这个谜也就自然解开了。

混迹绿林，称霸东北

　　张作霖，字雨亭，生于奉天海城小洼村（今辽宁省海城市）。后随家人移居海城驾掌寺，家境贫寒，父母都是没文化的苦力，常常为一天三顿饭而发愁。

　　张作霖年轻时，正是清政府腐朽没落、列强入侵、蹂躏我大好河山之时。尤其是幅员辽阔的东北更是战火连绵、政局混乱、民不聊生。尽管诸多仁人志士绞尽脑汁在为中国的出路而奋斗，但也有许多不肖之徒，散兵游勇，乘机啸聚山林，劫掠民财，整个东北一时乌烟瘴气。

　　这种极度混乱的政局，给张作霖提供了一个绝好的人生"奋斗"舞台。他20岁前当过兵，后投身绿林，干过一些杀人放火的勾当。

　　张作霖能使双枪，枪法十分好。有一次，他去镇上理发，碰上一个会绝活的理发匠。那理发匠能双手同时使用3把剃头刀，抛在空中，轮流理发，让看的人觉得心惊胆战，因为那闪闪发亮的刀子老在你头上飞舞，一不小心，耳朵就没了。

　　不过，理发匠轻易不露这手绝活。

　　那次，理发匠得知张作霖是山上的恶霸，做了不少为民愤慨的事，便有心"敲敲边鼓"，整他一下。于是，理发时，理发匠将剃刀在张作霖的头上抛来抛去，吓得他面带上色，老老实实地接受摆布。理完发后，张作霖出了一身冷汗。

　　理发匠见张作霖被他整得十分狼狈，正暗自得意。不料，缓过神来的张作霖掏出手枪，令理发匠站到5米开外的地方。张作霖又叫人拿来一根竹筒,让理发匠用双腿夹住竹筒。然后,张作霖冷笑一声,甩手就是两枪,吓得理发匠瘫软下来。

张作霖慢腾腾地走上前,拿起竹筒,理发匠一看,两发子弹穿节而过。张作霖耸肩,说:"怎么样?"

理发匠连忙跪倒在张作霖脚下,不停地叩头,请求饶命。

张作霖说了句:"你那绝活也不容易,就饶了你吧。"然后扬长而去。

从此,理发匠离开了镇子,再没露过面。

张作霖生性奸诈、狡猾,长于谋权弄术。在后来的人生征途上,他审时度势,主动受抚,投身清军。

日俄战争中,张作霖为日本侵略者效劳。辛亥革命时,他又丧心病狂,镇压革命党人,以人血染红帽子,得到袁世凯的赏识,从此飞黄腾达,扶摇直上。

通过几年的打拼和投机钻营,1912 年张作霖便位至中将师长,左右奉天军权。

不久,张作霖又勾结日本人,奴颜婢膝,爬上奉天督军宝座。

在权力的争夺中,张作霖大显身手,他采取挑拨离间和封官许愿的卑劣手法,一举兼并吉、黑两省,称雄关外,成为威风八面的"东北王"。

最后,张作霖又耍手腕,攫取北京政权,位尊"中华民国陆海军大元帅"。

张作霖还仗着自己的势力,几次问鼎中原,挑动军阀混战。

张作霖就这样成为众多军阀中一个炙手可热的实权人物,他统治奉天和华北、东北长达 13 年之久,成为北洋军阀统治时期势力最大的军阀之一。

如前所述,张作霖出身贫苦,未曾饱读诗书。他从一个人人憎恶的"胡匪",一跃成为大元帅,并没有任何可以依仗的政治地位及经济势力。他称霸东北,逐鹿中原,除了自己有一套投机、奸巧的本领外,他的发迹与

张作霖

帝国主义，尤其是长期霸占东北的日本帝国主义是分不开的。

可以说，张作霖从发家之日起至他命赴黄泉之日止，其间所作所为，无一不与日本人有关联。

"成也日本人，亡也日本人"，是对张作霖一生最恰当最精确的概括。

"慧眼识才"，开门揖盗

日本帝国主义对中国的侵略蓄谋已久。

早在清政府时期，日本利用所签订的不平等条约，把中国东北的南部地区强行划为自己的势力范围，在那里设立殖民机构，如关东都督府、南满铁路株式会社、关东军等。他们利用这些机构，对东北进行全面的政治、军事控制和经济掠夺。

与此同时，野心勃勃的日本帝国主义还在东北物色代理人，扶植傀儡。他们曾支持宗社党搞过"满蒙独立运动"，抬出溥仪搞过伪政权；后又拉拢袁世凯，以种种手段大肆掠夺东北政治、经济权益。

张作霖称王东北时，东北已成为日本的殖民地。他们在此修铁路、建租界、开银行、驻军队，制造事端，干涉东北内政，气势汹汹，无恶不作。

而张作霖也想进一步稳固根基，以便称王全国，企图寻求靠山，于是日本与张作霖臭味相投，一拍即合。

不顾民族利益、只为满足私欲的张作霖迫不及待地上演了一系列卖国求荣、祸国殃民的丑剧，同时也为自己葬身车底、成为日本人的炮灰埋下了伏笔。

其实，早在1912年，张作霖就主动与日本的关东都督、满铁公所所长，日本驻奉总领事等进行过暗中勾结。

1912年后，他继续勾结日本侵略者，且亲日立场更明显。

1915年10月，在全国人民开展反对"二十一条"的抗日运动后不久，张作霖便会见了朝鲜总督寺内正毅，和日本人极力疏通，以表自己的亲善之心。

这样一来，日本统治集团对张作霖刮目相看，更有好感。

1916年8月，发生了中、日冲突的郑家屯事件。当时，张作霖为奉天都督。他完全不顾民族利益，百般迁就日本，竭力镇压民众抗日运动，并多次就这一事件向日方赔礼道歉。还赔偿所谓的"经济损失"，以讨好日本。

事后，日方对张作霖更加宠信，集中力量支持张作霖，把他当作"干儿子"。

1916年，寺内正毅上台组阁。他改变以往手段，决定支持张作霖统一东北，以推行日本的"大满洲主义"。从此，张作霖的每一步棋都与日本人商议，并求得支持，成为彻头彻尾的卖国贼。

现在，让我们来看看日本人是怎样把一块块"肥肉"塞进张作霖的口里的。

首先，日本帮助张作霖除掉了统一奉天军政路上的阻力冯德麟，兼并吉、黑两省。

其次，日本于 1916 年、1918 年先后从朝鲜银行给张作霖贷款 500 万元，从经济上给张作霖以援助。

再次，日本还以"优惠价"卖给张作霖大批军火，把这个"干儿子"全部武装起来。

得到日本的一系列援助和"好处"之后，张作霖更心怀感激，死心塌地为日本人效劳。

自张作霖上台后，日本人对东北进行了进一步的政治压迫、经济掠夺和文化侵略。如五四运动后，延边发生了反日事件，张作霖居然帮助日本人大肆捕杀延边民众，充当日本帝国主义的黑打手。

张作霖认贼作父、倒行逆施，激起了全国人民的强烈反抗和深恶痛绝，奉系内部也出现了裂缝。

在全国人民反帝浪潮的影响下，更由于奉系内部由来已久的矛盾和利益分配的不均衡，拥有重兵的郭松龄联合李景林，于 1925 年 11 月下旬，在滦州举旗，倒戈反奉。

由于郭松龄治军严厉，军队战斗力很强。战事一开，郭军所向披靡，节节胜利。12 月 5 日，郭军攻占锦州，奉军张作霖部如惊弓之鸟，放弃大凌河防线，仓皇败逃。

郭军很快占领沟帮子等地，准备进攻新民、营口等地敌军，直取奉天。

奉军兵败如山倒，统治集团内部惊慌失措，全军上下，一片悲观情绪。大小官员，毫无主见，狼狈至极。

张作霖于 12 月 6 日通电宣布"下野"。

同时，张作霖调派数十辆卡车，把大批财产运往满铁仓库。

老谋深算的张作霖还把自己的专用汽车，一直停在帅府门前，准备一有风吹草动，马上逃之夭夭。

当时奉天民众早已对张作霖恨之入骨，广大市民盼望郭军进城，赶走张作霖。

形势对张作霖来说，几乎已是大势已去，无可挽救。此时的张作霖十足一副丧家之犬的形象。

眼看张作霖统治地位摇摇欲坠，危在旦夕，其灭亡已只是时间问题了。广大市民正准备额手相庆，不料，日本帝国主义终究不愿看到"干儿子"如此快速地下台，便横插一杠，使张作霖躲过"大限"，起死回生。

郭松龄倒戈后，日本帝国主义惊恐异常，深知这一事变将直接影响其在东北的利益，于是，他们不顾一切地横加干预。

日本方面四处造谣、鼓动，说郭军"赤化"，苏联将要进攻欧洲，声言要出兵"保侨"。紧接着，主子、奴才经过一番露骨的讨价还价和密谋以后，张作霖以民族利益为代价，换取日本人武力干预。

局势陡变，日本方面调集一师团的兵力，1万门大炮，加入反郭阵线，对郭部进行疯狂反扑。

这样，在日、张的步步紧逼下，郭松龄渐感不支，终致惨败，郭松龄本人也被捉遭杀。

死里逃生的张作霖完全丧失了民族气节，拜倒在日本人胯下，与之狼狈为奸，公然危害中华民族的利益。

同时，日本人也认为他们在关键时刻救了张作霖的命，因而更把张作霖视为手中的一张纸牌，对之随意指手画脚，并不断用以前订的密约威胁张作霖，以取得更大的权益。

这时的张作霖，一方面受全国抗日民众的责骂，一方面受日本帝国主义的威逼，真可以说是焦头烂额，惶惶不可终日，心中不免对日本人的得陇望蜀之心生闷气，有怨恨。尽管在日本人面前他不敢放肆，但背地里时常有些牢骚。

1926 年，张作霖（中）在天津

　　日、张之间出现了矛盾，这些矛盾就使得张作霖在继续与日本人勾结的同时，不得不另谋他途。

　　张作霖的这种心态正是他走向死亡的第一步。

得寸进尺，一窝三窟

　　自从与张作霖勾结后，日本在东北谋得了大量的特权、利益，但他们的目的并未完全达到，膨胀的欲望并没有彻底满足。

　　1927 年 5 月，日本首相田中在外相官邸召开所谓"东方会议"。此次会议的中心议题是"策划侵略中国、称霸东方"的"远大蓝图"。他们决定不择手段，向张作霖施加压力，以索取"满蒙利益"。

　　会后，日本驻奉总领事吉田茂、驻华公使芳泽、"满铁总裁"山本条太郎等人，急不可耐地先后与张作霖密谈、交涉。

　　在交涉过程中，日方提出一大堆无理要求。

　　日本为了使其侵略势力由朝鲜直接深入黑龙江腹地，公然提出由他们贷款，在东北修建 7 条铁路，而管理权要归日方。他们还要求张作霖承认日本在东北的"商租权""营业权"，日本资本家能自由租借东北土地。

此外，日方还要求签订所谓"治安协定"，在东北各地建立领事馆等苛刻要求。

总之，日本希望首先使中国东北成为他们的殖民地，再以此为基地，向南扩展，最终达到吞并整个中国的罪恶目的。

对于日本的这些要求，张作霖左右为难，如不接受就会失宠于日本；如接受则感到自己完全按日本意图办事，处处受制于人，有损"东北王"尊严。特别是当时举国上下的反日风潮更使张作霖有所顾忌，他不希望自己成为人见人骂的可怜虫。

于是，对于日本方面的这些要求，张作霖或借故推延，或设计婉拒，或敷衍了事，这当然使日本人感到恼火。他们终于意识到，随着张作霖势力的增大，他的翅膀变硬了，他要飞出日方的控制。因此，要彻底左右他已非易事，他们必须随机应变。

与此同时，张作霖也清楚地看到，如果说，入关前非靠日本人不可，那么入关后，掌管了北京政权，单靠日本人一方显然不够，非取得其他国家的支持。

基于这种考虑，张作霖千方百计与英、美等帝国主义联系，运用"以夷制夷"之策略。尝到一些甜头后，张作霖更是调整部署，在依靠日本的基本上，开始全面协调各方关系。

1924 年，张作霖不顾日本反对，断然成立"东北交通委员会"，并筹建东北铁路网。他要日本人感觉到，他张作霖并不是某些人所想象的那么"草包"！

为了迅速地实现自己的"宏伟目标"，张作霖首先修筑了与南满铁路平行的打通路和奉海路，还计划修建东北两大铁路干线，想利用自筑铁路的收入，来解决财政、军用方面开支。

在修建上述诸铁路中，张作霖与英、美各方打得火热。他不断地从英、美购进铁轨、原材料和车辆。

除此以外，张作霖在其他企业部门也开始接收英、美资本。他借助美资建立了安东、哈尔滨发电所。在建筑葫芦岛港时曾向英、美借款达 2000 万元。此港建成后，与日本控制的大连港形成了竞争之势。

张作霖的这些做法，大大激怒了日本帝国主义，尤其是建筑与南满路平行的铁路及建筑东北两大干线的企图，使日本人耿耿于怀。日方曾多次抗议，要张作霖恪守条约，否则不好交代。对此威胁，自恃有英、美支持的张作霖根本不像以前那样唯唯诺诺了。他甚至错误地估计日本对他的依赖甚于他对日本人的依赖。这种心理反差使他一步步接近日本人为他准备好的墓坑。

1928 年，北伐军向旧军阀发动总攻，张作霖又大耍两面派手法。他一方面与蒋介石进行妥协活动，另一方面积极勾结，拉拢美国，妄想求得美国支持。张作霖还热心与英、美交往，把英、美引为自己的军事顾问，并讨好地向他们提议建路、修港之事。张作霖还公然宣称在夺取东路时，将邀请美国投资，欢迎美、英进入满洲。

张作霖斗胆违背日本人的意志，私自筑路修港，直接危害了日本人在东北的利益。尤其是张作霖把英、美引入东北，更使日本人有芒刺在背之感。

日本人对张作霖大为恼火，满肚子怨气。日本人当然不是好惹的。他们立即采取行动，对张作霖的态度也急转直下，认为张作霖已脱离了他们的控制，成了他们统治东北的绊脚石。

这样，在适当的时候除掉张作霖的议题已摆上了日本决策层的桌面。

黔驴技穷，凶相毕露

1926 年 7 月，中国历史上出现了"打倒列强、扫除军阀"的壮阔场面，广东革命军以摧枯拉朽之势，从南向北横扫各路军阀。

一年之后，国民革命军继续北进，直指张作霖的老巢。

国民革命军的北进，引起了日本田中内阁的密切关注。他们认为，中国内部的冲突，可能会扩大到华北乃至满洲，到那时势必影响日本在华特殊利益。

于是，在国民革命军进占河南逼近山东时，日本一面增兵青岛，用武力直接威胁国民军北进。一面对张作霖施加压力，想抢在张作霖倒台之前尽量夺取在东北的权益。

1928 年 4 月，国民革命军进军北京，北京政府危在旦夕。

此时，日本帝国主义知道张作霖无力回天，必败无疑，于是对张作霖完全失去信心。

他们按照自己的目的，强劝张作霖离京。但由于张作霖还想作最后挣扎，因而对日本劝其离京的指令拒不执行。

这种情况，对日本十分不利。

1928 年 5 月 18 日，田中内阁不得不向北京、南京发出照令，明确提出其所谓积极的日本政策。

照令警告说，华北仍动荡不安，日本政府将不得不采取适当有效步骤，以维护满洲秩序、和平，并进一步强调，日本将阻击败兵或追截部队进入满洲，不准张作霖部撤往长城以北，除非其部队和平撤离北京。

这则照令一方面警告南京政府不得"侵犯"日本利益，另一方面是逼张作霖早日离京。

日本人知道，张作霖在劫难逃，若不果断采取措施，北伐军一到，日本在东北权益肯定会受到不可估量的损失。

就当时的情况来看，张作霖有 30 万大军在关内，若战败逃回关外，散兵败将，难免不惹是生非。

日方考虑到，大量败兵涌入关外，一旦生乱，则日本在东北的一切，包括关东在内都会完全丧失。

再则，当时东北排日情绪已成一触即发之势，在这种形势下，一旦发生战乱，排日之军定会揭竿而起，满山遍野，后果将不堪设想。

由此可见，日本人强劝张作霖离京的心情是何等急切了。

然而，张作霖破罐子破摔，没有听从日方命令即刻回奉，而是等到 6 月份无计可施之时才从北京撤退。

而此时的情况是，由于奉军前线告急，已有大批败兵涌入关外，情况十分紧迫。日本方面认为，奉系本是一群乌合之众，素无章可循，他们与张作霖只是头头与喽啰的关系，只要除掉头头，喽啰就会群龙无首而作鸟兽散，不会成什么大气候。

张作霖先得罪日本，后又被北伐军逼得走投无路，失权失势。在日本人看来，张作霖不但再无利用价值，反而对日本在东北利益造成巨大威胁，因而，除掉张作霖是日本人解决满洲问题，在华特权得以保存的最佳途径。

于是，当张作霖还在北京慢吞吞准备逃离时，日本方面已开始了谋害他的行动。

卸磨杀驴，一命归西

当时，关东军司令冈村按照日本最高决策层指令安排有关除张事宜。冈村与当时的关东军参谋竹下反复商议了此事，决定借华北日军之手用武力强杀张作霖。于是，竹下领令密赴华北。

竹下到达华北后，召见关东军高级参谋河本大作，并把杀张之事告诉了河本大作。河本大作早就想干掉张作霖，于是两人一拍即合。但由于当时国际国内的形势，河本大作反对在北京干这种明目张胆的杀人勾当，他主动请求直接指挥暗杀张作霖。

河本大作的请求得到了日本决策层的同意。

于是，日本军国主义分子河本大作接受了杀死张作霖的密令。

河本大作连夜召集日本关东军参谋部人员，经过周密计划，决定乘张作霖回奉之机，神不知、鬼不觉地炸毁列车，杀死张作霖。

河本大作派出大批特务混进北京，窥探张作霖离京的具体日期，并在京奉线沿途指派大量军警守候，一旦发现张作霖动身，马上报告。

那些天，张作霖的卫士长已隐隐感觉到气氛异常，他发现街上多了些陌生面孔，这些人的眼睛游移不定，东张西望，绝非闲人。他把这个信息告诉张作霖，希望张有所警觉。但张作霖根本没料到日本人会在他的背后捅刀子，他担心的是北伐军，而北伐军要刺杀他几乎是不可能的。因此，他把卫士长报告的信息当作耳边风，甚至继续玩弄两面派手法，跟日本人周旋。

与此同时，在张作霖回奉的必经之路上，每天都有许多日本工兵游荡在铁路沿线，他们在选择痛下毒手的最佳地点。

开始，他们选中了奉天大河上的铁桥，决定等张作霖专车一到，连桥带车一并炸毁。但经各方侦察，发现此段路上奉军戒备森严，无从下手，只好放弃。

6月初的一天，河本大作带领数十名日军士兵来到了满铁线与京线交叉点皇姑屯。河本大作停了下来，他眯着眼，细细地察看了四周的地形，脸上露出了一丝诡异的奸笑。原来，这地段正是满铁、京奉两线上下运行之地，经工兵考察，天然有安放炸药之便。加之，此地属于日本人管辖之区，便于操作。于是河本人作兴奋异常地抽出宝剑，叫了一声"哟西"，选定了皇姑屯为张作霖的葬身之地。

当天晚上，月色朦胧，皇姑屯一带人影幢幢，数十名日本工兵在铁路交叉处来回奔忙。

不远处，一群荷枪实弹的日本士兵正警惕地注视着周围的一切。

晚上 8 点左右，一辆大卡车运来了 30 麻袋黄色炸药。

工兵搬下炸药后，熟练地堆放在铁路交叉点，接好引线后，又巧妙地在炸药堆上置好伪装。

一切完毕，工兵迅速离开现场，只有执勤的日本哨兵还像幽灵般在附近游动。

离铁路交叉处约 500 米远的地方，有一座高高的瞭望台。这里，日本工兵也正在忙着，他们在瞭望台里安装了一个电气机控制的遥控引爆器，只要一按电钮，对面交叉路上的 30 袋炸药就会马上爆炸。

为了做到万无一失，河本大作还指挥一批人在交叉点以北装置了脱轨机。就是说，如果爆炸未成，只要启动脱轨机，列车就会脱轨而倾。

此外，他们在交叉路附近，还埋伏了一排冲锋兵，随时应付可能发生的"突变"。河本大作精心设置的这一"必死之阵"，可谓天衣无缝，张作霖即使有一百条性命，也难逃一死。

此时的张作霖在北京如热锅上的蚂蚁，吃不好，睡不宁，夜夜噩梦。摆在他面前的现状是，前有北伐军进逼，后有日本人逼劝，确确实实左右不是人，成了一只丧家之犬。

在无可奈何的情况下，张作霖不得不放弃北京，仓皇归奉。

就在张作霖决定回奉的前几天，奉天宪兵司令齐思铭曾密电北京说，南满路与京奉路的交叉点日方近日军警出动频繁，且不许行人通过，请防备。

但张作霖对之未予重视，不以为意。他认为尽管自己一时失势，但日方未必真下毒手。退一步想，作为被日本人亲手扶植起来的"东北王"，日本人难道会让自己死在他们手里？

在这种麻痹思想的支配下，张作霖没有多加戒备。虽然他也曾想改乘汽车取道古北口出关，但考虑到公路坎坷，最终仍决定乘火车离京。

尽管如此，素来机警的张作霖还是留了一手，他曾"故布疑阵"，先宣称6月1日启程，后又改为2日，最后于3日正式动身。

6月3日晚7时，张作霖正准备出帅府西门，乘坐黄色钢制小车出发，头部突然有一种奇怪的刺痛，心仿佛要跳出胸口。他极力镇定自己，吃了一点药，稍稍感到舒畅了些。但一种隐隐的不祥之兆慢慢笼罩在他的头顶。他本想将行程再推迟一天，但卫兵已催了他好几次。想到北伐军就要破城，他又感到恐惧，觉得还是早一点离开这个是非之地为妙。

正在此时，卫兵又来催他上车了。张作霖想大斥一声，但他强忍住了，知道卫兵是奉命行事。怪不得他，要怪只能怪自己。他朝房间留恋地看了一眼，临走，将挂在墙上的一张自画像扯了下来，扔进火堆里烧了。看到自己的画像在火堆里扭曲、变形，他的刺痛感突然又来了。他用手一挥，仿佛要赶走什么不祥的阴影。他的脸憋得像猪肝色，大口大口地喘着气。

突然，张作霖低声骂了句什么，挺着胸，走出了帅府西门，钻进了黄色小汽车。

与之同行的共有4辆汽车，张作霖坐第二辆。他一坐进去就一言不发，阴沉着脸，耳边老是响起一个古怪的声音，像在十分遥远的地方喊他的名字，弄得他更加心烦意乱。

汽车在浓浓夜色中开往火车站。

10分钟后，张作霖随同回奉的官员、卫队、六姨太及三公子等人上了等候已久的专列，向东北方向驶去。

"皇姑屯事件"
现场照片

　　在专列上，张作霖本想睡一会儿，可一合眼，眼前就一片通红，他甚至闻到了一股浓烈的血腥味。他大吃一惊，叫来卫兵。卫兵来了后，他又闻不到那种气味了。可卫兵一离开，那股浓烈的血腥味又飘了回来。如是者三。卫兵说是大帅心急紧张所致，请他好好休息。

　　张作霖挥了挥手，卫兵再次离开……

　　张作霖在出发日期上耍了花招，并制造了种种假象，但这些雕虫小技怎能瞒得住训练有素的日本特务？张作霖一动身，情报就准确地到达了河本大作手中，他狞笑了一下，迅速作了最后一番安排、检查，然后守株待兔，专等张作霖前来纳命。

　　1928 年 6 月 4 日凌晨 5 时，皇姑屯附近日军瞭望台上，数十名日军正在耐心地等待着惊天动地的一刻到来。

　　一名军官模样的人，手持双筒望远镜，死死地盯住京奉铁路。

　　晨风懒懒地吹着，地上的残叶碎屑发出沙沙的响声。

　　5 时半，京奉铁路上传来阵阵铿锵之声，张作霖乘坐的专列风驰电掣而来。

当专车行至京奉、南满路交叉点时，躲在瞭望台中的日本关东军东官大尉一按电钮，只听"轰"的一声巨响，张作霖所乘的蓝色铁甲车直飞云天……

张作霖一生与民为敌，投靠帝国主义，最后惨死在其日本主子的毒手下，结束了罪恶的一生，真可谓是恶贯满盈，罪有应得！

第七章　血溅上海滩

——广西督军谭浩明之死

1925 年，注定是一个多事之秋。

水灾、旱灾、蝗虫以及苛捐杂税，使每一位老百姓都不堪重负。而军阀混战犹如雪上加霜，伤痕累累的中国在水深火热中呻吟⋯⋯

大家每天都期待着什么，又希望着什么，但大家的期待和希望总是落空。他们等来的不是国泰民安，而是民不聊生，到处血淋淋的景象。

就在西方"愚人节"后几天，一场暴雨将上海淋得像落汤鸡。这天早上，一家豪华的大宅院内，一个身影溜进一间房内，"砰砰砰"，连发三枪。尽管枪声被雨声淹没了，但没过多久，这次枪击事件的结果和"真相"还是被传开了。有人惊愕，有人摇头，也有人漠然或冷笑⋯⋯

4 月 7 日，上海《民国日报》率先登出一则消息，其大标题为《谭浩明昨日被刺殒命》，副标题为《凶手为谭宅佣人黄水福，连击三枪，谭中弹医治无效殒命》。

桂系兴衰与谭浩明的发迹

要想知道谭浩明的来历，则必先提到桂系及桂系首领陆荣廷。因为没有陆荣廷就没有谭浩明。倘若这样，中国近代历史可能要单纯些。

众所周知，自民国建立伊始，中国就形成南北两大势力对峙的政治局面。北方是北洋军阀把持的所谓中央政府；南方则是西南各军阀与孙中山组成的不稳固的政府。这两大势力的争斗一直延续到蒋介石统治时期。

而在西南军阀中，早期最具实力，影响亦较大的，当属桂系军阀。

桂系军阀的"开山祖"是陆荣廷，其势力从广西扩展至广东、湖南，统治时期前后达八年。史称此段为旧桂系时期。

陆荣廷在桂系的几个主要成员，均是早期与他拜过把子的结义兄弟。谭浩明即为其一。他们用这种封建结义的形式，将各自利益紧密地结合在一起，真可谓一损皆损，一荣俱荣。

陆荣廷是广西武鸣县人，10 岁时父母俱丧，遂流落街头，四处浪荡。他过着吃了上顿望下顿的日子，养成凶悍好斗的性格。

1879 年，陆荣廷在龙州城因分赃不均，与人发生斗殴，得罪了当地地头蛇，被迫来到水口镇，在谭浩明父亲的渡船上帮工，遂与谭浩明相识。

当时，陆荣廷已经 21 岁，谭浩明才 18 岁。虽说有些年龄差距，但两人臭味相投，很快打得火热，随即结拜为兄弟。这对把兄弟彼此时不时打架，却总是对外一致。

1886 年，陆荣廷娶谭浩明大姐为妻，两人又成了郎舅亲，关系非同一般。

1886 年前后，陆荣廷与十多人上山为匪，在中越边界一带活动，曾多次打劫法国军队的枪支、财物，使法国人大为恼火。

谭浩明见陆荣廷"山大王"的日子过得有滋有味，比厮守一条破船强多了，遂不顺父母阻拦，也上山入了伙。

这支队伍后来发展到二三百人，引起法国驻越南总督的严重不安。法方要求清政府查办此事。清政府迫于压力，遂责成广西提督苏元春处理。

1894 年，陆荣廷与苏元春争斗了几年，感到老待在山上也没意思，遂拍拍屁股，带领这支人马来到提督府"招安"。陆荣廷被委任为建字前营管带，谭浩明任一哨长，从此摇身一变，由土匪变成官军。

桂军之兴起与谭浩明之发迹由此开始。

1904年，在广西总督岑春煊的举荐下，陆荣廷被提升为连防军荣字军统领，驻军凭祥、镇南关一带，桂系集团至此渐成雏形。

因为这个集团的主要人物并无政治主见，只信奉权力、金钱，"有奶便是娘"，所以投靠清政府后即反过来捕杀其他会党，多次参与镇压人民起义，因此得到清政府的赏识，一路提升。至1911年，陆荣廷已成为广西提督，谭浩明水涨船高，亦升为广西巡防营统领。

有一次，陆荣廷与谭浩明在喝酒。喝得尽兴的陆荣廷不无得意地对谭浩明说："大碗喝酒，大口吃肉，想干什么就干什么，真是人生之至乐也。我陆某占山为王时，可没想到会有今天！"

谭浩明忙奉承说："那是，那是。不过，我们更好的日子还在后头。"

陆荣廷微笑着，点了点头。谭浩明随即敬了他一杯酒，问他："您对将来有什么打算？"

陆荣廷对所谓的"打算"不感兴趣，觉得那个很虚的概念，不实在，说了也没用。他正准备打个马虎眼应付一下，卫兵进来报告说有个"蛮汉"坚持要见"陆提督"。

陆荣廷大手一挥："叫他进来。"

那"蛮汉"一进门，对陆、谭鞠了一躬，径直走到陆荣廷旁边坐了下来。

陆荣廷一见，脸色陡然一沉，来者竟是当年将他从龙州城赶走的"地头蛇"汤毅泽！

"怎么，不请我喝一杯？"汤毅泽看了陆荣廷一眼，居然自己斟酒自己喝。

陆荣廷大声喝道："你不怕我毙了你？"

"杀我如杀一只狗,不值得。"汤毅泽头都不抬,又喝了一杯酒,说,"既然我有胆量来了,也就不在乎你对我怎么样。另外,我一介草民,当初冒犯你,实属无知。但大人你还真的记得那些小事吗?"

谭浩明在陆荣廷耳边说了一句话,陆荣廷觉得汤毅泽的确算条汉子,脸色开始明朗起来,问:"你今天来绝不会为了喝一二盅酒吧?"

"酒要喝,事也要做。"汤毅泽回答,"我想投奔你,不知你肯不肯收?"

陆荣廷沉吟了一下,同意了。

当天,汤毅泽带着上百支枪和几十条好汉,投奔了陆荣廷,接受他的改编。陆荣廷没想到汤毅泽带给他这么厚重的"见面礼",本来要任命汤毅泽为某营营长,但汤毅泽说:"我什么官职都不要,只求做你的贴身卫士。"

陆荣廷满足了汤毅泽的要求。

后来,陆荣廷身经百战,多次遇险,都是汤毅泽舍身相救的。不过,幸运不总是为某一个人降临。一个风高天黑的夜晚,汤毅泽被一伙不明身份的人包围,做了陆荣廷的替死鬼。陆荣廷为此痛哭不已。

汤毅泽的死给了陆荣廷一个惨痛的教训。此后,他开始网罗大批流氓地痞、黑势力,改编、收买山头土匪,使桂系力量迅速强大起来。

1911年辛亥革命爆发时,陆荣廷在南宁惶惶不可终日。经同盟会反复劝说,他于11月9日宣布独立。

广西都督沈秉坤被迫辞职。

次年,陆荣廷接任都督职,随后即将广西军队改编为两师,任命陈炳昆为一师师长,二师师长则为谭浩明。

孙中山发动"二次革命"时,陆荣廷明确表态拥护袁世凯。谭浩明秉承陆的旨意,将师部副官、同盟会成员甘尚贤拘捕杀害。

1915年袁世凯图谋称帝。

面对这种逆历史潮流而行的民族败类,陆、谭二人不但不加入到在全

陆荣廷

国掀起的反"袁"浪潮中，反而奴颜婢膝，联名上递劝进表，因而深得袁世凯的欢心，二人均被封爵。

但袁、陆彼此并不信任，互存疑心。

不久，陆荣廷又派人四处打探，得到许多于袁不利的信息，遂在骗得袁世凯一批军火后，倒戈讨袁。

陆荣廷曾对谭浩明说："目下袁被国人骂为独夫、民贼，我们虽得其利，却万不可为其所用。"

谭浩明说："大势如此，我们讨袁为民不是背信之举。"

1916年5月，陆荣廷命谭浩明讨袁军进入湖南，在湖南军民支持下，很快逼走湖南督军汤芗铭。

是年6月，袁世凯做了83天孤独"皇帝"，在全国声讨中郁郁死去。

接着，谭浩明又奉命协同李烈钧将占据广州的龙济光逐至海南。

这样，广东遂成为桂系的势力范围。

陆荣廷一方面表示效忠北洋政府，一方面凭借实力与北京政府讨价还价，并很快得到实惠，被任命为两广巡阅使，同时，任命陈炳昆为广东督军，谭浩明为广西督军。

见利忘义的桂系集团多次表现出它的投机性和贪婪性。

1917年，孙中山来到广州发动护法战争，陆荣廷示意部下表示欢迎，并参与组成军政府。为对抗北军南犯，陆荣廷任命谭浩明为两广护国军总司令，率军援湘。

随着战事的扩大，谭浩明又任湘粤桂联军总司令，并兼领湖南军民两政，可视为其一生顶峰。

应该看到，旧桂系与孙中山的合作，其实是建立在相互利用的基础上，很不牢固。孙中山是想借用桂系的军事实力完成其政治抱负，而桂系则想利用孙中山的威望，抗衡北洋派系中武力统一政策，保住自己的地盘。

事实上，孙中山控制不了桂系军队，反而还处处受其掣肘，最后孙中山被迫辞去大元帅之职，回到上海发表声明，与旧桂系操纵的军政府彻底决裂。

1918年2月，北洋军吴佩孚率军南下，谭浩明部毫无准备，结果兵败，逃离长沙，一路烧杀抢掠，与匪无异。

1920年，孙中山命令在福建的陈炯明率粤军回师广东，陈部由8月16日始，至11月底就将桂系逐出广东。

号称拥有10万之众的桂军因何经不住仅2.5万人的粤军之一击？重要原因就是桂军太不得人心。据史料统计，桂系仅当年军费即达2573万元。各种苛捐杂税名目繁多，即使兵败撤离广州，还要勒索110万元让城费，另外靠发行纸币聚敛民财，变卖矿产，举借外债，走私贩米，等等。真可谓挖地三尺，搞得民不聊生。广东人恨得牙痒，时机一到，自然齐心协力赶走骑在他们头上的"太上皇"。

桂系退守广西后并不死心。陆荣廷给谭浩明打气说："胜败乃兵家常

谭浩明

事。只要陆某不倒，瓜分天下，我们必得一杯羹。"

谭浩明顺着陆荣廷的话说："以退为攻，实属上策。今世事瞬息万变，我们养精蓄锐，异日必成霸业。"

1921 年 6 月，喘了一口气的陆荣廷在北洋政府支持下，进行秘密策划，妄图重新占据广东。

孙中山察觉后，命令陈炯明、许崇智率部反击。陆荣廷、谭浩明等人虽竭力支撑，无奈士气低落，众叛亲离，结果一败涂地。

7 月 17 日，陆荣廷通电"下野"，谭浩明与之取道越南赴上海躲避。

次年，陈炯明背叛孙中山，广东形势骤变。陆荣廷以为时机已到，急忙返回广西就任广西边防督办。谭浩明也跟随驻守龙州。

此时，广西境内大小军阀数目繁多，各自为政。陆荣廷名气虽大，但想统一政令已不可能。

1924 年，陆荣廷以出巡为名，抢占桂林城，被原部下沈鸿英部包围，彼此展开对攻，但包围圈越缩越小。气急败坏的陆荣廷眼看招架不住了，赶紧发电请谭浩明增兵解围。不想谭浩明部由南宁出发，行至永福即被击溃。

正在鹬蚌相争之际，北洋军赵恒惕派部入桂，以武力调解，将陆荣廷逐出桂林。与此同时，新桂系首领李宗仁等与广州革命政府合作，打起"广西定桂讨贼联军"旗号，一举攻占了南宁、龙州、武鸣、百色等重镇。

陆荣廷见老巢被端，大势已去，遂于 9 月 23 日再次通电下野。此次回光返照前后不过 4 年，旧桂系从此分崩离析。

树倒猢狲散。谭浩明的政治生涯也随之跌入低谷。只是他万万没有想到的是，几个月后，他自己也突然消失于人世……

黄永福行凶，谭浩明遇害

陆荣廷被新桂系赶出广西后，谭浩明再次随陆到上海做寓公，住在法新租界福照路 469 号。这是一幢豪华的洋楼，共 3 层，有大小 20 多间房子。房子外观古色古香，飞檐画栋，甚为气派。此处住房为谭浩明私人购置的产业。

谭浩明有一妻四妾八子，除夫人陪长子在广西读书外，其余均在上海，他对自己有这么一个大家庭感到满意。

谭浩明究竟有多少家产，外人不得而知，但从旧桂系搜刮的恶劣行径来推断，民脂民膏当不在少数。

也许看透官场，也许厌烦了争斗，谭浩明退居上海后，绝口不提国事，也很少与外界接触，大概只是想舒舒服服安度晚年。

令人大感意外的是，这个昔日威风八面、掌握千百万人生杀大权的谭浩明，居然被他的家仆所枪杀。

1925 年春，移居苏州的陆荣廷，见园林中梅花盛开，遂电邀谭浩明赴苏州赏梅。陆荣廷特意在电文中提到："世事万变，功名皆虚，惟兄弟情谊永存心中。今园中梅花，逢春竞开，清香四溢，蜂蝶扑飞。贤弟何不来此一游，以洗俗心杂念？"

谭浩明读了电文甚为感动。他亦想外出走走，叙旧散心。

谭浩明本来3月底就要动身的。但那天胸口总是乱蹦乱跳，似有什么东西在敲打，他养的一只鸽子莫名其妙地死去，空中有一个声音总在他的耳边响起，深夜他还听见有人在哭泣。所有这些，使他感到一种不祥，不敢轻举妄动。

熬了3个月，谭浩明心情有些好转，于是决定4月6日起身去苏州。

不想，这一日竟成了他的断魂日！

这天早晨8点钟，谭浩明起来，看看时间不早了，遂一边命家人准备早餐，一边嘱仆人黄永福打点行李，以便饭后出行。

自从闲居上海后，谭浩明的生活极有规律。他每天早上6点半起床，听听收音机，打打太极拳，活动一个钟头，便吃早点，然后看报、喂鸽。可4月5日是清明节，他应邀参加了一次小聚会，到郊外踏青，晚上7点才回来。他感觉有些累，便早早地睡了，不想居然睡过了头！

早餐摆在堂屋。谭浩明洗漱完后，邀家庭教师李世祈同桌用膳。两人边吃边谈，颇为投机。这时黄永福进入放行李的内室。

需要交代的是，黄永福在谭家做随从已有7年，与谭家相识则有20年了。他忠厚老实，办事细心周到，谭浩明一向对他很信任，连防身枪、零用钱物均由其保管。因此，见其出入内室并不在意。

谭浩明刚把一碗稀饭吃完，抬头见黄永福由内室走出，表情有些古怪。谭浩明正要问他，只听黄永福慌乱地喊了一声"大人"。

谭浩明问他何事，黄永福嘟囔了一声，谁也没听清。突然，只见黄永福从身后掏出手枪，向谭浩明连击三枪。谭浩明大惊，一把甩掉手中的筷子向黄冲去，黄永福则由后门逃出。

李世祈被突如其来的事吓得目瞪口呆。

家人听到枪响，纷纷跑出来想看个究竟。有人尖叫："有刺客！"

此时谭浩明已追到门外，手指黄永福说了句："就是此人！"随即口鼻流血，扑倒在台阶下。

跑到后花园的黄永福见主人倒地，知已得手，遂又向自己开了两枪，中左右臂，亦扑倒在地。

谭家人一拥而上将其抓获。

谭浩明倒地后，被家人移置床上，随后一边派人速请医生，一边飞报卢家湾法租界巡捕房。

10时许，医学博士李梅龄随谭家佣人乘汽车赶到，一把谭浩明的脉象，脉息全无，遂摇了摇头。

谭浩明的妻妾儿女尽数哭泣。其妻跪在李博士面前，请求她一定救活夫君。李博士心里想说"已经晚了"，但为慎重起见，她还是注射了一针强心剂，终归无效。进一步查验，发现子弹是由右肩处射入，斜向左后方，在第八肋皮下可触摸到弹头。经家人再三请求，李博士做手术将子弹取出。毕，她对谭夫人说："准备后事吧。"遂离去。

巡捕房得到报告，立即派西探里波、中探程子卿一干人前往现场勘察，探询详情。他们在院中地上捡得一支手枪。此枪即为黄永福作案所用，系谭浩明防身武器。"防身变杀身"，是谭浩明始料不及的。在前厅检查时，他们还发现黄永福所发3枪仅一发打中谭浩明，另有二弹飞至侧门上，穿为二孔。在如此近距离开枪，竟然打飞两枪，是畏惧心慌还是于心不忍呢？

黄永福虽自击两枪，却均非致命伤，故巡捕房人到时，他已能自己站起，被押回巡捕房。

途中，作为证人的李世祈与之同行。愤懑已极的他追问黄永福为何行刺。

黄永福痴痴呆呆，僵尸般自言自语道："主人待我甚好，我打死他实在舍不得，我已自击两枪，今日不死，明日必死。"

李世祈厉声责问："你既知主人待你甚好，为何还要恩将仇报，用枪打主人？"

黄永福被拘押后，旋即被送入广慈医院。经医生诊断，黄永福无生命危险，不久即可治愈。

在医院，黄永福在多方逼问之下，终于开口说出他谋刺主人的动机。

黄永福说，谭浩明原将一婢女阿英许他为妻，该女不知何因在广西投河自尽。他十分痛苦，疑心受了主人的侮辱，因而心怀不满。后来主人又答应将另一侍女许配给他，但迟迟没有兑现，所以积怨又深。前些天他看到主人桌上一封苏州来信，信上说要将他带至苏州谋害。他忍无可忍，便来了个先下手为强。

原来，黄永福与谭浩明是同乡，是年30岁。自民国七年即在谭浩明手下充任旗令，后升任排长。谭由广西退居上海时，曾征询黄的意见，是愿留广西还是来上海。黄答愿随主人。平时谭外出，黄不离左右。谭浩明视其为贴身卫士，甚为信任。家人反映，黄平日在家时多，很少外出，人甚规矩，且性情沉静，并无异常举动，所以此次行刺，家人均意想不到，当然也出乎谭浩明意料之外。所谓"画虎画皮难画骨，知人知面不知心"，乃此之谓也。

谭浩明在上海的7个孩子，最长者11岁，最幼者仅2岁，均不能主事。家人急电陆荣廷来沪主丧。

陆荣廷接电后如遭雷击，本不想来泸，但一则担心弟媳承受不了打击，二则想探个究竟，遂强打精神，于次日由苏州匆匆赶到上海。

4月8日下午举行遗体告别仪式。旧桂系要人莫荣新、岑春煊到场，因谭在上海亲友不多，故场面较为冷清。

陆荣廷致悼词。他在回忆谭浩明于创建旧桂系所建立的"不朽功勋"

的同时，对两人间的兄弟情谊大加渲染。陆荣廷很动情，他讲话很慢，尤其到他邀谭赴苏州时，已涕泪满面。

陆荣廷说："贤弟隐居上海，与世无争，乐善好施，从不图极。今苏州梅花争奇斗艳，愚兄思弟，遂邀贤弟前去饮酒赏花，追忆往事，本为至乐，岂天公无珠，划成大憾！呜呼！昨日兄弟，今日一别。黄泉脚下，后会有期。地府天堂，贤弟一人。下雨加衣，天黑掌灯。路途遥遥，多多珍重！"

陆荣廷的这番话，令在场者无不伤心落泪。

谭浩明遇刺身亡，社会反响并不很大。原因固然很多，但与谭浩明本人才能平庸、性情阴柔有较大关系。谭浩明虽曾出任过广西督军等要职，但其人既谈不到文才，亦说不出武略，只是靠与陆荣廷的裙带关系及动荡社会造成的机遇才爬上去的。所以他凡事只听陆荣廷一人，并无什么政治主见。在他统辖的地盘，横征暴敛、纵兵抢掠时有发生，处处带有流氓无产者的特有习气，没做过什么能提起的政绩。退居上海后的谭浩明已54岁，这两年也未有什么举动。随着陆荣廷的倒台，谭浩明也就很快销声匿迹了。当时广西已是新桂系的天下，旧桂系人马分崩离析，对国民党及新桂系均已构不成威胁，所以人们不认为谭浩明的死有什么政治背景。如此这般，触发不了社会兴奋点，引不起轰动，当有情理之中。

法租界通过调查，亦认为此案纯属人命案，遂将凶手黄永福移交内地官厅审理。因当时政局动荡，后来此案竟不了了之。

不是尾声的尾声

不过，对于黄永福所言行凶动机，谭家人不以为然。

社会上也有不少议论，疑点主要集中在以下两点：

其一，娶婢之事，谭固有其疏漏处，但毕竟不足以让人恨至对跟随多年的主人下此毒手。

其二，谭原并未打算携黄同去苏州。即使谭真有害彼之心，黄完全可以一跑了之，为何非得冒险出此下策。

另据推测，有人疑其精神不正常。有史家指出，黄永福行刺表面上看，也似失常举动，盖黄性情内向，心中有事不愿向外人言，郁结在胸，无法排解。若精神失常即可能失去控制，做出极端的事来。一些妄想型精神病患者在早期也是不易被发现的，自卑、内向均可能掩盖病症。

然而，人们也无法排除黄精神正常的可能，因为上述谋杀经过，只有谭浩明的家庭教师李世祈一人所说。难道他的话就一定是真实的？黄永福在供词中说他在谭浩明桌上看到一封苏州来信，信中说要将他带至苏州谋害。他没有说明这封信是谁写的，而苏州方面与谭熟悉的只有陆荣廷一人，难道陆荣廷要谭杀黄？陆犯得着这样做吗？黄有什么事情得罪他呢？况且，要处死一个家仆，用得着这样曲曲折折吗？尤其重要的是，黄又怎么恰巧看到了这封信呢？难道谭浩明对如此机密的信能随便放置案头？凡此种种，都无法自圆其说。换言之，黄的供词失实，李世祈的所言亦有失实之可能。

倘若如此，谭浩明之死的真相究竟若何？黄永福的谋杀动机到底怎样？若非私仇，则背后必定有人指使。那么真正的仇家是谁，他们是以什么为条件促使黄永福甘冒此风险？

所有的这一切，都还是个谜。

谁能给历史一个真相？

谁能给死者一个交代？

只有风，只有雨，只有雷声，却没有回答。

第八章 "南洋富商"殒命六国饭店
——湖南督军张敬尧之死

历史的悲剧总是惊人的相似。

1933 年 5 月 7 日凌晨，万籁俱寂。

位于北京东交民巷的六国饭店二楼，突然传来几声清脆的枪声，楼道上顿时人声鼎沸，乱成一片。

当天的晚报上，记者抢先刊出了一条简短的新闻："巨商常石谷，遇刺殒命于六国饭店。"

当时人们并不在意，因为有钱人被杀的事件太多了，多杀一个和少杀一个引不起老百姓的兴趣。

但是，几天之后，街头巷尾便出现了"锄奸救国团"击毙张敬尧的议论，此时人们才知"巨商常石谷"原来是做过一省封疆大吏的前湖南督军张敬尧。

袁世凯说：我被张敬尧这小子讹上了

张敬尧，别名勋臣，安徽霍邱人，1880 年 9 月 21 日出生。

张敬尧从小便不务正业，到处游荡。他结交了一些狐朋狗友，特别喜欢赌博，到 17 岁那年，他竟偷了叔叔的 5 块大洋和 18 串铜钱去赌博，输得连短裤差点被脱掉。叔叔一气之下，将他赶出了家门。

但张敬尧赌心不死。通过多次失败，他渐渐悟出在赌场上不能太老实，光凭手气还不行，得动脑子，记牌。

张敬尧虽然没读过什么书，但记忆力好得惊人。一副扑克牌，只要让他摸两次就能认得每一张牌。赌博时，他根本不看牌，用手指往牌心轻轻一摸，心里就有了底。这样一来，他靠赌博发了点小财。一些赌场老板见他来，立即奉上银两，让他走。否则，赌场的人会立马走得精光。

张敬尧由此小有名气。

有一次，张敬尧应邀去一财主家玩。财主炫其家产，将几年的账本都搬出来，让客人看。张敬尧仔细看了一遍后，居然点起一把火，将账本烧了个干净。

财主惊得目瞪口呆！

但张敬尧哈哈大笑，他对财主说："拿酒来！"

财主不知他要搞什么名堂，只得吩咐将好酒好菜摆上来。

张敬尧慢条斯理地吃菜喝酒，对账本之事只字不提。财主在一旁唯唯诺诺，脸上堆着尴尬的笑，不知如何是好。

一个小时后，张敬尧酒足饭饱了，他乜斜着眼对财主说："那几本账本你还想要吗？"

"要，要，当然要！"财主本能地答道，但他明明看到账本化成了灰烬，谁还会有什么回天之力？

"拿空白账本和笔来！"张敬尧说，"我复写一份给你。"

"这……"财主以为听错了，怔怔地不动，倒是一名家仆迅速拿来了空白账本和笔墨。

张敬尧不急不慢地写，足足忙了三个半小时，将几本账本全部写下来了。

财主接过一看，居然一字不差！他连呼"奇人，奇人！"

几天后，财主的一个朋友闻知此事，专程找到张敬尧，对他说："以你的奇才，到军队中去干，必能成就一番事业！"

张敬尧想了想，觉得有道理。总不能一辈子靠赌博为生啊。于是，他毅然跑到天津当兵去了。

谁知，张敬尧入伍不久，就差点送命。

事情是这样的：一天，部队出操训练时，张敬尧的动作做得不准确，又不服从教官的纠正，还发了牛脾气，打了教官一下，按军法应处死刑。

于是，教官毫不手软，令几名军士将他杀掉。

次日，4名士兵将张敬尧绑出去准备砍头处死，张敬尧想起自己在赌场上的风光，觉得不该来从军。但事已至此，倘若死了，心有不甘。于是痛哭流涕，再三哀求士兵们看在兄弟一场的份儿上，饶他一命，放他一条生路，以后如有出头之日，定当厚报。行刑的几名士兵对教官也有些不满，只是没有张敬尧的胆子，敢直接与他对抗，他们从心里佩服张敬尧是条硬汉子，同时觉得砍杀之于己也无益，不如做个人情，就将张敬尧带到郊外，用刀背在他颈上按了一下，抹了些猪血回去交差。

就这样，张敬尧捡回了一条命。

几年后，张敬尧真的做上了大官，那几名"放生"的行刑士兵一齐找到张敬尧，希望得个一官半职。张敬尧果不食言，一一封官加薪，最小的官也是团副，可谓皆大欢喜。不过，这是后话。

张敬尧死里逃生，发誓要活出个人样来。他在街头流浪了一阵之后，曾恳求一位说书的老人收留，不久他通过贿赂又混进了袁世凯的北洋军。

后来，北洋武备学堂在各部挑选优秀士兵入学，张敬尧因为是行贿部队长官而入伍的，所以，部队长官就推荐他去，受训一个时期后便回到部队当上了排长。

从此，张敬尧官运亨通，很快就升到了旅长的位置。

当上旅长不到一个月，张敬尧的部队便奉命驻防北京。

到了北京后，张敬尧觉得这是升官发财的好时机，便挖空心思钻营，千方百计地想在袁世凯、段祺瑞面前摇尾献媚，以博得好感。

机会终于来了。

有一天，张敬尧从一个朋友处得知，袁世凯不久就要在北京举行阅兵典礼，并将邀请各国公使前往观礼。

张敬尧知道袁世凯举行阅兵典礼是为了炫耀军威，于是加紧训练军队，并将部队装备整齐，以便到时候出出风头。

果然，阅兵典礼举行后，袁世凯、段祺瑞都觉得他干得不错。

袁世凯拍着张敬尧的肩随口说道：

"你还可以，今后好好干，将来我把你这一旅扩编为师。"

张敬尧把袁世凯这句话牢牢记在心上，但他很清楚袁世凯只是兴之所至随口说说而已，真要扩编成师谈何容易。

但是，"只要有千分之一的机会，你就抓住。你抓住了这一点，你就抓住了事情的全部"。张敬尧信奉这段名言。他把袁世凯的戏言当成一个美丽的梦，他要努力将梦变成现实。

同一年，张敬尧率部驻防河南。

这时，他已拥有独当一面的权力了，于是，他在驻地自行招兵买马，很快编成了一师，然后电告袁世凯说："现已成立第七师（当时正缺这个师的番号），请赐予任命，并发给装备和饷项。"

张敬尧当然不会仅仅停留在招兵买马发电报上，他挺会琢磨人的心思。通过多方了解，他对袁世凯的皇帝梦有所察觉，便有意对袁世凯的左右亲信说：

"袁大总统九五之相，龙兴有日，君无戏言，难道还舍不得给我一个师长当吗？"

张敬尧坦露出了拥护袁世凯称帝的意图，同时暗示袁世凯做个顺水人情，任命自己为第七师师长。

当时，袁世凯正在各方面物色拥护帝制的走卒，因此，他听到张敬尧的这些话觉得十分称心，哈哈大笑道：

"这回，我被张敬尧这小子讹上了！"

高兴之余，袁世凯下令任命张敬尧为第七师师长，并给该师头等装备和甲级开支，表明他已把张敬尧视为心腹。

吴佩孚扬言要带全体官兵来"拜寿"

袁世凯逆历史潮流而行，做了两个多月的皇帝，在全国人民的唾骂声中，郁郁而死。

随后，北洋军阀进行了政治大分赃，张敬尧与段祺瑞同乡，因此，张敬尧就在段祺瑞的扶植下，成了皖系大将，还取得了苏鲁皖豫四省剿匪督办之职。

但张敬尧还没有一个固定的地盘，所以，他是北洋政府主张对南方用武的干将之一。张敬尧希望通过武力，在南方攫取一块地盘，伺机称王。

1918 年元月，北洋军阀直皖联军进攻荆襄等地，揭开了直皖联军与湘桂联军开战的序幕。

张敬尧率第七师南下汉口。

不久，岳阳军事吃紧，张敬尧被任命为援岳总司令，协同吴佩孚的第三师及三个混成旅作战。

3 月，吴佩孚率军向湘潭、衡阳开进，张敬尧的第七师接防长沙。

北军攻入衡阳后，也不敢穷追猛打；南军七零八乱，也无力反攻，湖南战场上的硝烟渐渐消失了。

当时在北京政府任总理的段祺瑞为了皖系的利益，发电任命张敬尧为湖南督军兼省长，而把进攻湖南立功最大的直系军阀吴佩孚晾在一边，气得吴佩孚直骂段祺瑞"瞎了狗眼"。

张敬尧入主湖南后，多年夙愿得偿，他心花怒放，发誓要将湖南作为自己的永久占领地，他要得到他梦寐以求的东西。

因此，张敬尧在经济等方面也无所不用其极，为了满足自己无穷的贪欲，不择手段地向百姓搜刮和勒索。

1919 年 9 月，张敬尧年届四十，为了准备做"四十大寿"，他专设了"大庆筹备处"，任命其四弟张敬汤为筹备处主任。

张敬汤狐假虎威，很快就将筹备处组织好了，并马上运作起来。

张敬汤做"搜刮"工作很在行。首先，他派人通知各大饭店旅馆，令其选派最佳厨师，限时到"练备处"报到，并报上各自的拿手绝艺，以便统一派遣。

接着，张敬汤把寿筵的规模定为 400 席，其规格按福禄寿喜分为 4 个等级，即每席分别是 1000 元、500 元、300 元、200 元，并将厨师按席配备，指名分配给各大饭店和旅馆办理；稍有不如意者，轻则打骂，重则有身家性命之忧。故各饭店旅馆的老板们宁愿破财消灾，自认倒霉，也不敢表露出半点不满。

既然把规模定得如此之大，且规格又是如此之高，如果赴宴者人数不够，或者送礼者送的礼不够重，只是豪华气派一番，就难以达到趁机大捞一笔的目的了。

于是，三千多份请柬带着"送礼来"的风声，在寿辰前的一个月都发出了。

无疑，接到请柬者中只有一部分溜须拍马者感到高兴，认为是献媚讨宠的好机会到了；而大部分商贾则很清楚，请柬就是催款通知单，无异于土匪绑票的赎票。

当时坐镇衡阳的直系军阀吴佩孚，虽然与皖系的张敬尧明争暗斗，互不相让，但他还是接到了张敬尧寿宴的大红请柬。

吴佩孚一脸严肃地将请柬看了好一会儿，他在心里暗骂张敬尧贪得无厌，厚颜无耻。

在这节骨眼上，适逢学生代表组成的"驱张代表团"到衡阳来请愿，力陈张敬尧在湖南的种种罪行和老百姓所受的痛苦。

向吴佩孚面交请愿书的代表何叔衡等人痛切陈词，声泪俱下。请愿书中还特别提到了张敬尧及其弟、妹、姑表亲、姨太太都利用其做寿的机会，大肆敲诈勒索，民怨沸腾。

吴佩孚对学生代表很是同情，表示愿意"爱国护民"，并表示愿将代表团的驱张愿望上报政府。

最后，吴佩孚还说他最近也接到了张敬尧四十寿筵的请柬，对于张敬尧的敲诈勒索和铺张浪费，他将极力阻止。如果必要的话，他将率全体官兵亲赴长沙为之"拜寿"。

张敬尧听说吴佩孚要带全体官兵来"拜寿"，心中惊恐不安，只得悻悻地停办寿筵，将张敬尧气得个半死。

冯玉祥开了个大玩笑

张敬尧在湖南主政的几个月里，没做什么好事，倒是干了不少坏事。其中最突出的"政绩"是开了几个大赌场，扶植了几个大妓院。苛捐杂税多如牛毛，老百姓怨声载道，"驱张"浪潮一波高过一波。整个湖南一时乌烟瘴气，混浊不堪。

1920 年，张敬尧终于被赶出湖南，北京政府明令要查办他。

张敬尧

　　善于走关系的张敬尧以不变应万变，他利用在湖南搜刮的大量民脂民膏，贿赂政府各个关节，很快有惊无险，保住了性命。

　　失意的张敬尧曾南下广东活动，也游说于东北，均不得志。最后，他在走投无路时，只得投靠了他的老对手、直系大将吴佩孚。对此，他自嘲地对几个亲信说："大丈夫能屈能伸嘛。"

　　不过，张敬尧的运气可没有以前那么好了。

　　第二次直奉大战时，张敬尧任吴部后援副司令，这只是个名义上的官职，并没有什么实权。

　　冯玉祥在1924年第二次直奉大战中，暗中与奉系、皖系联合，发动北京政变，使得直系军阀曹锟不得不辞去总统职务。

　　吴佩孚所率的直军主力全部覆灭，而他本人也仓皇登舰南下。

　　张敬尧在这次政变事件中，由于充当吴佩孚的传令使者而被国民军副司令胡景翼扣了起来，做"替罪羊"。

　　关于怎样处置张敬尧，国民军中有两种不同的意见：

　　一种意见认为张敬尧该杀。持此观点的人认为他是一个贪生怕死、反复无常的小人，由皖系大将而投靠直系，没有一点骨气，留之无益。

另一种意见则认为张敬尧虽然可恶，但罪不至死。原因是他投靠了吴佩孚后，一直不受重用，没有再犯什么血债。

而作为国民军总司令的冯玉祥是倾向于后一种意见的。

冯玉祥虽说不处死张敬尧，但还是想要给张敬尧一点儿颜色看看。

因此，冯玉祥决定与张敬尧开一个玩笑。他先是将张敬尧同曹锟的公府收支处长李彦青押在一起。

李彦青绰号"李六"，管理曹锟的财产，被捕前还兼任北京官钱局督办，他为人卑鄙无耻，在北京作恶多端，干了不少祸国殃民的勾当。特别是他被捕后，还拒不交出曹锟公府的财产。所以，冯玉祥下令将其处以死刑。

枪毙李彦青时，冯玉祥故意将张敬尧绑去。张敬尧发现自己和李彦青一起绑赴刑场，大哭大骂道：

"冯玉祥啊，你不是人！咱们总算是同事兄弟。你今天杀我不打紧，但不应把我同李六这样的人绑在一起，一道杀掉呀！"

正当张敬尧绝望哭骂时，一位副官匆匆赶来，笑盈盈地将张敬尧松了绑，说冯总司令不杀"大帅"，这回只是和"大帅"开开玩笑，试试"大帅"的胆量罢了。

张敬尧听说冯玉祥不杀自己了，马上止住哭声，连称冯玉祥是条讲义气的汉子，够哥们儿，够朋友。

北平捣乱，卖国求荣

直奉战争后，张敬尧投靠了张作霖，后来竟"屈尊"在张宗昌手下当了一个挂名的军长，其实际兵力只有一个团，张敬尧又气又无奈。

1926 年，张宗昌部被北伐军击溃后，张敬尧跟随张宗昌一起隐居在大连的日租界里。

在北伐战争胜利发展的形势下，张敬尧如丧家之犬，走投无路，终于无耻地投入伪满的怀抱，并为其充当暗探。

1933 年初，日军关东军参谋长板垣征四郎，正在致力于收买北洋政府的残余军阀和失意政客，用作日军进攻北平时的内应，并打算将他们组成一个傀儡政权，达到完全控制华北的目的。

张敬尧是一个有一定地位和影响力的老军阀，又与日寇控制的伪满政权有着密切的关系，因此，日本人便决定要他出来牵头，组织政府。

失势之后的张敬尧一直在寻找东山再起的机会，他仍旧是野心勃勃，企图成就一番霸业。所以，当日方代表向他谈及此事时，张敬尧按捺不住内心的喜悦，一拍即合。他愿意出卖民族利益，甘心做日本人的走狗。

就这样，日本关东军司令部任命张敬尧为"平津第二集团军总司令"，拨给他活动经费 700 万元。

厚颜无耻的张敬尧受命秘密潜入北平城内，着手收集旧部、联络惯匪，策动国民党驻军，以便重新拉起一支力量，在日军进攻北平时作为内应。

位于东交民巷的古式建筑——六国饭店，自从张敬尧带着随从住进来之后，每天都有些神秘的来客出出进进。

有时，张敬尧本人也化装外出，碰头联系。曾在张敬尧军队中混过的中下级失意军官，此时是穷途末路，孑然一身，听说老上司来了，就一个传一个，先后都和张敬尧联系上了。张敬尧便将这几个人视为心腹，以"平津第二集团军总司令"的身份，分别委任他们"军长"和"师长"等官职，并提供部分活动经费，令他们暗中发展力量，听候差遣。

接着，张敬尧又根据日本特务机关提供的情报，亲自登门拜访了与他是同乡的一名国民党驻军团长，名叫王志信。

由于张敬尧是以老乡身份登门的，王团长热情招待了他。王还谦逊地称他为"前辈",说了些"多多关照"的客套话。

张敬尧很委婉、很策略地称赞王团长是一个优秀的军事人才,必定能成就一番大事业。

然后,张敬尧话锋一转,说:"像老弟你这样的人才,不应久居人下。我可以给你提供一个机会!"

张敬尧终于表明了此行的真正目的,要王团长跟自己干,并承诺当即封他为"平津第二集团军副总司令",还许诺将来成立新政府时让其统率全国军队,最后还递上一张百万元的支票。

王团长犹豫了一会儿,最终还是将张敬尧递来的支票挡了回去。

王团长慨然道:"我不愿做日本人的走狗!"

"什么走狗不走狗,只要有权有钱,为谁干不都一样?"张敬尧贼心不死,他见王团长不肯收钱,就说:"你再考虑几天吧!我静候佳音!"

送走张敬尧后,王志信立即将这一情况向南京方面做了报告。

其实,自从张敬尧秘密潜入北平时起,国民党北平特务站就一直对其进行监视,其负责人王天木每两天接受监视张敬尧的小特务的一次汇报,自己则每周直接向南京戴笠汇报一次。

张敬尧潜入北平的头一段时间里,在暗中网罗旧部,发展力量,引起了蒋介石的重视,认为张敬尧和伪满政权勾勾搭搭,很可能已经投降了日本人,当了汉奸。现在秘密地到北平活动,很可能是想积蓄力量,准备暴乱。

于是,蒋介石指示戴笠密切注意张敬尧的新动向,随时上报。

蒋介石获悉张敬尧拜会北平驻军王团长,觉得这是一个非常重要的情况,很可能是策反的前奏。

于是,一张捕杀张敬尧的大网慢慢地拉开了。

郑介民一直是军统和戴笠的"得力干将"

"南洋富商"住进了六国饭店

张敬尧在北平的猖狂活动，引起了南京政府的高度重视。蒋介石指示说："目前日军向华北进逼，并引诱策动一些下野军阀和失意政客发动叛乱暴乱，对我军的抗日极为不利，因而必须及时制裁一些已经投敌或准备投敌的汉奸，这样才能稳定国民党在北平的统治。"

关于如何处置张敬尧，蒋介石下令说："鉴于平津地区目前的紧张形势，公开缉拿不仅容易出纰漏，弄不好或许反为日军提供借口，因而采取暗杀是较为可行的措施。"

于是，戴笠受命负责暗杀张敬尧。

当时，戴笠是复兴社特务处的处长，副处长是郑介民，他同时兼任华北区区长，常驻北平，直接指挥华北地区的国民党特务活动。

因此，戴笠马上电令郑介民赶回南京，共同研究杀张的具体措施和方法。

郑介民接电后，即刻乘飞机飞抵南京，经过几天的紧张策划，终于把暗杀计划和方法定了下来，并得到了蒋介石的认可。

这个计划是这样的：郑介民化装成回国做人参生意的南洋华侨巨商，也住进六国饭店，先将张敬尧的活动规律摸清楚，然后再组织实施暗杀。

郑介民装扮成南洋富商是具有很多有利条件的。

郑介民是海南岛人，过去到过马来西亚等地，不但能讲一口流利的广东白话，还能说几句英语和马来西亚土话。

另外，郑介民为人机警谨慎，是一名老牌特工人员。

1933 年 4 月底，郑介民住进了六国饭店二楼的豪华房间，他随身携带着十多只沉甸甸的皮箱。

郑介民住进饭店后，引起了张敬尧助手的注意。他发现这个西装革履、气度非凡的"南洋富商"出手非常大方，与茶房、侍从们很快就混熟了，这会不会另有所图呢？

张敬尧的这位助手为主子的安全着想，就提醒张敬尧多加注意，以防万一。

对于助手提供的这一情报，张敬尧没有想得太多。一方面他观察到郑介民的气质、风度及语言都像地道的南洋富商；另一方面他觉得没有谁会发现他，因为他在六国饭店旅客登记册上写明自己是"商人常石谷"，谁会把"常石谷"与他张敬尧联系起来？

尽管抱着这些侥幸，但张敬尧对助手的劝告并不是无动于衷的。

虽然张敬尧口里说郑是华侨富商，出手大方是情理之中的事，但是在行动上，张敬尧变得更诡秘了。他白天秘密与各方汉奸接触，有时候还让亲信替他联系和接待；晚上则三番五次地调换房间，手枪更是从不离身，并派人暗中注意六国饭店出入的客人。

郑介民很快就弄清了张敬尧包住房间的位置：总共包有 5 个房间，平均每个房间有 3 人，其中三楼 3 间，二楼 2 间。并且还侦察出张敬尧喜欢和亲信一起睡大房间，且经常交换房间。

郑介民想，如果将暗杀定在白天，且不说人多难以下手，单说刺客的撤退就成问题；如果定在夜晚进行，又弄不准张敬尧睡的房间究竟是哪一间。何况张敬尧是行伍出身，枪法很准，武功也不错，弄不好就会坏了大事；如果将暗杀定在张敬尧出门活动必经的路上，则更难以成功，因为张敬尧住在六国饭店里，出去的次数很少，偶尔出去一两次，也防范得极其严密，行动时间没有规律不说，其来回的行车路线也变化无常，无法捉摸。

郑介民正在苦思冥想、一筹莫展时，他的一个侍者偶然透露一个情况，那就是张敬尧每天起床很早，并且在洗脸间洗脸和修容花的时间很长。

"天助我也！"郑介民得知此情，兴奋得叫了起来，随即有了主意。他知道张敬尧平时穿戴讲究，蓄有整齐的八字胡，下巴上的一撮长胡须也梳得很精致。张敬尧早起后用在洗漱修容的时间确实很长。

于是，郑介民定下了暗杀张敬尧的时间：5月7日凌晨。

郑介民挑选出华北区北平站的大特务王天木和特别行动员白式维为暗杀张敬尧的执行人，并交代他俩"只许成功，不许失败"。

这两个人枪法都很准，且身强力壮。对执行这种任务既有经验，又有信心。郑介民还指定了刺客进入饭店的路线和逃走的方法，另外还派人在楼梯口和饭店门口担任警戒工作，以便掩护两人逃跑。他们还事先弄来了3辆小轿车，停在饭店附近接应。

5月7日这天凌晨，六国饭店的中外房客们在灯红酒绿的夜世界里泡了一个晚上后，大多还在梦中未醒。

死期临近的张敬尧像平常一样早早地起了床。

正当张敬尧摇摇摆摆来到洗脸间洗脸时，只见一个黑纱蒙面人一闪就到了他的身侧。他正要叫喊，对方已开枪了，了弹准确地打进了他的头部和胸部，张敬尧当即倒地殒命。

待张敬尧的亲信和卫士们闻讯赶来时，蒙面刺客和其同伙已出了大门，钻进小车向西飞驰而去。

后来，侍从们惊奇地发现几天之前住进来的"南洋富商"也不辞而别了，其随身携带的皮箱却未带走，打开一看，里面装的竟尽是石头和砖块。

可见，这次谋杀事件系此"南洋富商"所为无疑。

不久，国民党《北平机关报》报道称，张敬尧因充当汉奸并阴谋策动北平暴乱，已被"锄奸救国团"击毙。

张敬尧一生几经死难，最终以"汉奸"罪被除，真是罪有应得！

第九章　在劫难逃
——中将军长李生达之死

黎明刀影

请莫动。

风来了，轻轻翻开这一页。

1936 年 5 月 31 日凌晨，月薄风稀，四周十分安静。

山西西部离石县城里到处驻满了晋绥军。在县城内的一所大院子门口，4 名手持晋造冲锋枪的士兵在巡逻。

院子里边也有数名巡逻的士兵，他们是晋绥军第十九军军部警卫营的卫士。院子里北房屋内点着一盏昏暗的煤油灯，第十九军中将军长李生达就住在这间屋里。

这时，一条黑影在院子里贴着北屋的墙边溜过来。他环视了一下周围的环境，敏捷地跃上了北屋的台阶，轻轻地推开了虚掩的房门，顺势钻进了屋里。他摸到床前，在一丝月光的映照下，依稀看见床前太师椅上将军服的领口上金丝质地领章上的两颗金色的三角星。他迅速地从怀中摸出一把锋利的匕首，对准睡在床上的这个人的心窝用力刺去。

"啊！——"

受害者的一声惨叫，惊动了巡逻的士兵。他们看见一个黑影溜了出来，没命地朝外面跑去。

"谁？"

卫士的话音未落，一声清脆的枪声响起，当场就有一个士兵倒在地上，胸口上鲜血直往外冒。那名凶手一边开枪，一边朝后院的院墙窜去。这时，后院的警卫一齐赶来，吵吵嚷嚷，把凶手逼到了墙角处。凶手眼见难以逃出重围，就举起手枪，对准自己的太阳穴扣动了扳机。

原来，这位被刺杀者就是国民党陆军第十九军中将军长李生达，而凶手竟是他的卫士熊希月。

要解开这桩复杂案情的"谜底"，必须从李生达与晋军首领阎锡山之间恩恩怨怨的演变过程说起。

平步青云

李生达，字舒民，山西晋城县人。早年曾入保定军校第五期学习，与后来的晋军高级将领傅作义、王靖国等人都是同期同学，号称晋绥军"十三太保"之一。

1926 年，李生达任晋军第十团第一营少校营长，率部驻扎在雁北重镇大同。同年春天，奉系、直系军阀联合进攻冯玉祥西北军，为断绝西北军沿平绥路西退之路，他们以冀、察两省地盘为诱饵，让阎锡山出兵阻截冯玉祥部西撤。

西北军与晋军在雁北一线展开了激烈的战斗，双方伤亡都很大。

关键时刻，李生达率部苦守大同，勇猛地打退了西北军的多次进攻。

西北军围攻大同 5 个月而未能攻克，只好撤围绕道退走。

从此，李生达得到了阎锡山的赏识和垂青。

通过这次战役，阎锡山让李生达连升三级，从营长升为团长、旅长，后又升任山西陆军第十五师师长，兼晋北镇守使，从而跃入晋军高级将领的行列。

起初，李生达也从内心里感谢阎锡山的提拔，每次战役都身先士卒，拼死出力，赢得了官员的尊重，渐渐树立起个人的威信。

阎锡山见北伐军声势浩大，遂宣布参加国民革命军北伐，出兵四路，进攻奉系军阀张作霖。李生达奉令率其第十五师在张家口、宣化、雁门关、繁峙及京汉路满城、保定一线，连连大捷，锐不可当，被誉为"奋勇直前，很有战绩"的铁军。

直至1928年6月，蒋介石成立4个集团军，举行第二次北伐，在攻占平、津及华北地区后，李生达因功绩卓著，而升任国民革命军第三集团军第五军军长。

接着，李生达在编遣会议上改任国民军第三十六师师长，率部驻扎在天津一线。

此时，李生达的势力在逐步扩大。他在任第五军军长时，除指挥原有的第十五师的三个团外，还编入陈长捷的第九师的三个团，霍原壁的第二十七旅的三个团，还有军部直属的工兵、骑兵及辎重部队，成为与名将傅作义等人并驾齐驱的第一流将领。

攀龙附凤

然而，李生达并不以此为满足，他逐渐觉得阎锡山的实力范围有限，为图谋发展，开始暗暗向蒋介石方面靠拢。

这些蛛丝马迹，慢慢地被阎锡山知道了，自然引起了他的忌恨。

阎锡山历来重用老乡，他的亲信多为五台、定襄、沂蒙等地的晋北人，而李生达却是晋东南人，其部下官佐多为晋南和外省人，阎锡山对此很不放心。

另外，李生达与当时在天津任警备司令的傅作义过往甚密，两个恰恰都是晋南人，这也引起阎锡山的怀疑。

李生达还与同乡，当时任国民党天津市党部委员的苗培成关系密切，而苗培成与阎锡山素有矛盾，且苗培成又是国民党 CC 系分子，他曾极力为李生达的晋升向蒋介石献媚、拉关系，这些更为阎锡山所憎恨。

1928 年 10 月，蒋介石乘火车自津浦路北上，赴北平与阎锡山、冯玉祥会晤。

李生达获悉后，主动从天津乘火车向南驶出五站远迎，首次见蒋介石并谈话多时，得到蒋介石的器重。

这些秘密活动，当然逃不过阎锡山的眼睛，他把这笔账记在了李生达的头上。中原大战后，阎锡山失败下野，逃往大连。苗培成趁机执掌了国民党山西省党部大权，并兼任山西省教育厅厅长，成为权倾一时的人物。

阎锡山为了重掌山西省军政大权，暗中要驱逐国民党中央在山西省的势力，便耍了个阴谋，操纵太原中学的学生包围、捣毁国民党山西省党部。

省党部的警卫人员开枪射击造成了一场震惊中国的流血惨案。

学生举行游行示威，愤怒声讨当局的暴行，并到处搜寻苗培成，扬言"要将苗培成炸成油条，一块块喂给狗吃"。吓得苗培成躲进厕所待了两天，大气不敢出，后躲入李生达的寓所，得到李的庇护。

几天后，李生达把苗培成化装成普通士兵，并派人护送，让苗培成灰溜溜地逃出了山西。

受宠若惊

1931 年底，李生达、王靖国两人到南京参加军事会议。

会议之后，蒋介石亲自召见李生达，拍着他的肩膀说："你年轻有为，

李生达

前途无量。"

李生达受宠若惊，正要说一句肉麻的感谢话，但蒋介石话锋一转，话中有话地说："不过，你要看清形势，好自为之。"

这句话说得李生达云里雾里，摸不着头脑。

蒋介石见李生达发愣，遂又好言安慰了一番，并赏给他大洋15万元。

李生达感激不尽，激动之余，大声说："请委员长放心，李某为了国事，将赴汤蹈火，在所不辞！"

蒋介石满意地点了点头。

李生达满载而归地到达阳泉驻地后，豪气而又慷慨地用5万元大洋，给旅长级的军官买了金壳手表、绣花缎子被面、礼服呢衣料；给团长级军官买了手表、派克金笔、呢子料军服；给营长级的军官也一一买了手表。他还用5万大洋在河北涿县办了个纸烟厂，很是牛气了一些日子。

这些消息传入阎锡山耳里，气得他鼻子发红，大骂李生达过河拆桥，奴颜婢膝地投靠新主，"没骨气"。骂归骂，但他一时也无可奈何。

为了试探李生达对自己的感情，阎锡山特意修书一封，派专人送去。

信中阎锡山假称财政困难，向李生达开口借 100 万大洋，还称"李老兄关系极广，生财有道，区区百万，不过九牛一毛耳"！

李生达看了这封信，气得全身颤抖，好半天说不出一句话来。他知道，这是王靖国那小子向阎锡山汇报的，于是连夜急忙前去，求见阎锡山，痛哭流涕地陈述蒋介石送款经过和开支情况，并说："李某日子并不好过。阎长官您有恩于我，李某非过河拆桥之人，异日若有发达之时，定当登门谢恩！"

阎锡山淡淡一笑，说："老弟言重了。"

随后，阎锡山又假惺惺地安慰李生达，嘱他好好练兵，并说："国难当头，正是英雄用武之时，咱们来日方长。"

李生达出了一身冷汗，回到太原家中，郁郁寡欢了好些日子。他对他的亲信说："阎锡山这是有意整我，你们以后要多加小心。"

为了表示心中的不满，李生达把部队交给参谋长指挥，而他自己寻欢作乐，纵情逍遥，以此驱赶胸中的苦闷。

与此同时，李生达与蒋介石的亲信联系得更加密切。他与熊式辉、陈诚、顾祝同、刘峙、孔祥熙、陈果夫、贺耀祖等常有信函往来。在信中，他们称兄道弟，互相吹捧。每逢过年过节，或有婚丧嫁娶之时，也都彼此互相馈送，关系日益热乎。1932 年冬，李生达去南京时，带了汾酒 3000 瓶、沁州黄小米等，都送给南京政府各要员。

李生达这种"走中央路线"的行为引起了阎锡山的高度警惕。

南昌厚遇

1933 年春，长城抗战爆发。蒋介石曾北上石家庄，在井陉矿务局驻地两次秘密会见李生达。蒋介石给李生达送了专用的密码本，并指定石家庄秘密专用电台直接与李联络通信。

阎锡山执掌山西三十余年，工于心计，精于算计，人送外号"阎老西"。

从此，李生达不断与蒋介石直接联系。为了避免引起阎锡山的注意，李生达还特地派其亲信副官王占魁到石家庄转发电报，有时也派专人直送南京，还曾派其第七十二师师部译电主任陈济川亲自到石家庄专用电台发报。

这一切，当然难以瞒住老奸巨猾的阎锡山。

1934 年，蒋介石命令阎锡山派部队到江西"剿共"。阎锡山则派李生达率第七十二师及独立第二旅开赴江西。

李生达到达南昌时，受到蒋介石嫡系将领的热烈欢迎。南昌行营办公厅主任熊式辉代表蒋介石设宴招待，贺国光等人作陪。

这种豪华的盛宴使李生达等人大开眼界，感受了"中央"的富豪气派。

李生达的师部安置在南昌当时第一流的花园饭店里。

不久，蒋介石任命李生达为陆军第十九军军长兼第七十二师师长，其部许多军官都晋了级，皆大欢喜。

随后，蒋介石还给李生达增编了一个特务营，并为其配备了最新式的武器和装备；全师配发雨衣，又送给李生达 5 辆小汽车。李部高级将领陈长捷、段树华、霍原壁和周原键各分得一辆。

当李生达部向吉安开进时，南昌行营为其配备了大量轿车。

这种种优厚待遇，极大地增加了李生达全体官兵对阎锡山的离心力。

不仅如此，在阎锡山对李生达部克扣军饷时，蒋介石又马上为他们补发津贴，很得李生达部的人心。

此时的李生达，手头显得相当阔绰，动辄赏部下几百元、几千元，送派克笔、毛呢衣料、绸缎被面等。

而且，李生达还将不满阎锡山的晋籍人士、发明恺字号炸药的德国留学生、兵器专家和化学家张恺推荐给蒋介石。蒋介石立即聘请他为兵器顾问，月薪 600 大洋。

这一切，都无疑要招致阎锡山的忌恨。

一山二虎

1935 年，阎锡山"围剿"陕北红军，电请蒋介石调李生达部回晋。

当时，李生达与手下高级军官商议此事。他们大多认为回山西必遭歧视，前景难测，不如改往他处。于是，李生达向蒋介石请求，要求将其部调往蚌埠、徐州或湖北。

但不知为什么，李生达赴南京面见蒋介石和何应钦之后，突然改变了主意，坚决要求回山西。后来，有人说，这是蒋介石给了李生达回晋某种特殊使命。

在第十九军开拔返晋前，蒋介石犒赏该军全体官兵，每人大洋 5 元，并赠给尉以上军官每人一张蒋介石的戎装大照片和书本，顾祝同也送给第十九军军官每人一套景德镇瓷器，继续进行拉拢。

待第十九军撤返山西时，阎锡山为削弱李生达的实力，命令其军部驻离石，而将部队调至陕北。但李生达不服其令，执意要把自己的军部驻扎在石家庄。

待第十九军到达石家庄后，阎锡山派其太原警备司令荣鸿胪前来慰问。

荣鸿胪在给第十九军官兵讲话时，发现他一提到蒋介石的名字，官兵就全体立正；而他一提到阎锡山的名字，官兵们竟毫无反应。

这件事很快就传到阎锡山的耳朵里。阎锡山对李生达愤恨不已。1935年8月，阎锡山任命其第一〇一师师长孙楚任陕北"剿匪"总指挥，任命李生达为副总指挥。

李生达作为一个军长，位置却在孙楚这个师长之下，这分明是阎锡山对李生达跟随蒋介石的报复。

李生达对此极为不满，始终没有就职，权派陈长捷旅开到陕北归孙楚指挥。

1935年，国民党"五大"改选中委前夕，蒋介石在南京对阎锡山说："从山西三个军事代表中产生一个中央委员，我们研究一下，看谁合适？"

阎锡山马上回答说："治安（王靖国字）、舒民（李生达字）均可。"

蒋介石又说："舒民是军长，治安是师长，舒民在江西立过功，我看还是舒民合适。"

阎锡山心里不服，但不好与蒋介石当面争执。结果，李生达被选为中央执行委员。王靖国心里难过，竟与阎锡山不辞而别。

这时，李生达在山西要人中，与阎锡山、赵戴文、徐永昌及傅作义等人同为中央委员，地位日隆。不久，山西又有李生达将任安徽省主席、山西省主席的传说。这使阎锡山如坐针毡，视李生达为眼中钉，嫉恨日甚一日。

权极生悲

1936 年春，中国工农红军渡黄河，赴北抗日前线。

李生达命令所属的独立第二旅在晋西中阳县阻击红军受挫，就径自发密电给蒋介石，请速派大军来晋。

不久，蒋介石任命陈诚为"剿匪"第二路军总指挥，率关麟征的第二十五师、李仙洲的第二十一师、宋肯堂的第一百三十二师等 10 万大军开入山西。无疑，这对阎锡山又是一个极大的威胁。

阎锡山对李生达私自密电请蒋介石派兵山西一事十分恼怒。

1936 年 5 月，红军为保存国力，避免内战，回师陕北。

接着，蒋介石又任命陈诚为陕、甘、宁、青四省"剿匪"总指挥，李生达为副总指挥，率领第十九军、晋军独立第二旅、第三旅和两个炮兵团、中央军第十三军、第二十一师及高桂滋的第八十四师、高双城的第八十六师，共同赴陕"围剿"红军。蒋介石还指定在陈诚到任之前，由李生达代行总指挥职务。

这时，李生达直接指挥着晋军的 15 个团，占晋军总数的四分之一还多，又能控制将系中央军一部及陕北地方部队，在山西军界权倾一时。

阎锡山无法忍受这种空前的威胁，所以，除掉李生达就是阎锡山早已准备而如今是刻不容缓的事情了。

1936 年 5 月 30 日，李生达自太原到离石军部，准备 6 月 1 日率军过黄河赴陕北作战。

5 月 31 日晨 2 时，李生达被其卫士熊希月刺杀身亡，令人大感震惊。

凶手其人

凶手熊希月是山西朔县人，自1927年起就在李生达身边任卫兵。他好赌、喜酒、头脑简单，性情蛮横。

熊希月具体受谁的指使杀死李生达，已经死无对证，但明眼人不难看出，此事是阎锡山一手操纵的结果。

后据第十九军军长霍原壁及军队法处处长曾广昕调查，曾在汾阳邮局查出凶手的胞兄、在太原晋阳日报任采访员的熊希轩从太原给凶手汇钱的汇款单，几天内就汇入八百多元以上，这在当时是相当大的数目。而据与凶手很要好的军部传达班长马文兴说，熊希月最近很有钱，对朋友很大方。在出事的当天，凶手还曾对马文兴说："今天我要办件大事，以后咱们再见吧！"

另外，李生达被刺后，军部急电阎锡山，报告事情经过。阎锡山立即回信说："舒民被刺，使我痛心不已。"他还假惺惺地派亲信王靖国到离石吊唁。

但王靖国到离石后，并不显得悲痛，甚至连难过的表情都没有。他竟然对旅长段树华说："舒民连自己都不能保护，如何能带兵作战？"

后不久，王靖国就被阎锡山任命为第十九军军长。

王靖国一上任，就不准追查熊希轩汇款的事，并将马文兴调到别的部队去了。他还常散布谣言，说熊希月与李生达的姨太太有染，李生达与熊希月的妻子通奸，等等。

但是，知情者都说，熊希月从未带过家眷，而李生达的姨太太很少见到过熊希月。

王靖国的说法，恰恰暴露了熊希月受人收买刺杀李生达的真相，其目的是要借桃色事件来掩盖这场血淋淋的政治暗杀。

哦，看吧，历史翻过了一页，

那些怒放的玫瑰早已老去，

斑斑点点，留下些蛛丝马迹。

这样的季节和心碎相距多远，

那些清凉的泪珠啊，

是怎样汹涌在旧时相识的途中……

第二部 处决

第十章　死刑，没有宣判

——山东省主席韩复榘之死

为什么逝去的日子总是在灰暗的夜晚留下一点颜色？

为什么历史的残片总能在冬天的封面书写一段告白？

1938 年 1 月 24 日这一天，武汉三镇被少见的严寒包裹着，大街小巷没有往日的喧哗和热闹。

然而，就在这分外的宁静和安逸之中，一桩即将轰动全国的大事正在严密而有序地进行。

南京国民党政府建立的武汉临时高等军事法庭的看守所里关押着一名要犯，他就是赫赫有名的山东省主席韩复榘。

韩复榘是十几天前被关进来的。临时高等军事法庭会审庭对他进行过一次审讯，但没有结果。

可是，这天晚上 7 点钟左右，看守所里突然响起了一阵枪声。韩复榘被乱枪打死了。

枪声响过大约一个小时之后，临时担任韩复榘案审判长的何应钦，带领班法官来到看守所，并当众宣布：

"原国民党山东省政府主席、第三集团军总司令、陆军二级上将韩复榘不奉命令，无故放弃济南及其应守之要地，致陷军事上之严重损失，处死刑，褫夺公权终身……"

抗战时期，国民党高级将领中陷城失地的何止韩复榘一个？但是，为何只他一个被按军法处以极刑了呢？而且，处决方式这样与众不同，案犯竟然连判决书都没看到，连判决词也没听到，就早早地被乱枪打死了……

剑拔弩张

1930年9月，韩复榘背叛了老上司冯玉祥，对其伙伴阎锡山占据山东的部队发起了突然袭击，将他们赶出山东，夺回济南。正在跟冯玉祥、阎锡山打得难分难解的蒋介石十分高兴，立即委任韩复榘为山东省政府主席。

这样，韩复榘做了"山东王"，掌握了山东的一切权力。

其实，韩复榘赶走晋军，并不是真的为蒋介石卖命。他自己野心勃勃，想永久据有山东。于是，他一面将自己的军队扩编到五师一旅外加四路民团，一面派人到军政部要求蒋介石兑现每月60万元的军费。

蒋介石当时许诺韩复榘每月60万元军费，目的是拉他倒冯玉祥的戈。现在，目的已达到，他岂肯轻易给钱？他对韩复榘派来的人拒而不见，只命财政部的官员向其诉苦叫难，并坦言说不能兑现。

韩复榘见蒋介石不愿兑现军费，咬牙切齿地说："老蒋你如此不仁，我也就不义了！"一怒之下，他把中央派到山东来的盐运使、烟酒印花税局长、税警局局长及中央财政部特派员等统统赶走，全换上自己的人，全省税收不缴南京一文。

蒋介石当然没有想到韩复榘会来这一手，也火了。他恨恨地说："你小韩在山东搞独立王国，这还得了！"他马上还以颜色，指示驻烟台的刘珍年第十七军，将胶东二十多个县的田赋税收据为己有，或者解往南京，而不缴省库分文。

这还不算，蒋介石同时派高级特务刘子建任烟台戒严司令兼警察局局长。刘子建则根据蒋介石的指示，联合十七军一些高级将领，以该军驻中南办事处为基地，处处跟韩复榘作对，想从内部搞垮韩复榘。

对于刘珍年的第十七军在山东内割据胶东，韩复榘气则气矣，但一时三刻也没办法。但对于刘子建的所作所为，他坐不住了。他派了不少人，时时刻刻盯住刘子建，准备一有风吹草动，就给他来个一网打尽。

一天，刘子建和刘部副军长何益三、参谋长韩洞到办事处主任赵兰言家密谋收买韩部将领。韩复榘的爪牙得到消息，立即报告给韩复榘。韩复榘立派营长张亦农前去拘捕。

谁知张亦农早被刘子建收买。他带领一支部队往刘子建的办事处奔去，但是，刚到那里，还没进屋，他就故意大张声势，实为他们报信。

刘子建等人听到外面人喊马叫，知道韩复榘的人来了，急忙从后门逃走，匆匆溜回烟台。

韩复榘见拘捕不成，怒不可遏，立即召来第二十师师长孙桐萱，令他率领五万人马去攻打第十七军，以解心头之恨。

孙桐萱带部队很快就攻下了平度、掖县等地，直捣烟台。

刘珍年没想到韩复榘会胆大如斯，敢命令所部攻打中央军队。他一面布置抵抗，一面向蒋介石告急。

十七军是蒋介石在山东唯一的势力。他得报后心急如焚，马上命令黄杰等军结集徐州，准备来个"围魏救赵"。

韩复榘见事情闹大了，反而无所顾忌，不肯示弱，集中兵力十万余人，准备跟蒋介石放手大干一场。

蒋、韩两人剑拔弩张，大战一触即发。

山东方面战云密布，惊动了一位鲁籍国民党元老丁惟汾。他闻讯后，一面向蒋介石提议和平解决，一面请上海青帮大头子张仁奎去济南劝解。

韩复榘部的高级将领孙桐萱、李汉章、谷良民、雷太平等都是张仁奎的门生，韩复榘本人也曾受到过张仁奎的热情款待，两人私交不错，于是

韩复榘

便答应和平解决。结果，刘珍年部调往浙江，而南京则在山东加委税务人员。一场混战总算没有爆发。

经过这次事件之后，蒋介石对韩复榘更不放心了，他密令山东省党务整理委员会主任张苇村加强对韩复榘的监视。

张苇村是山东人，一向对蒋介石唯命是从。虽然是在济南，他却仗着有蒋介石撑腰，常常责备韩复榘。有一次，张苇村指着韩复榘的鼻子说："中央命令你把两个军五个师缩编为两个甲种师，一个乙种师，手枪旅缩编为团，划为地方部队，你为何不遵照缩编，漠视命令，加重山东人民经济负担？"

简直是在阎王爷头上拉屎！韩复榘一听，脸气得红一阵，白一阵，本想好好教训张苇村一通，但打住了嘴，只冷冷地说："我跟你这种党棍子说不通！"

张苇村反唇相讥："谁又跟你这种土包子说得通呢？"

韩复榘读书不多，最忌讳别人说他是"土包子"。张苇村如是说，他心里不用说有多恨了。但他没再说话，拂袖而去。

只过了几天，张苇村便死在济南进德会游乐场。

张苇村死了，韩复榘心里好受了些。他派人装模作样地侦缉了一番，便无下文。蒋介石见自己派出的党务主任竟然在山东被杀，知道是韩复榘干的"好事"，气得咬牙切齿。

被蒋介石抓住了辫子

韩复榘如此骄横无礼，蒋介石自然想除去心腹之患。但是韩复榘拥兵自重，蒋介石又抓不住他的把柄，一时竟没有办法。

1937年，抗日战争全面爆发。蒋介石认为机会到了，他要用"借刀杀人"之计，韩复榘的部队在日军的枪炮之下土崩瓦解。

于是，蒋介石任命韩复榘为第五战区副司令长官兼第三集团军总司令，所部五师一旅扩编为十二、五十五、五十六三军，分由孙桐萱、曹福林、谷良民任军长，并要他在于学忠部五十一军的协助下，守住山东。

起初，韩复榘不知是计，以为大敌当前，蒋介石已不计前嫌，真的是调动各方面力量齐心抗战了。而且，山东是韩复榘好不容易才得来的地盘，他不容蒋介石插手，当然也不愿拱手让给日本人。他的如意算盘是，利用抗战这个机会，要求中央给自己的军队加强装备，增加供给，扩充实力。

10月，日军进攻山东，韩复榘按照大本营的命令，将自己的八十一师展书堂部拨归第六战区司令长官冯玉祥指挥，并要求八十一师全体将士好好干，为山东的部队争口气。

展书堂在冯玉祥的指挥之下，自禹城反击日军，克复德州、桑园，正向马厂方向前进。展书堂高兴得张牙舞爪。这时，韩复榘给他打来了电话。

展书堂以为韩复榘要嘉奖他了，接过电话得意地说："韩主席，我们打得很漂亮……"

"放屁！我命令你 10 小时内返回禹城！"韩复榘怒气冲冲地说。

展书堂被泼了冷水，很不理解，他自言自语地说："为什么向前杀鬼子、打胜仗，韩主席还骂我们，说我们不该反攻呢？我们是按照他原来的命令去做的啊！"

展书堂哪里知道，韩复榘已经改变了初衷。

原来，韩复榘在接受承担不让日军越过黄河的任务时，曾要求第五战区司令长官李宗仁给他配备 20 门重炮，以便固守黄河南岸。李宗仁不仅答应了他的要求，给了他 20 门重炮，还给他调来了一个炮兵旅，由史文柱率领驻扎在泰安。

可是，蒋介石在得知这个消息之后，打了电话给李宗仁，说韩复榘部兵强马壮，无须炮兵相助亦可守住黄河，命令他把这个炮兵旅调走了。

此时，韩复榘明白了蒋介石的用心，他知道老蒋这样做就是想牺牲他的兵力，借抗日的机会剪除异己。他气糊涂了，便命令部下停止反攻以保存实力。

12 月 12 日，日军在门台子过了黄河，黄河防线失守。

韩复榘一面命令各部向泰安、兖州方向撤退，一面去蒋介石驻济南总参议蒋伯诚处报告。他对蒋伯诚说："日军已过了黄河，我军没有重炮，难以固守。我已决定放弃济南，候中央增援，再行反攻。"

蒋伯诚不赞成，说："请示委员会长后再决定吧！"

韩复榘哪肯听蒋伯诚的劝告，他很不耐烦地说："我已命令各军撤退，你不走，我先走了，济南方面我已命令孙桐萱率部撤离。"

蒋伯诚没想到韩复榘竟敢擅自撤军，赶紧报告蒋介石。

蒋介石在得到蒋伯诚的报告后，真的急了：韩复榘撤离山东，中原便再无屏障，日军就可长驱直入，抗战就会陷入一种十分被动的境地。

蒋介石来不及多想，立即亲自给韩复榘发了十万火急的电报，命令他不得撤退。

韩复榘接到蒋介石的电令的时候，已乘钢甲车到了泰安。他回电蒋介石说，济南大势已去。

蒋介石得知韩复榘丢了济南，退到泰安，只好又电令他固守泰安。

可是，此时的韩复榘根本就没有心思打仗。他再次抗令不遵，率部由泰安经兖州、济宁一直退到鲁西曹县。

韩复榘在撤离济南以前，未经呈报批准，就将弹药、给养等用火车运往河南漯河以西的舞阳等地。

当这辆军火列车经过徐州时，李宗仁来电阻止并责问韩复榘："豫西非第三集团军的后方，为何运往该地？"韩复榘连蒋介石都不放在眼里，更何况是李宗仁？他在李宗仁的电报上批写："现在全面抗战，何分彼此。"李宗仁收到复电后大为恼火。

其实，韩复榘几次不理睬蒋介石十万火急的电报，放弃济南、泰安，作为第五战区的司令长官，李宗仁早就怕自己脱不了干系，曾发电责问韩复榘，问他为何不守泰安？韩复榘却回电反问李宗仁："南京不守，何守泰安？"

李宗仁对韩复榘本来就没有好印象，抗战以来又多次受到他的顶撞，一气之下，将他的两次复电转给了何应钦，并说韩复榘部无法指挥。

蒋介石接过何应钦亲自送来的韩复榘复电，气得一拍桌子说："娘希匹，韩向方（韩复榘，字向方）这是找死！"

何应钦接着说："放开眼下的事不说，去年12月他发出'马电'，支持张学良、杨虎城首倡各省'自治'，还准备派兵袭击我中央军后路。就凭这一点，我们也该送他上西天！"

当天晚上，蒋介石召集亲信密商了一个通宵。

蒋介石

特殊的"军事会议"

1938 年 1 月初，第五战区司令长官李宗仁接到了蒋介石的电报。蒋介石要他立即在徐州召开一次军事会议，研究一下对日作战的问题，并说他有可能亲临徐州参加。

韩复榘是该战区的副司令长官、第三集团军总司令，自然是这次会议的主角。然而，他在接到李宗仁的通知之后，并没有亲自前来，而是派了山东省教育厅厅长何思源代表他参加会议。

1 月 7 日，何思源来到徐州向李宗仁报到。李宗仁一看韩复榘没有亲自来，很不高兴地说："委员长就要来了，你快回去，叫韩复榘亲自来！"

何思源匆匆回来向韩复榘汇报。

韩复榘听了何思源的汇报后，正在犹豫。突然，办公桌上的电话响了起来。秘书抓起电话问了一下，便回这头来对韩复榘说："韩主席，委员长找你说话。"

电话里蒋介石说道："明天我决定召集北方团以上军官在开封开个会，

请向方兄带同孙军长务必到开封见见面。"

蒋介石亲自电话相邀，又是如此说，韩复榘不好推辞了。

然而，孙桐萱等人认为其中有诈，劝韩复榘不要去。

蒋伯诚得知韩复榘不想去开封，连忙将一份刚由李宗仁转来的军机密电送给韩复榘。韩复榘见密电上列有 45 个高级将领的名字，孙桐萱也在其列，便消除了疑虑，吩咐孙桐萱带上一个手枪营，决定到徐州会同李宗仁去开封。

1 月 10 日，韩复榘等乘钢甲车到达开封。韩复榘自己住在黄河水利委员会委员孔祥榕的公馆，而孙桐萱及几个参谋则住在盐商牛敬廷的家里，卫队也分驻孔、牛两处。

第二天晚上 7 点，韩复榘同孙桐萱等乘车来到省政府大门口，只见大门旁边贴了一张通知，上面写道："参加会议的将领请在此下车。"

韩复榘同别人一样下车向里面走去。

到了第二道门口，左旁屋门上写有"随员接待处"的字样，韩复榘毫不犹豫地将自己的卫兵留在了此处。

不一会儿，韩复榘和其他将领一道谈笑风生地来到副官处，上面又贴了一则通知，云："奉委座谕：今晚高级军事会议，为慎重起见，所有到会将领，不可携带武器进入会议厅，应将随身自卫武器，暂交副官处保管，给予临时收据，待会议完毕后，凭收据取回。"

高级将领不带随身武器，这可是从来没有过的事，韩复榘虽然觉得有点奇怪，但他见其他人纷纷将枪掏出交给副官处，便也将别在腰间的两支手枪拿了出来，然后走进了会议厅。

到会的有三四百人。韩复榘跟李宗仁、白崇禧、刘峙、宋哲元等坐在第一排。

会议由蒋介石亲自主持。蒋介石走上讲台，扫视了一下全场，便宣布开会。

起初，会议与平常没有什么两样，无非是讨论一下当前的形势，商量一下今后的方案。然而，当会议进行一个多小时之后，蒋介石突然表情严肃、一字一顿地说：

"我们抗日是全国一致的，这个重大责任应该说是我们每一个将领义不容辞地要承担的。可是，我们竟有一个高级将领，放弃山东黄河天险阵地，违抗命令，连续失陷数大城市，使日寇顺利地进入山东，影响巨大。"

说到这里，蒋介石停了下来，端起了茶杯。

与会将领们见委员长表情严肃，都挺直身子，目不斜视，连大气都不敢出一下。韩复榘见蒋介石在说自己，不服气地挪动了一下身子。

突然，蒋介石提高了声音："我问山东韩主席，你不发一枪，从山东黄河北岸，一再向后撤退，继而放弃济南、泰安，使后方动摇，这个责任，应当由谁来承担？"

韩复榘素来瞧不起蒋介石，见蒋介石拿自己出气，心里很不舒服。此时他觉得蒋介石的声音特别刺耳，便毫不客气地说："山东丢失是我应负的责任，南京丢失了是谁的责任呢？"

蒋介石一听，正颜厉色地截住韩复榘的话说道："现在我问的是山东，不是问南京，南京丢失，自有人负责！"

韩复榘刚想反驳，坐在他身旁的刘峙一把拉住他，低声说："向方，委座正在冒火呢，你先到我办公室里休息一下吧。"

刘峙很亲热地拉着韩复榘的手走到院内，指着一辆小汽车说："坐上吧，这是我的车子。"

韩复榘也正在生气，哪管那么多，一屁股就坐上了刘峙的车。

刘峙却没上车，他说："我还要参加会议去。"说完便把车门关上了。

还没等韩复榘反应过来，汽车前座上的两人往后爬了过来，分坐在韩复榘的两侧。他们出示了一张预先写好的逮捕令，说："你已被逮捕了。"

韩复榘下意识地把手伸向腰间，可是枪没有了。他往外看了看，只见到处是宪兵岗哨，便无可奈何地摇了摇头。

小汽车飞快地驶到了火车站月台上，两个特务把他押上一列待发的专车。车上，军统特务头子戴笠和龚仙航皮笑肉不笑迎接他。大批荷枪实弹的宪兵、特务肃立两旁。

韩复榘知道，至此他插翅难飞了。

1月12日晚，韩复榘被送到武昌"军法执行部监部"，"关押"在军事委员办公厅旁的一座二层楼中。

蒋介石轻而易举地抓住了韩复榘，内心很高兴。但是，他还得把戏演完。

第二天，开封"军事会议"继续进行。蒋介石一开始就宣布韩复榘的一大堆罪状，然后告诉与会者："现已把他扣交军法处讯办。"

与会者听后谁都不敢吭声。只有与韩复榘要好的宋哲元站起来为他求情说："韩复榘不听命令，罪有应得，希望委员长原谅他是个粗人，没有知识，从轻办他。"

孙桐萱等几人见自己的上司被抓，心里急开了花，怕牵连自己，一直在惶惶不安，见宋哲元出来讲话，他们也急忙求情。

这次蒋介石完全是针对韩复榘来的。因此，对宋哲元、孙桐萱等的求情，他和颜悦色连声说："好，好，我会考虑。"

宋、孙等人见蒋介石如此说，都坐了下来，不再吭声。

接着，蒋介石宣布："韩复榘的军下职务全部革除，所遗第三集团军总司令一职，由于学忠兼任，原军长孙桐萱升任该集团军副总司令，军长曹福林任津浦路前敌总指挥。韩复榘的事由他个人负责，与其余人无关，大家要安心供职！"

孙桐萱、曹福林表面上得到了重用，无话可说。韩复榘的部下被蒋介石稳住了。

颇具讽刺的审判

韩复榘被捕之后，他的夫人高艺珍急忙到汉口找冯玉祥出面求情。冯玉祥恼恨韩复榘背叛自己，拒而不见。

孙桐萱是韩复榘的第一亲信，他多次要李宗仁帮忙救救他的上司。可是李宗仁对韩复榘不听他的指挥仍耿耿于怀，仅仅是敷衍了一通，高艺珍和孙桐萱等见冯玉祥、李宗仁不愿出面说话，只好派韩复榘的参谋长携巨款去武汉活动，可是韩复榘平时得罪的人太多，谁也不愿为他说话。

一个星期眨眼就过去了。

1月19日，临时高等军法会审判庭组成，何应钦为审判长，鹿钟麟、何成浚为审判官，贾焕臣充当法官。

1月21日，审讯开始，何应钦按照早就拟好的"不遵命令、擅自撤退、在山东强索民捐、侵吞公款、收缴民枪、强迫鲁民购买鸦片"等条款逐一审问。

对何应钦的审问，韩复榘一不作答复，二不请求宽恕，只是一味地昂首微笑。他拿定了主意："只要我概不回答，你们就无法定罪，如此，岂奈我何？"

面对韩复榘的傲慢态度，何应钦竟也不急不恼，更不重复提问，而且还找些鸡毛蒜皮的东西来扯。

何应钦问韩复榘："你有两个老婆，为何还娶日本女人？"

对这个问题，韩复榘总算开了口："那是沈鸿烈（青岛市长）、葛光庭（胶济路局长）他们与我开玩笑，叫过日本条子，逢场作戏。"

何应钦又问："政府三令五申禁鸦片烟，你为何还贩卖烟土？"

韩复榘回答："那是宋明轩老早送给我的1000两，家里女人们存着的。"

何应钦含笑点头，宣布审讯结束。

韩复榘没有想到，这是对他的唯一一次审讯。

一连3天，军法会没任何行动，也没有谁来跟韩复榘说话。韩复榘以为审讯没有结果，何应钦等人对他没有办法了，他竟有些得意。

1月24日晚上7点，一个特务走到韩复榘面前，说："何审判长请你谈话，跟我进去！"

韩复榘正觉得无聊，也想摸摸底，看何应钦想要说什么，便信以为真，跟着特务就下楼。

刚到楼梯半腰，韩复榘见院里全是持枪的宪兵，他一下子明白：审讯原来是走走过场，罪名和判决早就定好了！

眼看死期将至，韩复榘胆怯了。但是，他知道一切都已无法挽救。他不愿失去"大将威风"，找了个理由说："我脚上的鞋小，有些挤脚，我回去换双鞋再去。"不管特务们同不同意，他径自转身，就要上楼。

韩复榘刚向上迈出第一步，站在楼梯边的一名宪兵就开枪向他打去。这一枪没打中。他回转头，只说了声"打我……"便被接连而来的子弹打倒，歪在楼梯上，鲜血沿着楼梯缓缓而下。

据说，蒋介石事先曾嘱令过枪手，不要打他的头部，因为他是省主席、陆军二级上将……

这样的叮嘱多么"仁慈"！

这样的阴影多么沉重！

第十一章　死无葬身之地

——"陆屠户"陆建章之死

野史也疯狂

俗话说，恶有恶报，善有善报。这一因果报应之说，在民间流传甚广，不少百姓谆谆告诫自己，要慈悲为怀，善良为本，竭尽所能多做好事，以赢得"善"的回报。

但也有人以私欲为本，不顾他人利益，结果导演了一幕幕悲剧。

话说 20 世纪初的一个闷热的夏天，在河南南考县阁楼乡一个偏僻的小山庄，发生了一件令人啼笑皆非的怪事：一个阉猪人为了要个儿子，擅自给妻子做复育手术，导致其妻死亡。

这幕荒唐闹剧的导演者叫赵水乡，他自幼学了一手阉猪术，因相貌丑陋，长到三十六七也未娶上媳妇。前年赵水乡娶一焦作妇女为妻，可这位妇女曾做过绝育手术，赵水乡常因无后而寝食不安。他想：人和猪都是动物，凭我二十多年的阉猪经验，还不能为妻做复育手术，用气门芯将输卵管接通，妻子不就能生育了吗？于是他就按阉猪的方法，将妻子四肢绑在木桩上，然后打上两针麻药，不消毒就用阉猪刀在妻子肚子上划开了一条四五厘米长的口子，血流得到处都是。他往手心吐了一点口水，自己给自己打气，然后伸手掏出妻子连着肠子的卵巢，一看，他顿时傻眼了，人的卵巢跟猪的结构完全不一样。赵水乡摇了摇头，又认认真真地将妻子的卵巢放回腹腔内，然后用缝猪针，穿上做鞋用的绳子，将刀口缝合了。几个月后，赵水乡的妻子因刀口感染未及时治疗而死亡。赵水乡因故意杀人罪被判处死刑，就地处决。

临刑前，赵水乡泪流满面，跪在地上号叫："苍天啊，我做了什么坏事，遭此报应！"

故事本来到此结束了，但这则野史的撰写者却加上了一个尾巴，说赵水乡的报应，乃是其父作恶一生的结果，其父做了一辈子的坏事，横行乡里，老幼皆恨，却没什么报应，不料死后20年，他的报应降临到儿子头上。这就印证了野史作者的观点："善恶皆有报。若恶者一时未报，不是不报，乃时候未到；时候到了，一定会报！"

我们之所以详细地转述这则野史，一是觉其荒唐有趣，有引人发思的地方；二是可以鞭挞愚昧，劝人积德行善，有警醒人心之功效。

闲话休提。这因果报应之说，在军阀混战之时，倒是弄出不少惊心动魄的闹剧来。

两起互为因果的凶杀事件

别的不说，单说老军阀陆建章和徐树铮这两个死对头，这前后的报应乃至报复就颇能说明一些问题。

1918年6月14日，皖系军阀徐树铮在天津枪毙直系要员陆建章。徐树铮在设计枪杀陆建章时，绝没有想到陆建章的今日就是他的明日。

因为，陆建章为冯玉祥的舅父。1924年冯玉祥发动北京政变，成为北方一大势力后，又借陆建章之子陆承武为父报仇之名，指派部下于1925年12月30日在河北廊坊车站附近，将徐树铮枪杀。

这两起互为因果、名闻全国的政治谋杀案，与阉猪人赵水乡的野史记

陆建章（左）
徐树铮（右）

载一样不详，成为近现代史上的一个谜团。

陆建章，字朗斋，安徽蒙城人，清末毕业于北洋武备学堂，在北洋新军开始发迹，由下级军官步步高升，历任练兵处军学司副使（正使为冯国璋）、协统、总兵等要职、名噪一时。

民国初年，陆建章任北京政治军政扩法处处长，为加强和巩固袁世凯的反动统治，他兽心膨胀，大肆逮捕革命党人，时有"陆屠户"之称，成为袁世凯手下的得力"鹰犬"。

1914年6月，袁世凯任命陆建章为陕西都督，不久改任为"威武将军"督理陕西军务。

袁世凯称帝后，陆建章被封为侯爵。

陕西为革命党势力较强的省区，辛亥革命后，政权始终为革命党人所控制，且该省党人、蛮人、刀客素称强悍难治，袁世凯派陆建章出任陕西都督，意在用陆的换血手段，为其控制西北地区。

1916年袁世凯称帝失败，陆建章亦被陕西护国军驱逐出境。

陆建章失意、消沉了好一阵子，后代理大总统冯国璋念旧交，任命陆建章为总统府高等顾问、将军府将军。陆建章又东山再起。

从陆建章的出身经历看，他虽不如冯国璋、段祺瑞、徐世昌等人显赫，但也可谓称得上是北洋老字辈人物，北洋军阀集团中督军、师长等方面大员中，多有其同学或部下，故其拥有一定的潜在势力。

段祺瑞的亲信徐树铮在诱捕枪杀陆建章后，在致陆军部的密电中说陆"诡秘勾结，出言煽惑"，又同时访问本军驻军司令部各处人员，肆意鼓簧，摇惑军心，扬言，"我已抱定宗旨，国家存亡，在怕不顾，非联合军队，推倒现内阁，不足消胸中之气"。"树铮窃念该员勾煽军队，连结土匪，扰害鲁、皖、陕、豫诸省秩序，久有所闻。今竟公然大言，颠倒拨弄，宁倾覆国家而不惜，实属军中蟊贼，不早消除，必贻台戚，不令就地枪杀，冀为国家去一害群之马，免滋隐患"。

徐树铮作为北洋后进之辈，居然不经任何请示报告和法律程序，擅动政府现职将军，一时舆论哗然，成为全国瞩目的特大新闻。

但奇怪的是，徐树铮此举不仅没有受到责难，大总统冯国璋反而事后予以默认，于1918年6月15日通令北洋全军，谓"前据张怀芝、倪嗣冲、陈树藩、卢永祥等先后报称：陆建章迭在山东、安徽等处勾结土匪，煽惑军队，希图倡乱；近复在沪勾结乱党，当由国力电饬拿办。兹据国务院总理转呈据奉军副司令徐树铮电称：陆建章由沪到津，复来营煽惑，当然拿获枪决等语。……现既拿获枪决，着褫夺军官、军职、勋位、勋章，以昭法典"。

以上是目前已知皖系军阀枪杀陆建章缘由之唯一有文可据的官方文件。

陆建章为冯国璋亲信，其活动都是秉承冯之意志而行事，但冯国璋居然忍气吞下这颗苦果，对徐树铮越权的违法行径亦无可奈何。

陆建章被杀，应该说是直皖两派矛盾激化的一个插曲。

155

多行不义必自毙

但皖系为何如此痛恨陆建章，非欲将其置于死地而后快？皖系所罗列陆之罪状是否属实？陆究竟搞了哪些反对皖系的活动？

由于史料缺乏，海内外有关论著，均略而不详，留下许多疑点。

最近，有人从日本学者寄赠孙毓筠致日人宫崎滔天函札（复印件）中发现了一些新的观点。

孙毓筠在谈到1917年革命党人"护法运动"反对皖系的斗争时，涉及到陆建章的不少活动。孙之所记，有助于史家解开陆建章之死这一历史上的谜团。众所周知，在中国近代中上，孙毓筠是一个知名度较高的人物，这不仅因为他是辛亥革命时安徽革命党人中的代表人物之一，而且以拥护袁世凯称帝、居于"筹安六君子"而闻名全国。但人们却很少知道孙毓筠在1917年孙中山领导的"护法运动"中，还是一个倾全力反对皖系军阀、并在安徽组织民军反对倪嗣冲反动统治的组织者和领导者。

当时，孙毓筠在上海居中联络，并负责筹款，这批函札，就是孙毓筠与日本有关联络而写给宫崎滔天的信。

孙毓筠在函札中所透露陆建章的活动，又恰好为皖系暗杀陆建章所罗列的罪状作了注脚。

下面引西宁市孙函的片段：

1918年4月2日函："皖省民军，自前月收食含山后，现正联合各部会攻合肥县城，闻县知事李诚业已潜逃，不日即可攻下。……散处现正集合皖南北各部民军，图攻芜湖，惟经济仍苦缺乏，不敷应用。陆朗斋将军于前两星期来沪，会商皖中军呈进行方法，已有头绪。朗公凤仰明公热心中国革命事宜，始终尽力援助民党，极深钦佩。现与公缮一聘任书（朗斋亲笔签字），恳请兄担任对日借款交涉事宜。……"

4月12日函："昨阅尧致其驻沪代表之电，知滇川已有一混成旅由汉中入陕西，原驻汉中之管金聚一旅，已宣言与护法军同一行动。该旅自管旅长以下，皆陆建章旧部。陆君早有专使赴汉中，与该旅军官接洽，嘱其联合滇川军进攻西安陕西督军陈树藩。"

"再去冬以来，陆荣廷、唐继尧、谭浩明等皆派代表与陆建章接洽，密电往还，咨商军事，向无虚日。近日唐继尧复电邀陆建章赴川，请其任攻陕总司令，率领川滇军及管旅入川讨伐陈树藩，事定后即以陕西督军一席相属。陆建章因方经营山东、安徽及江苏之江北等处，正在积极进行，且疏通三省之北军，日有进步。若遽然舍此入川，则此前所经营者，必将中途停辍，未免可惜。故向唐继尧辞攻陕之任。盖就全局而信纸，山东、江苏、江北为全国最重要之地，若为民军所有，则北军根据动摇，势必全归失败，其重要百倍于陕西也。弟得在此盯助，一切较前为顺手，所难者唯在经济方面不甚活动。弟与朗斋同罹此厄，甚盼我公速为设法介绍借款，俾得早日行动，不到因此而生障碍。无论大款小款，只要能成便可放手经营。数十万之大款，一时未必能借妥，此时能先借三五万、七八万之款，亦可济急也。乞公速图之。幸甚！幸甚！再，弟之产业是已售尽，陆君虽窘，尚有八十万以上之产业，即令革命无成，将业亦有产业可以抵债，不至落空也！"

"陆建章素具野心，北方军人十九皆系同学或系旧部。去岁王金镜、范国璋、王汝贤等之不战而退，及李纯、王占元、陈光远、李奎元、阎相文、冯玉祥等之反对主战，皆陆建章一人暗中疏通之功。近日管金聚、杜廷秀等之宣布与西南一致行动，为陆之所主使，尤其昭著者也。"

显然，函中所透露陆建章与南方反皖势力关系已十分密切，并言称威胁皖系在安徽、山东的统治。当时有报刊即以《安徽大起讨逆军》为标题，载有"讨逆军通电"。署名者有皖省西路司令、中路司令、南路司令名义。并有"山东靖国军"于1918年2月27日和29日两次占领东平县城的消息。

孙毓筠在函中为借款向宫崎介绍苏、皖、鲁三省民军概况，知当时即有近二十余部民军活动于山东西部及江苏、安徽北部一带，少则一二千人，多则四五人，声势很大，且多与当地驻军暗通声气。

1918年2月14日，北军冯玉祥第十六混成旅，在湖北武穴（今广济）突然通电主和，要求南北罢兵休战，北京政府为之震动，其背景即为陆建章所策动。

1918年3月10日，孙毓筠在致宫崎函中也说："芜湖、安庆亟待发动事机万急，杜幼泉赴武穴，即为此事，约冯玉祥同时动作，并允两星期内准可发表。今若此（指日本许诺之借款——作者引）不独弟失信于同志，抑且失信于冯君。"

鉴于当时，皖系安徽督军倪嗣冲惊慌失措之下急忙调兵遣将，以防冯玉祥挥师东下的种种布置，孙毓筠于函中所透露的计划，并非虚张声势。

冯玉祥当时仅为一混成旅旅长，奉命率军由浦口溯江而上，经湖北赴湖南支援北军对南方作战，之所以敢于突然通电主和、停兵不前，无疑是有其大背景的。

孙毓筠在函中的所述冯玉祥"同时行动"云云，为此提供了有力证据，只是由于情况发生变化，冯旅只好又按照北京政府之命令，开赴湖南前线。

另外，前面所引孙毓筠函中谈及陕西汉南镇守使管金聚，因陆建章之策动，拟与入陕南军联合行动，反对皖系陕西督军陈树藩，亦为事实。

徐树铮在密电中曾说："若豫之天纵（指王天纵）奉之二马（指冯德麟，曾任陆军二十八师师长，与张作霖不和）陕之管（指管金聚）皆由中枢（指冯国璋）发布指示。务加严防，先固已围。"

由引可见，具体奉冯国璋之命从事活动者，陆建章当然是其中之一了。

鹬蚌相争　渔利他属

盖因陆建章的这些活动，直接危及皖系军阀的统治，特别是动摇了皖系干将倪嗣冲在安徽的地位，这当然引起段祺瑞、徐树铮的切齿痛恨。对段祺瑞、徐树铮而言，陆建章不除，被皖系视为其基本地盘的山东、安徽、陕西等省，即不得安宁，所谓"武力统一"的政策，也将成为一句空话。

这，就是徐树铮枪杀陆建章的症结所在。

袁世凯死后，北洋军阀集团分化为以代理大总统冯国璋为首的直系和以国务总理段祺瑞为首的皖系，双方各抓有一部分军事实力和省区督军的支持。

段祺瑞主张武力统一，对西南各省发动战争，冯国璋则主张和平统一。

直皖两派在和战问题上发生尖锐的对立，至 1918 年初，双方矛盾更趋激化。

皖系依仗有日本帝国主义势力的支持，与奉系张作霖密谋，发动军事政变，驱逐直系主和势力。

是年 2 月 1 日，徐树铮密电皖系各省督军，在透露发动政变的布置情况时说：

现议由奉省抽调生力军队，以助战为名，分运京奉、京津路次，强调明令罢李（江苏督军李纯），李去后王（士珍）必退，不退再请罢之。另选公正无私，以国为重，耆德硕望之人，出任总理。……以上办法历经徐菊老（徐世昌，字菊人）、芝老（段祺瑞，字芝泉）赞许，并促速行。

徐树铮还于 2 月 16 日将上述计划透露给日本，并于 22 日去奉天与张作霖就此密商。

2 月 24 日，在军粮城设立奉军总司令部，张作霖任总司令，徐树铮为副司令。

张作霖3月16日对日本人西原龟三说："此次出兵关内只因冯国璋毫无主见，为要李纯、陈光远（时任江西督军）等凡庸之辈所误，政局迭起纠纷，不知伊于胡底，此次出兵目的，在于促使冯国璋知所反省，建立强有力的内阁，与日本合作无间，以期挽回国运而已。"

针对皖系这一政变阴谋，日本由于顾虑北洋派发生内讧，北京政局出现动荡，易招致英、美的干涉，故而出面警告皖系勿轻举妄动，并频频对冯国璋施加压力。

冯国璋与江苏督军李纯先后通电表示要辞职。

皖系的政变阴谋虽未能实现，却成功迫使直系妥协退让，故皖系气焰越发嚣张。

陆建章被枪杀，正是在此之后发生的。

陆建章虽系冯国璋之亲信，但冯国璋此时如泥菩萨过河——自身难保，当然无力顾及其他，只好眼看着陆建章被枪杀而无可奈何。

徐树铮在段祺瑞的支持下骄横跋扈、有恃无恐地枪杀了陆建章，却因此种下日后他本人被冯玉祥枪杀的祸根。

这种"因果报应"实在发人深思。

第十二章　麻绳索命

——"倒戈将军"石友三之死

中国历史上对人处以极刑的方法很多。古代有凌迟、沉河、炮烙、五马分尸等，近代仍有砍头、电击、枪杀之类残酷的行刑方式，小说、电影里描写也相当多，还谈得上司空见惯，不足为怪。

但在中国近代，却有人发明了一种"背白狼"的方式来处死犯人。这种方式人们在小说、电影里绝对没见过。

所谓"背白狼"，就是用麻绳把人的脖子套起来，像背东西一样背在背上，活活把人勒死。

石友三，这个民国时代名噪一时的军阀，就是被人用这种"背白狼"的方式杀死的。

是谁对石友三如此仇恨？

石友三一介军阀，重兵在握，又是如何被绳子套上自己脖子的呢？

穷马夫晋升有术

石友三，字汉章，1891 年出生于吉林长春一个贫苦之家。

1908 年，石友三因家庭生活困难而弃学从军，投身于长春陆军第三镇吴佩孚营当兵。

1912 年春，石友三改投左路备补军冯玉祥营当马夫。尽管是个马夫，所干的活又脏又累，石友三却十分珍惜。他知道，在军队里，只有当官的才有马骑；而马夫则因照料军官的马，常有接触军官的机会。因此，石友三对喂马、洗马等活干得十分认真。而且，每当长官从手里接过马或他从长官手里接过马时，他总要在长官面前表现一下分外的功夫，以图引起长官注意，从中找到一条出人头地的道路。

石友三的心计和努力没有白费。不久，他的机会来临了。1914年，冯玉祥北部入陕，并被陕西督军阎相文任命为陆军第十六混成旅旅长。

石友三正是冯玉祥的马夫。

在将近两年的时间里，石友三天天为冯玉祥满身臭汗地喂马养马。冯玉祥看在眼里，记在心里。而且，他见石友三身手敏锐，办事机灵，竟十分喜欢，入陕时提拔他为自己贴身护兵。

石友三头脑灵活，善于投机钻营，拍马奉承，当上贴身护兵后干得更加卖力，更得冯玉祥赏识，很快迁升。

很快，石友三由护兵变成了军官，后历任冯玉祥部连长、营长、团长、师长、军长等职。

石友三虽然是马夫出身，却颇有一套带兵的本领。他治军极严，所以，石友三所辖军队纪律较为严明，战斗力强，因此在当时冯部中，他被喻为"十三太保"之一。

抗战爆发后，石友三任宋哲元第一集团军一八一师师长、六十九军军长、第十军团军团长等职。

1938年12月，石友三最终被国民党政府任命为冀察战区副司令兼察哈尔政府主席，爬上自己权力的顶峰。

按理说，这样一名身任要职、兵权在握的高级将领应是春风得意、青云直上的。然而，石友三却在一条麻绳底下丧了性命。这究竟是为什么？

石友三

"倒戈将军"臭名昭著

石友三是一个反复无常、野心勃勃、见利忘义的卑鄙小人。他将"有奶便是娘"这条贬人之言奉为自己的人生信条。

在十多年的军阀生涯中，石友三翻脸不认人，多次倒戈，被当时的人们称为"倒戈将军"。

石友三是由冯玉祥一手提拔而发迹的，不然他纵有天大的本事，也不会由一名不起眼的马夫，发展成威震一方的军阀。因此，冯玉祥对石友三来说，可谓恩重如山，可称得上是"再生父母"。

然而，冯玉祥自己一生也并非一帆风顺。特别在那次对晋、奉军的作战中，冯玉祥失败了，他败给了阎锡山和张作霖。

照理说，胜败乃兵家常事。上司失败了，做部下的更应该忠心耿耿，要尽力帮助上司躲风避雨，走出低谷。

石友三却不这样。他见冯玉祥吃了败仗，怕引火烧身，竟伙同韩复榘等背叛了冯玉祥，投奔到了冯玉祥的敌人阎锡山旗下。

石友三的这次倒戈事件，对冯玉祥打击很大，他十分伤感。

冯玉祥没有想到，他将石友三从一名马夫一路提拔到一名高级军官，而石友三最终却反叛自己。想起过去的一幕幕，冯玉祥不由心里直打寒战，对石友三的态度也截然改变，由原来一路赏识变为气愤。

常言道："山不转路转，水不弯河弯。"后来，北伐战争打响了，冯玉祥响应广东革命政府的号令，率部在五原誓师起义，加入北伐军行列。

冯玉祥五原誓师，前途一片大好，见利忘义的石友三厚着脸皮，说了无数的好话，又与韩复榘一起回到西北军，重入冯玉祥的帐下。

但是，石友三并不以德报恩，他以小人之心度君子之腹，竟然对冯玉祥心怀疑惧。

冯玉祥原谅石友三，但其倒戈太伤自己的心。石友三归顺到西北军后，冯玉祥再不把他视为心腹了。由于彼此间有隔阂，石、冯关系无法恢复如旧。

蒋桂战争后，蒋介石大肆排除异己，冯玉祥对此大为不满，于是收缩兵力，准备对蒋作战。

此时，同样易反易复的韩复榘担心冯玉祥打不过老蒋，自己受连累，于1929年5月22日发出"主张和平，拥护中央"的通电，叛冯投蒋。

石友三见韩复榘叛冯投蒋了，将冯玉祥对自己的一切恩情和好处又丢在脑后，立即响应韩复榘，再次背叛冯玉祥。

石友三这次倒戈叛冯，使冯玉祥不但威风扫地，而且折兵损将，惨败于蒋介石。冯玉祥对石友三更加仇视，气都没地方出，恨不得食其肉，寝其皮。

石友三投靠蒋介石后，被委任为第十三路军总指挥。

1929年秋，石友三又奉命由许昌移驻安徽亳州，后赴山东德州。

不久，蒋介石任命石友三为安徽省主席。

就是这样，石友三靠以怨报德，背信弃义，使自己平步青云，一路攀升，眼看就要达到自己独霸一方的目的。

不过，煮熟的鸭子有时也能飞。

就在石友三即将上任安徽省主席的时候，李宗仁、陈济棠等在广州发动讨蒋运动，准备挥师北上。

不知是有意还是无意，蒋介石命令石友三抽调部分兵力，亲率部队南下援粤，并为其规定了行军路线。

作为高级军官，带兵打仗本是家常便饭。可这次南下对石友三来说，就不一样了。因为战争一开始，就不知什么时候结束，就不知什么时候能回来，安徽省主席对石友三来说就是一枕黄粱。为此，石友三大失所望。

石友三认为蒋故意刁难、排斥自己，心里不顺，但又无可奈何，就心怀叵测，采取"以攻为守"的策略，要求蒋介石让其率全军南下。

而蒋介石不知是真糊涂还是假糊涂，竟然同意石友三所请，让他率全军南下。这一下，石友三为难了。因为他要是率全军南下，就会进退失据，左右为难。

正在石友三举棋不定之时，唐生智、李宗仁、陈济棠用反间计来拉拢石友三反叛蒋介石。

石友三这个人只喜欢看别人对自己的坏处，从来不看别人对自己的好处。他正对蒋介石不满，就欣然接受了唐生智等人的建议，并立即下令在浦口车站召开紧急军事会议，决定与蒋介石决裂。

会议之后，石友三派人扣押蒋介石的代表，接着以重炮强轰南京，派便衣混进城里偷袭国民政府。

结果，蒋介石措手不及，南京政府损失惨重，各部院纷纷迁逃，乱作一团。

石友三这次反蒋，使蒋介石十分狼狈。

　　但是，由于前方战事紧张，蒋介石无力旁顾，他又知道韩复榘、石友三的关系非同一般，怕他们联手进攻，故未对石友三追究。然而，蒋介石对石友三从此怀恨在心。

　　1930年春，冯玉祥、阎锡山联手讨伐蒋介石。石友三又见风使舵，加入讨蒋行列。

　　是年5月中旬，石友三率部由开封渡过黄河，对蒋作战，对蒋介石第二十六军陈调元部进行歼灭性打击。

　　8月中旬，气焰嚣张的石友三还计划突袭蒋介石驻地，准备生擒蒋介石，只因时机不利，才未能行动。

　　除此以外，石友三于七七事变前还演了"投张（张学良）反张"的丑剧，使张学良对之也愤愤不平。

　　至此，石友三为自己树了冯玉祥、蒋介石、张学良3个死敌。他投冯叛冯、投蒋反蒋、投张倒张，不愧为"倒戈将军"。

　　石友三这一系列反复无常的变故，惹怒了当时大批实力派人物。尤其是蒋介石，深受石友三倒戈之害，因而对他倍加痛恨。

　　蒋、石间这种矛盾，迫使蒋介石产生除掉石友三之心。如此这般，石友三开始走上了自我灭亡之路。

"老顽固"疯狂反共

　　石友三生性多疑，善于投机取巧。

　　抗日战争爆发后，为了扩充自己的势力，与其他军阀抗衡，石友三曾一度采取两面派手法，假惺惺地表示联共，以骗取声名。

　　中国共产党在"团结一致，共同抗日"的原则下，为了扩大抗日力量，加强抗日民族统一战线，对石友三进行过一定的帮助。

1937 年 1 月，石友三率其六十九军到达南宫一带，接纳了共产党员、八路军一二九师生产部长张克咸，并任其为政治部主任，负责和一二九师副师长徐向前联系。此外，石友三还向中央提出请求，要求派抗大学生到他的部队担任各级政工干部。中共答应了石友三的请求，给他派来了百余名优秀的抗大学生。

这样一来，石友三的势力大增，地位不断巩固。

然而，江山易改，本性难移。

1938 年武汉失守后，蒋介石加紧了反共摩擦和投降日本的活动。他对石友三一反常态，采取暂时宽容、拉拢、扶植、怂恿的方针。

石友三与中共打交道，就是要利用中共的影响和人才来加强自己的力量。他的目的达到之后，反共面目一下子便暴露无遗，充当反共急先锋，一时成为著名的专门制造反共摩擦的"顽固派"。

1938 年 12 月，国民党政府为进一步笼络石友三，任命为石友三为冀察战区副司令兼察哈尔省主席。从此，石友三不思抗日救国，而专门反共，进攻八路军，其猖狂程度可谓令人发指。

下面就是石友三对中共欠下的部分血债：

1939 年初，石友三率部由山东进入河北，驻枣强、南宫、宁津、盐山一带。他伙同张荫梧、朱怀冰等人，不断向八路军冀南部队寻衅生事，制造反共摩擦。

1939 年 4 月，石友三令扣押所部政工人员三百多人，其中大多数是中共党员和抗大学生。

1940 年 1 月，石友三率部一万七千余人大举在冀南、鲁、豫等地向平汉路附近的八路军进攻。2 月，又伙同朱怀冰从平汉路东西两侧向太行、冀南地区进攻，矛头直指八路军总部。

在向八路军进攻中，石友三暴露了其天生的凶残本性。他把俘获来的八路军政工干部、伤病员活埋处死。据不完全统计，1939年一年内，石友三活埋抗日军政人员500多人，1940年前两个月，又杀害八路军指战员、共产党员、干部群众100多人。

在民族危亡的关键时刻，大批爱国人士投军参战，抗击日本侵略者。即使国民党将领，大多也能以民族利益为重，抛弃以前的各种恩怨，合力参加抗日。而石友三却反其道而行之，不但不抗日，反而大肆残杀抗日力量，且手段之毒辣实属罕见。这就不能不引起全国人民的极大愤慨。国民党有爱国心的人士也对石友三的行径表示义愤。

至此，石友三成为中华民族的叛徒和人民大众的敌人，已将自己引上了绝路。

"卖国贼"众叛亲离

石友三不仅疯狂反共，更可怕可恨的是，他竟然认贼作父，投靠日本帝国主义，甘当侵略者的走狗和卖国贼。

早在1935年七八月间，石友三率部6万余人，在保定附近遭到于学忠指挥的东北军和刘峙指挥的中央军的共同攻击。

半个月后，石军全部覆灭。石友三不得不逃亡德州。

石友三吃了败仗，气昏了头脑，竟不顾民族大义，通过多种渠道，千方百计与日本方面接触，想在日本人的帮助下东山再起。后来，在日本特务的帮助下，石友三潜往天津。

回天津后不久，石友三便与日本驻华特务头子土肥原拉上了关系，成为其得力爪牙。

与此同时，石友三在日本方面的授意下，勾结土匪、汉奸，组织伪军，大肆进行卖国活动。

1936 年 1 月，"冀察政务委员会"委员长宋哲元正式委任石友三为冀北保安司令。从此，石友三更加胆大妄为地牺牲民族利益，与日本人打得十分火热。

1938 年，石友三赴开封与日本驻军司令佐佐木相互勾结，密订协约。协约的主要内容是双方互不侵犯、互通情报、互相协助。其实质就是出卖国家利益，维护日本利益，保护日本在华的利益。

1940 年 2 月，石友三制造反共事件，遭到八路军沉重打击，其残部退至濮阳。

5 月初，石友三派其弟石友信等在开封与日本驻军司令签订"防共协定"，死心塌地投日反共。

在主子的命令下，7 月初，石友三回师濮阳一带，与日军联防以对付八路军。在此期间，八路军对石部进行反击，但是石友三串通日军，致使八路军失利，损失惨重。战斗后，石部还与日军共同宿营，共同庆贺。

此时，石友三拜倒在日本人的脚下，十足一副奴相。

石友三不仅在军事上与日军配合进攻八路军，而且还想把自己的部队拉过去当"皇军"，完全投靠日本侵略者。

于是，石友三一方面与日方协商投降条件，另一方面进行投降日本的准备活动。

1939 年初，身为国民党第三十九集团司令的石友三，率所属两个军开到山东小边界。石友三自兼六十九军军长，军部设濮阳巩庄；高树勋任新八军军长，军部设濮阳柳庄。

进入山东后，石友三野心膨胀想独霸华北，降日之心日渐显露。

与日方讨价还价后，石友三计划把部队拉过去。为了在日本方面获得更高的身价，石友三还想方设法、三番五次派人游说高树勋，试图把高拉下水。

但是，高树勋为人正派仗义，具有强烈爱国之心。石友三所派之人的每次游说都被他严厉驳回。不仅如此，高树勋对石友三的投日行径表示极大的愤怒。

这样一来，石友三恼羞成怒，怀恨在心。他认为高树勋是自己"求荣、升迁"路上的绊脚石，欲除之而后快。

高树勋本身对石友三就看不顺眼，两人之间早就有隔阂。这次事件后，高树勋完全了解了石友三"降日求荣"的底细，于是两人之间的矛盾更加不可调和。

高树勋知道石友三的为人，他怕遭石友三的暗算，不得不尽量回避，时刻提防。

但是，高树勋当时名义上还是石友三的部下，归石友三管，不可能没有往来。于是高树勋就派了一个十分可靠的亲信与石友三周旋，一则弄清石友三降日的情况，二则了解石友三对自己的态度及变化情况，此人就是李席儒。

李席儒当时是高树勋军部参议，在抗日问题上，他的意见与高树勋的看法完全一致，坚决反对卖国求荣的丑行，深得高树勋的信任。

李席儒受命后，多次面见石友三，设法弄清了石友三的动态及其投降日本的事实。而且，在与石友三的接触中，李席儒得知他对高树勋相当不满，已有了除掉高树勋的想法。

李席儒告诉高树勋，石友三常说高树勋翅膀硬了，不听话了，并说其言外之意是对高树勋拒绝降日表示不满。

高树勋听了李席儒的汇报后，并没做出什么特别的反应，他只将李席儒的话默记在心。

尽管李席儒奉命与石友三屈意周旋，但他对石友三的厌恶之情还是无法控制，自然话不投机。石友三本来就对李席儒有戒备，见他言不由衷，在面见李席儒几次后，也避而不见了，只派一名被称为林小姐的秘书接待李席儒。

李席儒每次从石友三部回营，都将所见所闻如数告知高树勋。高树勋听多了，自然十分焦急。他担心石友三会找他算账，在这种痛苦中受折磨，高树勋越来越觉得不除掉石友三，于国不宁，于己不安。因而，潜意识里有种东西在催促他对石友三赶快采取行动。

一天，李席儒奉命又去见石友三，这次连林小姐都没出来迎接他。

李席儒感到事态严重，于是，他用金钱贿赂了石友三总部的一个参议，从他口中探知到如下机密：

林小姐是石友三的秘书，在长期接触中，两个人的关系越来越说不清。最近，林小姐突然宣布要与石友三结婚，婚前，林小姐只身一人去天津。在回家途中，林小姐突然被日军带走。

日方电告石友三，要他亲自去济南接林小姐。

这是怎么回事呢？

原来，石友三早就与日本方面协商好了，要把自己的队伍带过去听日本方面的指挥。而石友三因准备工作做得不够，迟迟没有行动，于是，日本方面等得不耐烦了，就采取了夺石友三所爱的办法，一则给石友三一点厉害看看，二则逼石友三早点行动。

石友三对日本方面的这一做法当然十分清楚，于是就派总参议毕澄宇为全权代表赴济南与日方交涉。

果然，毕澄宇一到济南，日方就公然提出要石友三将部队拉过去作为交换林小姐的条件。

毕澄宇按照石友三事先的吩咐，再次与日方签订协约。协约大意是，石友三率部向大名方向靠拢，并着力支持"华北政务委员会"；日方委任石友三为"河北省省长兼治安军总司令"；石部到达指定地点后，即发一

高树勋，著名爱国将领，1945 年 10 月下旬率部
在邯郸前线起义，1946 年加入中国共产党

个月军饷。

李席儒得到消息，不禁全身冒冷汗，于是星夜赶回高树勋部，如实
报告。

高树勋听后，大吃一惊，他想不到石友三下流、卑鄙至此。

高树勋在强烈爱国心的驱使下，决定先发制人，设计捕杀民族败类石
友三。

高树勋关门打狗

高树勋知道，石友三重兵在握，死心降日，若动兵捕杀，肯定于事无
补。于是，他决定对石友三来个"引蛇出洞，关门打狗"。

首先，高树勋假装真诚地拜访了鲁西行营主任孙良诚。

孙良诚资格老、威望高，曾是高树勋、石友三的老长官。高树勋假装
请孙良诚出面调解他与石友三之间的误会和矛盾，并请孙良诚邀石友三到
新八军军部叙谈。

孙良诚不知是计，欣然同意前往劝说石友三来见高树勋。

石三友只知算计高树勋，没想到高树勋也在算计他。因此，对高树勋的用心，他还被蒙在鼓里，反而认为高树勋此举是有"反悔"之意，于是，他同意与孙良诚一道来新八军军部见高树勋。

这样，"毒蛇"终于出洞了。

1940 年 12 月 1 日上午 8 时许，高树勋正带着部下在野外操练，突然，在通往军部的小道上，一队骑兵扬尘而来。

高树勋知道这是孙良诚带着石友三及一连骑兵到来。他立即宣布收操，回军部"迎接来宾"。

高树勋刚刚布置完毕，骑兵连拥着孙良诚、石友三已至军部门外。

孙良诚、石友三翻身下马，直往军部大厅里走去，而一连骑兵在门外四散开来，高度戒备。

在客厅里，宾主见面，彼此客套了一番。尤其是孙良诚，居然兴致很高，直嚷着要吃狗肉火锅。石友三也顺手拿起了厅内桌上的毛笔，装模作样地练起字来。他们全然不知所赴的是"鸿门宴"。

客厅内宾主谈笑风生之时，石友三带来的一连骑兵，一枪未放就被高树勋的手枪团团长率部全解决了。不一会儿，整个军部外面全是全副武装的高树勋部下，任何人不得进出军部大厅。

高树勋知道，时机已到，于是借故脱身，离开大厅。

突然，数名荷枪实弹的军人冲进客厅，二话没说直扑石友三，把正在桌边练书法的石友三捆了个结实，然后架出客厅。

石友三还未回过神来，已成了高树勋的阶下囚，只留孙良诚在客厅破口大骂。

山东巩县柳庄寨一个灰砖小四合院内，一个身材瘦小、满眼血丝、神情沮丧的人正在来回踱步，院外警戒森严。

此人正是石友三。

高树勋逮住石友三后并未当场处死，而是把他关押在这里。

其间，石友三给高树勋写了一封长信，此信中回忆了自己在西北军中二十多年的经历，还谈及了蒋介石杀韩复榘一事。最后还表示自己已心如死灰，愿放弃一切，解甲归田。

但是，高树勋不可能放虎归山，他在其部下将士的强烈要求下，毫不为石友三的"恳辞"所动，决定马上处决石友三，以泄民愤。

1940 年 12 月 3 日深夜，寒风呼啸，冷气袭人。

高树勋的部下卫队长高金兰提马灯，带着一班士兵来到了石友三的关押之地——南寨。

到了门前，高金兰命令其随行人员站在门外，自己则提着灯走进了四合院。

刚进院子，高金兰就大声喊叫："总司令，高军长有请。"

屋里无声无息，死一般地静。

高金兰又连呼数声，不久，屋后有了动静，随后门开了，石友三披着棉衣走到了门边。

石友三并不说话。他一边穿衣，一边跟着高金兰出了四合院。

高金兰提着马灯在前面引路，石友三不紧不慢地跟在后头。

大概只往前走了数十步，突然，黑暗中一个大个子士兵纵身一跃，从后面扑向了石友三。

说时迟，那时快，只见大个子士兵把手中麻绳往石友三的头上一套，绳子恰好套住了石友三的脖子。

然后，大个子士兵一拧狼腰，背起石友三就往侧旁的一条小路跑去。

石友三身材不高，被大个子士兵这一背，双脚就悬空了。

开始时，石友三双脚乱蹬，殊不知，这种"背白狼"的方式是万万动不得的，因为越动麻绳勒得越紧。

果然，没过多久，石友三就双脚挺直，了无声息了。

大个子士兵背着石友三一路飞跑，只累得满头大汗。约跑了一里远近，眼前出现了一片树林。

大个子士兵不敢喘息，略一定神，就朝一棵稍大的松树走去。

个大子走向土坑，用力一甩，石友三的尸体就"嘣"的一声滚进了土坑。

那几个士兵也不说话，七手八脚胡乱地把土坑填满了……

就这样，石友三这个臭名昭著的"倒戈将军"、卖国求荣的民族败类，终于结束了其罪恶的一生。

第十三章　聪明反被聪明误
——前敌总指挥王天培之死

很难找到历史的玄门。

很难打开板结的时间。

1927 年 8 月，南京接连下了几天的雨，气温有所回落。雨水将垃圾冲得满街都是，太阳一照，发出一股刺鼻的异味。市民们怨声载道，却又无可奈何。因为这是战争时期，政府顾不上那么多，街道卫生这类小事只能依靠市民自己去解决。

于是每天清晨，不少市民拿着扫把，一边上街清扫垃圾，一边交流各类传闻。传闻奇奇怪怪，什么都有。

有一天，一个四十多岁的市民突然神秘地发布了一则小消息：蒋总司令要下野了！

市民们不管这消息来自哪里，不管可不可靠，一下子传开了。南京一时沸沸扬扬。

可是 8 月 10 日这一天，市民们突然感到一种异常气氛。街上警车不断，荷枪实弹的士兵一队队跑步从街上穿过。警笛声、尖叫声不绝于耳。

上午 10 时，一辆专列徐徐驶进南京车站。火车刚一停稳，国民革命军第三路军前敌总指挥、第十军军长王天培在卫兵的搀扶下，十分威严地走下火车，一名中校立即上去恭迎。

然而，王天培一行刚到总司令部，他的卫兵即被全部解除武装。王天培的手枪也被卸下。王天培大吼："你们要干什么？"

"我们在执行命令！"中校严肃地回答。

"谁的命令？"王天培怒不可遏。

王天培仰天长叹一声，随即无奈地摇了摇头。

一个月后，王天培在杭州被秘密处死。

王天培究竟犯了什么罪？他致死的直接原因是什么？下令处决王天培的又究竟是谁？

乱世出"英雄"

王天培，字植之，号东侠，侗族，贵州天柱县人。1894 年 1 月 5 日（清光绪十四年十二月初四）生，其父王伯登，曾任清朝绿营都司，得清廷授予振威将军封号。

王伯登妻妾成群，有子女 15 人，王天培居四。

1907 年，王天培考入贵州陆军小学堂，两年升入武昌陆军第三中学堂。

辛亥革命爆发后，王天培与同学一道参加了武昌起义。

中华民国成立后，王天培于 1912 年进入保定陆军军官学校就读，1914 年毕业后，由陆军部分发回贵州，到王文华的黔军第一团任见习排长，不久升为连长。

1916 年，王天培参加"护国战争"，随同护国军右翼东路司令王文华出征湘西。在与北洋军马继曾部争夺晃州、茆江之间的杀牛坪战斗中，王天培所率的连队英勇顽强，表现出色，立了大功，因而得到王文华的赏识。

"护国战争"结束，王天培晋升为"模范营"营长。

1917 年 8 月，王天培随黔军总司令入川作战，驻军四川綦江。12 月，王天培所部与北洋军吴光新部激战于四川巴县土桥、三百梯。王天培身先士卒，一路冲杀，踏着尸血前进，为黔军顺利攻克重庆立了头功。战事结束后，王天培又官升一级，任黔军第二团团长。

贵州军阀内部派系林立，兴义系的后起之秀王文华控制贵州后，引起兴义系老牌军阀头子刘显世的不安。为牵制王文华，刘显世任命袁祖铭为黔军第二师师长。

袁祖铭本就是一个有野心的军阀，出任第二师师长后，地位仅次于王文华，遂打起了取王文华而代之的算盘。

1918 年三四月间，王文华与袁祖铭争夺黔军领导权的斗争日益公开化。

王天培因与袁祖铭为贵州陆小同学，又是换帖兄弟，自然站在袁祖铭一方，成为拥袁派得力人物之一。

于是，在袁、王争权夺利的斗争中，黔军军官逐渐形成了"士官系"和"保定系"两大派系。其中，以日本士官学校毕业的何应钦为首的一派，拥护王文华，称为"士官系"；以袁祖铭、王天培为首的贵州陆军小学、武昌中学和保定陆军军官学校毕业组成的一派，拥戴袁祖铭，被称为"保定系"。

1920 年 10 月，王文华先发制人，断然解除了袁祖铭的兵权，任命他为有名无实的总参军。

袁祖铭失势，既愤懑，又无奈，准备远走上海。临走前，袁祖铭曾与王天培密谈数次。

袁祖铭到了上海后，王天培与之常有函电往来，因而王天培以后成了袁祖铭"定黔"时拥袁派的首领。

1920 年 11 月 10 日，不顾亲情和恩情的王文华以"清君侧"为名，发动倒刘（显世）的"民九事件"，结束了以刘显世为首的"旧派"在贵州的统治。

因刘显世是王文华的亲娘舅，王文华为避外甥欺舅之嫌，在策划好"倒刘"行动后，即远走上海，自己不出面，让手下人去干。

"倒刘"成功后，王文华不在贵州，由卢焘代理黔军总司令、任可澄任代理省长，但军政实权却落入了窦居仁、谷正伦、胡瑛、张春浦和何应钦5位旅长手中，卢焘和任可澄成了有名无实的傀儡。

互不买账的五旅长相持不下，明争暗斗，形成了五旅乱黔的局面。

1921年夏，广州孙中山的大元帅府号召西南各省出兵援桂。谷正伦审时度势，乘机带王天培团赴广西被委以重任。

翌年元月，孙中山将谷正伦的黔军改编为中央直辖黔军，任命谷正伦为总司令，王天培还在此时加入了国民党。

同于贵州政局混乱，袁祖铭乘机夺取了贵州军政大权。袁祖铭的"崛起"得到了王天培的鼎力支持。为防止意外发生，王天培派其弟王天锡率一个营到湘西迎袁祖铭回贵阳，随后自己也率部回到贵阳，扶持袁祖铭上台。袁即以定黔军总指挥的名义发号施令。

是年8月，袁祖铭被北洋政府任命为贵州省省长。王天培因在"定黔"中立下了首功，被袁祖铭任命为定黔军第二师师长兼省公署军务处长。王天培此时所拥有的军事实力，超过定黔军的半数。

这时，王天培成为贵州政坛上举足轻重的人物。

打马寻新主

1992年12月，滇军胡国琇旅假道贵州，由广西退回云南。

王天培觉得有机可乘，遂与袁祖铭合谋布阵，在剑河县将胡国琇旅1600多支步枪、4挺机关枪全部缴械。

听到了这个消息，云南军阀、号称滇黔联军总司令的唐继尧极为愤怒。

王天培

他咆哮称王天培在他的"头上动土"，绝不饶恕。为此，唐继尧于1923年2月派其弟唐继虞率领滇军万余人护送滇黔、联军副总司令刘显世回黔，成功后背约拒刘，大举侵黔。由于黔军多数分布于省防边区，驰援不及，袁祖铭部一触即溃。袁祖铭出走贵定，召集王天培等商议，率部避走川东。袁祖铭出走后，刘显世复辟，但实权操之于滇军手中，刘显世又成了滇系军阀的傀儡。

袁祖铭率王天培退到川东后，稍加休整，又加入到四川军阀的大混战，并在混战中扩充实力。

1924年底，袁祖铭重新编组黔军，王天培部扩编为第九师，下辖3个旅，势力更大了。这年年底，滇军因故退出贵州。

坐镇重庆、俯瞰西南的袁祖铭保荐王天培为贵州军务督办，周西成为会办，彭汉章为省长。

表面上看，王天培的官职提升了，但军务督办是个虚职，袁祖铭此举真正目的在于削弱王天培对川黔军的控制权。

对权力极为敏感的王天培识破了袁祖铭的阴谋，因而拒绝回黔就职，仍然留在重庆。袁、王两人开始出现矛盾。

1926 年夏，川康边防督办刘湘与刘文辉、杨森等四川军阀，打着"川人治川"的旗号，联合起来驱逐黔军。

关键时刻，王天培后院起火，所部第十八旅大部投降川军。

受到意外重创的王天培根本无法在四川立足，而贵州又已被周西成控制，走投无路，便转而依附于国民革命军。

1926 年 7 月，王天培在四川綦江宣誓就任国民革命军第十军军长，一支军阀队伍摇身一变成了北伐军。

恰在这时，袁祖铭也加入北伐军，被任命为左翼军前敌总指挥。王天培、彭汉章两军由袁祖铭节制，向湘西进攻。

开始，由于这支队伍行动迟滞，引起了蒋介石的疑虑，担心他们中途倒戈，因而未派他们参加任何作战任务。

王天培猜中了蒋介石的心病，以后在会攻武汉和消灭卢金山部的战斗中，他率领的第十军官兵表现勇敢，个个争先恐后，使蒋介石消除了怀疑。

1927 年初，唐生智在湘西诱杀了袁祖铭，王天培因效忠于蒋介石而得以幸免，并在北伐中扩充了部队，第十军扩大为 6 个师，4 个直属团，官兵达 9 万余人。

同年 4 月 12 日，蒋介石发动反革命政变，在南京分立政府。

武汉国民政府决定出兵讨蒋。

在这紧要关头，实力雄厚的第十军就成为两个政府争取的重点对象。武汉政府特派吴玉章等人到宜昌慰劳第十军将士，劝说王天培支持革命的武汉政府。但王天培执意投靠蒋介石。他驻军于宁汉之间，成为阻止武汉政府军队东征的城墙，为此深得蒋介石的信任。

南京政府军事委员会成立时，王天培飞黄腾达，当上了军委会委员。5 月 1 日，蒋介石又委王天培担任国民革命军第三路军前敌总指挥，仍兼第十军军长。至此，王天培爬到了一生中权力的顶峰。

然而，好景不长。短短的两个月后，王天培就死于蒋介石之手，令人百思不得其解。

脚踏两只船

关于王天培的死因，历来仁者见仁，智者见智，莫衷一是。其中最有代表性的，莫过于所谓的"替罪羊说"。此说的始作俑者是李宗仁。

李宗仁在其回忆录中说："蒋介石在徐州战败后，于8月6日仓皇退回南京，据江而守。蒋介石乃心胸狭窄之人，面对各方面压力，他既羞且愤，遂将战败责任归之于前敌总指挥王天培，将其扣押枪决，一方面平民之愤，另一方面泄己之恨。而究其实，此次溃败完全是由于蒋总司令估计错误，指挥失当所致。"

这样，王天培就成了"替罪羔羊"。

李宗仁当时任第三路军总指挥，正好是王天培的顶头上司，从他的口中说出，无疑具有相当的权威性，故常为史家所引用。

然而，从新发现的材料来看，"替罪羊说"并不全面，其中不少疑点经不起推敲。

现在回过头来看，王天培之死是他"脚踏两只船，身在曹营心在汉"的行径所致。换言之，他是聪明反被聪明误！

应该看到，王天培所部黔军精悍善战，勇猛顽强，尤其擅长山地作战，故成为蒋介石所倚重的一支劲旅。但王天培部毕竟不是蒋介石嫡系部队，而蒋介石对待非嫡系的"杂牌军"的一贯做法是，一旦遭遇战争，即驱使他们去打先锋，却从不轻易把嫡系部队放到第一线，以免损耗自身实力。这倒没什么，当兵的不怕打仗。可是，在待遇问题上，蒋介石对嫡系与非嫡系军队极不平等，有意使嫡系军队待遇特殊化，对非嫡系部队则十分吝啬、刻薄。做了事得不到回报，死了人得到了棺材，这无疑会伤害非嫡系军队的心。

以王天培部来说，他所率领的第十军在北伐战争中大量收编投降的北洋军队，编军 6 个师、4 个直属团，官兵近 9 万人之多，号称 20 万之众。这么多人吃喝拉撒岂能等闲视之！想给就给，想不给就不给，这能行吗？

蒋介石可不管那么多，他派周凤歧到宜昌将王部人数点清后，仍按照王部未扩编前的标准发饷，每月仅发 30 万元。对于一支拥有近 10 万之众的部队来说，区区 30 万元无异于杯水车薪，根本不能解决问题。王天培为此非常气恼。

从 1927 年 5 月起，蒋介石驱使王天培、叶开鑫、贺耀祖等"杂牌军"在江苏、山东交界的徐州、韩庄、临枣一带与直鲁军和孙传芳部血战月余，将士伤亡十分严重。

蒋介石不仅不予应有的补充，而且拖欠军饷不发。由于待遇不公，以致"兵心因之在愤"。蒋介石为何如此呢？后方吃紧、粮草不够是一个原因；另一个原因正如蒋介石私下所骂的那样："娘希匹，我把军饷全部发够，让他们吃得兵强马壮，到时候反我了怎么办？这些人我不整整他们，他们的尾巴就会翘上天。"

一位熟悉蒋介石军队内幕的人曾向报界透露，蒋部"多因待遇问题，不能十分融洽。虽不致反蒋，然拼命作战之精神似不如前"。这就是当时的实情。7 月间，冯玉祥派其总参议熊斌到徐州见蒋介石，商洽北伐事宜。熊斌到徐州时，蒋介石已回南京，行前指示王天培到车站代他欢迎。

心情郁闷的王天培与熊斌一见面，即大发牢骚："我所率的是云、贵子弟兵，转战万里，从事革命。伤亡损失既大，补充没有，待遇又不平。我们在前面与敌作战，他们却往后撤，留我在前方送死，我也不干了。"话说得如此直露，可见王天培实在受不了了。

据悉，王天培被蒋介石扣押后，曾作了一首《宁归歌》，其中写道：

哀我将士兮，
万里从征。
枵腹从公兮，
惨无人知。
……
孤军奋斗兮，
两月余矣。
敌众我寡兮，
弹尽粮绝。
昼夜战中，
精疲力竭。
……
白俄铁甲兮，
搏以肉体。
死伤枕藉兮，
惨目伤心。

由此可以看出，在蒋介石的旗中幡下，杂牌军的处境是何等凄惨！

杂牌军队由于感到在蒋介石手下没有出路，因而纷纷与武汉暗通款曲，请求加委。

据档案材料记载，1927 年 8 月 4 日，武汉政府军委员会主席团加委了南京方面来归的杂牌军军长 13 人，王天培所率的第十军位居首席。

客观地讲，这批投向武汉的将领，其动机并不一致。有的想暂时脱离蒋介石，让他知道"东方不亮西方亮"，不要逼人太急，否则彻底撕破脸。彼此都不好过，天王培就属于这一类。而另一些人看穿了蒋介石的嘴脸，彻底失望了，便想另寻一条出路。有的则可能是想在宁汉对立、双方前途未卜的情况下留一条后路，属于"墙上一棵草，西风大了就往东边倒"的那一类。

当时报纸盛传一则消息，称武汉政府曾经决定，"蒋介石如不犯赣，则武汉不再进军，利用南京政府内部不满蒋之分子，由内部拆其台"。

王天培带头背叛蒋介石，这就犯了蒋的大忌，种下了日后杀身之祸的根。

7月，津浦线上战事发生逆转，孙传芳、张宗昌率所部反攻，白崇禧、李宗仁指挥的北伐军第二、第三路军全面溃退。第十军孤军突出，寡不敌众，致使临城、徐州相继失陷。

为了重新控制战略要地徐州，蒋介石决定自兼总指挥督师反攻。

7月25日，蒋介石电令王天培部打前锋。迫于蒋的严令，王天培在所部"兵疲弹竭，伤亡众多……士气颓丧异常"的情况下，仍不得不指挥部队投入战斗。结果节节溃败，直到退至淮河边上。

反攻徐州失败，使蒋介石气急败坏。他顾不上体面，于8月6日狼狈逃回南京。

蒋介石逃回南京后的第三天，刚刚喘了一口气，就打电话命王天培赴南京"面商机宜"。

10日，当一意孤行的王天培兴冲冲地赴总司令面见蒋时，即被扣留。

第三天，总司令部发布通令称：

查国民革命第十军，多系黔中子弟，向以善战见称。此次北伐，竟节节失利，牵动全局，实因该军军长兼总指挥王天培战事剧烈之际，安处后方，致前线无人指挥。身总军干，昏聩至于此极。及至退却，事机何等重要？又行行潜近宁恒，置全军存亡于不顾，更属不成事体，又迭据各报告，该军长对于饷糈经理无序，以致士兵疾苦无人过问，遂使反动之徒乘要利用，酿成哗溃，善用兵者，岂应有此？本总司令爱军如命，待士从宽，前虽屡有所词。皆为隐忍，乃该军长始终不悟，浩叹何如？为解除该军士兵痛苦，并为三民主义继续奋斗起见，谕令该军长兼总指挥王天培斩在本部守法，以观后效外，着杨师长胜治暂代理该军军长，王师长无锡暂代理该军副军长共同负责。仰即督饬各师认真整顿，并即日散发官长每员十元，兵士每名两元，以示体恤。务望各备忠忱，同尽报国，用保黔军固有之光荣。本总司令坦白为怀，万勿更滋疑虑，是为至要。切切。此令。

真是"欲加之罪，何患无辞"！不过，由于蒋介石指挥失误，威信大跌，无法收拾残局。加之桂系李宗仁、白崇禧乘机威逼，蒋介石不安于位，决定辞职下野，以避名方怨责。8月12日，蒋介石在南京汤山召集党政军要员开会，正式宣布"下野"，同时把军政大权交给李宗仁、白崇禧、何应钦3位总指挥负责。"下野"时，蒋介石对被软禁的王天培并未特意处置，也许他要下的恰恰是"借刀杀人"这着棋。

当天晚上，蒋介石乘车离开南京，前往老家奉化溪口，"孝敬"祖宗去了。

自择不归路

蒋介石"下野"后，南京政府军政事务由李宗仁、白崇禧、何应钦3位总指挥共同负责，何应钦并代理总司令，成为主要负责人。

于是，王天培便很不走运地落到了何应钦的手中。

前面曾经交代过，何应钦与王天培分别是贵州军阀中"士官系"与"保定系"的骨干人物，在贵州军阀混乱中，两派势同水火，结下了很深的仇

何应钦出身贫寒，后东渡日本留学，参与
黄埔军校筹建工作，与蒋介石交往频繁，
逐步走向权力中心

恨。特别令何应钦难以释怀的是，1921 年 3 月 16 日，"保定系"首领袁祖铭曾买通凶手将何应钦的内兄兼靠山、黔军总司令王文华（系何应钦夫人王文湘的胞兄）刺杀于上海"一品香"旅馆。不久，袁祖铭又在王天培的支持下，将何应钦驱逐出贵州。从此，何、王两人结下"杀兄夺印"之仇。

在政治风云急剧变化的历史条件下，何、王通过不同的途径先后走到了国民革命军阵营中。

然而，何应钦等人并没有忘记旧仇宿怨。

实事求是地讲，虽然何应钦与王天培有切齿之仇，但"老蒋"刚"下野"，他作为代理总司令，既要树立自己的形象，又要维护"老蒋"的威信，因而要相对"顾全大局"一些，不敢贸然对王天培下手。

但是，何应钦的夫人王文湘感到机会难得，担心夜长梦多。她耿耿于怀的是袁祖铭、王天培等人杀害亲哥哥王文华的仇恨。她曾发誓要将两人的"狗头"拿来祭哥哥的亡灵，不料袁祖铭被唐生智诱杀。现在只剩下王天培，她迫不及待，要何应钦快快行动，以防变故。

见何应钦有些瞻前顾后，王文湘火了，她以怨毒的口吻对何应钦说：

"你们做男人的，今天你拉我打他，明天我拉他打你，这个我管不着。可是袁祖铭、王天培这几个家伙，与我有杀兄之仇，此仇非报不可！"

在夫人的一再催逼下，何应钦终于动了杀心。

偏巧，第四集团军总司令唐生智又在这时诱杀了袁祖铭的心腹干将朱崧和何厚光，这使王文湘更加受到鼓舞。她一字一顿地对何应钦说：

"你看看，你看看，唐孟萧（唐生智，字孟萧）都可以下手，你这个军委会主席团委员、代理总司令，怎么一点办法也没有呢？"

与此同时，机会悄悄降临。

8月8日，蒋介石让王天培奔赴南京。

王天培在赴京前，曾召集所部高级将领开会，宣布他要前往南京。

当时就有一些将领劝他不要去，因蒋介石其人阴险毒狠，翻脸不认人。其中一位师长说："千万去不得！蒋介石那老滑头，我们还没领教够吗？"

王天培的弟弟王天锡提醒他要提防何应钦、谷正伦和朱绍良（他们均是"士官系"人员）等人，建议最好派博参谋长去。

王天培错误地估计了形势，他颇为不屑地说："你们真是'小器皿'，现在是什么时候了，还提那些旧事干什么？何应钦他们敢拿我怎么样！"

会场上鸦雀无声。王天培意识到自己在说气话，知道大家都在为自己好，他想了想后，又喃喃地说："现在我跟他们在同一条船上，他们的职位比我高，倘若他们要置我于死地，我逃得掉吗？"大家听了，都面面相觑，不知说些什么才好。当王天培乘火车到达浦口车站时，军部秘书长兼政治部主任甘凤章赶到车站，迫不及待地告诉王天培，据张步先（贵州黎平人，曾任第十军驻南京办事处处长）说，蒋介石从宿州前线回来时，何应钦曾请他吃饭。同席的有谷正伦、朱绍良等人。蒋介石在席间问何应钦、谷正伦："王植之（王天培，字植之）和你们是同乡。你们和他在贵州共过事。应当知道这个人，他为人怎么样，靠得住吗？"谷正化答道："王植之打仗倒很行。不过这个人心高气傲，不能甘居人下的。"

王天培听了后，一言不发，他在浦口下车后，张步先又赶到车站将上述情况面告与王天培同来的杨德淳。

当甘凤章继续劝阻王天培不要进南京时，王天培不禁火了，他说："你这么婆婆妈妈干什么？何、谷等人说我的坏话这是意料中的事，不足为奇。我在宿州已将当年在贵州的事对蒋说明了，怕个什么！"甘凤章见劝阻不住王天培，急得团团乱转，扼腕不已。

事实果然不出所料，王天培一到南京，便被扣留。他只能恨恨地对扣押他的士兵说："我真是自寻死路啊！"

蒋介石扣留王天培，蒋本人又辞职"下野"，这就为何应钦报仇提供了极为难得的机会。

8月14日，何应钦与朱绍良合谋将与王天培同时被扣押的第十军政治训练处主任甘嘉仪开释，却将王天培秘密移禁于浙江杭州的省防军指挥部，这样一来，王天培就完全在何应钦的股掌之中了。

9月12日清晨，一辆军车悄然驶至杭州拱震桥的丛冢中。

王天培被3名全副武装的士兵从车上推下来，他手脚均戴上镣铐，头发老长，显得有些老态龙钟。

一名士兵示意王天培往前走。王天培左右看看，四下无人，只有乌鸦在嘶叫，他禁不住有些伤感。士兵见他迟迟不肯迈步，火了，用力推了他一把，王天培踉跄一下，倒在地上。

王天培回头对那名士兵说："开枪吧！"

"不行！"士兵冷酷地回答，"往前再走50米"。

王天培慢慢爬起来，突然仰天大笑，声音嘶哑，十分刺耳。

士兵们端着枪，押着王天培往前走。

来到一土冢边，一尊巨大的石碑立在上边，上书"王文华之墓"。

王天培抬头看见这尊石碑，脸色为之一变，双腿顿时软了下来。他长叹一声："没想到我王天培……"

话音未落，枪响了。王天培中弹倒地，血染红了草地。

第二天，何应钦的夫人王文湘来到了王文华墓边，跪下喃喃道："哥哥啊，我曾发誓要拿仇人的头来祭奠你。现在终于实现了！你可以含笑九泉了……"

王文湘慢慢站起来，其时秋风萧萧，白鹭纷飞。

一束阳光穿过树林，匕首般插过。

第十四章　老虎厅里的枪声

——"小诸葛"杨宇霆之死

万物快冻僵了，风还在呜咽。

1929 年 1 月 10 日，东北大雪纷飞，气温达到零下 30 摄氏度。

街上行人稀少，先前那些争客的车夫也躲到家里烤火去了。寒风伸出利爪，将大团的雪花扯得稀烂，散成粉末，一落到地面立即结成冰块。

当天，几乎所有的商店都早早关门。只有这时，在家才感觉"家的温暖"是多么美好。

雪，没完没了地下。

风，无休无止地刮。

然而，并非所有的人都能尽情地围炉取暖，并非所有的人都能轻松地坐在火锅旁，喝几盅老酒，说几句笑话，感受生活的恩赐。

至少，沈阳张学良少帅公馆外的士兵就无法做到这一点。他们个个荷枪实弹，尽管冻得发抖，但更得强打精神，来回巡逻，密切注意公馆内外的一切风吹草动。

张学良公馆老虎厅内两只老虎标本使人倍感恐惧和不安。

风雪和寒冷并没有阻止一个重大事件的发生。

当天下午 5 点多钟，"叭叭"，突然厅内传来两声枪声，两个戎装军人惨叫一声，倒在地上，鲜血从伤口喷涌而出，很快染红了半身军装。

在公馆外的士兵听到枪声，惊愕片刻后，冲进馆内，却被一声吆喝吓得退了出来。

枪声过后，整个大厅又恢复了先前的宁静。

谁都不敢相信，死者竟是当时炙手可热的东北军总参谋长杨宇霆和黑龙江省省长常荫槐。

杨宇霆一直是张府座上常客，与"老帅"张作霖关系非同一般，在东北军发迹史上有其独特的贡献。但"老帅"死后不久，杨宇霆却陈尸虎厅，成为"少帅"枪下之鬼，其中缘由，着实令当时许多人迷惑难解。

其实，这一震惊东北乃至全国的特大事件，与张学良、杨宇霆之间由来已久的、不可调和的矛盾冲突是分不开的。

"小诸葛"春风得意，张少帅心存芥蒂

杨宇霆，字邻葛，1885 年生于辽宁省法库县。少年时曾在当地求学，后入奉天省立学校学习，成绩一直冒尖。

从省立学校毕业后，杨宇霆东渡日本，又在日本士官学校学习 5 年。

回国后，杨宇霆被任命为陆军第三镇队官。

民国初年，杨被任命为东三省讲武堂教官，后又调至陆军部当科员。不久投到张作霖麾下，开始在张作霖所辖奉天工厂任科长。

杨宇霆学识不凡，但为人圆滑、奸诈，善于见风转舵，揣摩上司意思，这使得他在官场上左右逢源。

当时，张作霖正想涉足中原，扩大地盘，巩固根基，急需各类人才。

杨宇霆抓住一次张作霖到兵工厂视察的机会，大拍马屁，令张作霖"虎颜大开"。后来。张作霖与杨宇霆又有过几次接触，张作霖发现杨宇霆"气宇不凡"，学识卓越，善于审时度势，因而对他十分赏识，逐渐派上用场。

民国六年，正值奉皖矛盾重重、剑拔弩张之际，张作霖委杨宇霆以重

任，令其为代表来往于京、沈之间，参与争权夺利之争斗。

杨宇霆凭借优秀的谋略才干，每次都不负厚望，任务完成得十分出色，为张作霖涉足中原立下汗马功劳，于是更得张作霖宠幸。张作霖大胆重用杨宇霆，任命他为入关参谋长，参与战事。

民国九年，杨宇霆又被任命为东北军总参议，筹划军务。

春风得意的杨宇霆身兼要职，有机会充分发挥自己的才干。他不但亲自督军、设厂，厉兵秣马，扩充军务。而且以治军为基础，致力于治民理财，成为张作霖控制东北不可缺少的左右手。奉天也因一系列治理举措，军政形势大有转机。

正因为杨宇霆诡计多端，善于耍小聪明、出鬼点子，因而当时被人称为"小诸葛"。他自己也以此为荣，沾沾自喜。

由于张作霖对杨宇霆宠幸有加，无论大小事情都与之商量，加之当时奉军内部矛盾重重，而以杨宇霆为首的"洋派"势力大于老派和"土派"的势力，因此，杨宇霆一时成为奉军中一言九鼎、举足轻重的人物。

由于权力越来越大，杨宇霆的骄纵之心与日俱增，大有不可一世、舍我其谁之势。除了对张作霖还有些尊重之外，其他人在他眼里简直就是草芥，即使对"少帅"张学良，他也不放在眼里。

杨宇霆暗自认为，在东北除"老帅"张作霖外，他应是理所当然的东三省主宰。

权力是刀子，而且是涂了毒药的刀子。可许多人看不到这一点，不顾一切地去争夺，结果成了刀下的牺牲品。这话对杨宇霆来说，真是恰如其分。

由于野心的膨胀，杨宇霆变得目中无人，他到处笼络亲信，拉帮结派，耍花招，阳奉阴违，妄想尽快爬上东北最高权力宝座。

张作霖在世时，杨宇霆迫于其威望，不敢公开造次，但暗中活动从未

历史上对杨宇霆的功过是非褒贬不一，但其锋芒毕露，最终死于非命的结局常引人深思

停止。他在奉天省中安插死党，扶植亲信，用掺沙子的办法为自己的未来打基础。他知道奉天的警察是一支不可低估的武装力量，于是便处心积虑地对之进行拉拢、控制，想把它握在手中，以便在需要时随意使唤。

对于杨宇霆的这些"小动作"，张作霖睁一只眼闭一只眼，而他的下属们则是敢怒不敢言。

1927 年，正是奉军全盛时期，张作霖在北京就任大元帅，统率军政府。所谓"一人得道，鸡犬升天"，杨宇霆趁机改头换面，更加骄横跋扈，耀武扬威，肆无忌惮地大干争权夺利的勾当。

杨宇霆按自己的需要，随意推荐官员，招"贤"纳"士"，组成心腹力量。更为露骨的是，他还纠集奉天省议会议长范朗清等人，纠合一些无耻投机议员，组成一个所谓"请愿团"赴京，胁迫张作霖任命自己主政东北。

显然，此举的真正意图是要在东北取代张学良的位置，把自己的位置置于张少帅之上，做东北之王。

"请愿团"的阴谋虽然被老奸巨猾的张作霖识破，"请愿团"灰溜溜地打道回府，但杨宇霆这种欺主的行径却引起了张学良的极大反感和高度警惕。张学良对他的左右心腹说："有人迫不及待要做'东北王'，这是万万办不到的！"

张学良，字汉卿，小名"小六子"，系张作霖之子。他虽未曾受过高等教育，但接触过一些西方主义学说，思想较为开明，并且从小聪明、机智，喜欢习武，在张氏兄弟中，可谓一枝独秀，深得"老帅"的宠爱。张作霖一心想把他培养成自己的衣钵传人，所以按部就班对之进行培养、扶植，让他在奉军中带兵作战，使之渐露头角。

这样一个并非庸才之人，对奉军中的风吹草动当然了如指掌。因而对大权在握的杨宇霆的狂妄行径和狼子野心，张学良早已洞悉，并深感杨宇霆是自己仕途上的劲敌。

但是，由于父亲在位，有些事情不好直接插手，张学良只好把对杨宇霆的不满和敌意深藏不露。他们两人都互相回避，不愿见面。有时实在因为应酬，脱不开身，张学良便对杨宇霆打马虎眼，从不讨论政事，而杨宇霆也是顾左右而言他，有意回避敏感问题。

有一次，两人同时被邀请去看新戏。在排座位时，卫兵将张学良排在头排正中，杨宇霆排在偏左位置。张学良也不谦让，很不经意地坐了。杨宇霆不好当面发作，只是当士兵送来茶水时，他借故茶水泼了出来，大发雷霆。张学良则装作不知道，津津有味地看戏。杨宇霆见张学良装糊涂，知道同卫兵闹有失身份，便忍着气不再呵斥。但是中途，杨宇霆还是不辞而别。

张学良知道，对杨宇霆这种人不能冲动，不能做出一些刺激性的事情来，最好能内恨外敛，不露声色。

当然，杨宇霆也碍于张作霖这面"虎旗"，不敢与张学良公开争斗。

然而，由于两人利益上的尖锐对立，加之双方都将怨气埋在心底，日积月累，彼此的矛盾愈来愈大。

1928 年，北伐军以摧枯拉朽之势直捣北京，张作霖不得不撤离北京，逃回关外老家。

日本帝国主义知道张作霖末日已到，不但毫无利用价值，反而会成为日本侵华路上的绊脚石，便对其实施暗杀行动。

1928 年 6 月 4 日，张作霖乘专车离京赴奉行至皇姑屯时，日本人经过周密的计划，用一捆炸药把他送上了西天。

从表面上看，这本是日本帝国主义与张家的恩怨，但机警的张学良却从蛛丝马迹中看出了杨宇霆、常荫槐在此事中扮演的角色。张学良私下对他的亲信说："若要人不知，除非己莫为。父帅之死，绝对不是一件简单的事情！"

原来，张学良认为，杨、常即使没有直接参与这次谋杀事件，但却有掩护日本人谋杀张作霖之嫌。

张学良的怀疑并非空穴来风。只要仔细想一想，就会发现许多疑点。因为张作霖离京时原是与常荫槐一同在北京上车，而当车行至出事点前一站时，常荫槐却借故下车了，这难道是偶然的吗？而事故发生后，常荫槐又奇迹般地出现在现场，世上哪有这等巧合之事？

另外，在张学良未得知其父被杀一事时，杨宇霆曾对张学良说过"老帅恐怕出事了"之类的含糊之言，并解释说这是来自法国公使的消息。当时，杨宇霆说得轻描淡写，躲躲闪闪，张学良并没有往心上放，只当是一派胡言。事发后，张学良仔细一想，才发现杨宇霆是来打探他的消息，见他没在意，便不再多说，赶紧走了。

张学良以此为据，推测杨宇霆、常荫槐二人必定参与了杀父之事。这样一来，原来闷在心里的旧恨，加上皇姑屯事件上的新仇，无疑加重了后来张学良痛下杀手的砝码。

张作霖命赴黄泉，杨宇霆趾高气扬

杨宇霆早有独霸张家之业、称王东北的野心。这一点，张学良看得很清楚。

事实也确实如此。张作霖在世时，由于时机尚未成熟，杨宇霆只能暗中盘算。张作霖死后，杨宇霆的这种野心就日炽一日地表面化。

杨宇霆并非等闲之辈。一方面，他终日算计着如何取代东北军的法定继承人张学良，以便称霸东北；另一方面，他认为自己在东北劳苦功高，资历无人可比，势力无人可敌，东北军政头把交椅非他莫属。

自视过高的杨宇霆甚至急不可耐地对他的心腹说："就目前东三省情形来看，我是东北军总参议，握有军政大权，下面又有大批铁杆兄弟，在这个节骨眼上，即使我起兵造反，谁敢阻止我的行动？张学良又有何计可施？"

正是基于这种思想，杨宇霆根本没把张学良放在眼里，完全低估其能耐，只把张学良看成一个乳臭未干的纨绔子弟而极度蔑视。

尤其令张学良忍无可忍的是，杨宇霆居然多次在公开场合毫无顾忌地对张学良指手画脚，发号施令，有时连官名都不叫，竟直呼张学良小名。对奉军中的异己势力，杨宇霆更是百般刁难、打击、排挤，使许多奉军官员顿生大权旁落、朝不保夕之感。一些老将领纷纷对张学良说，如不采取断然措施，打击杨宇霆的嚣张气焰，一旦其阴谋得逞，奉军必然土崩瓦解，他们只好另择新主，远走他乡。这些老将领说话时均慷慨激昂，其愤懑情绪尽在言中。

凡此种种，张学良并非无动于衷。他表面行若无事，但心中实有一股无名之火，总想借机发泄。

张学良

杨宇霆不仅在言词上小视奉军中包括张学良在内的异己，在行动上也拼命为自己登上权力顶峰作准备。

张作霖死后，日本帝国主义以其在沈阳办的《满洲报》耍了一个花招，他们居然在东北广大民众中搞所谓的民意测验。

为了做得有板有眼，他们每天在公开发行的报纸上面写上张学良、张作相、杨宇霆等人的名字，并附有选票，让阅报者每天在这些人中选出一个作为东北军政首脑，以及东三省主席，把选票寄回本报。

日本人这一花招，除了有其自身不可告人的目的外，确也能从另一个侧面了解、衡量上述人员的"政绩"和"功德"。

然而，杨宇霆为了扩大自己的影响，制造声势，以便在舆论上压倒张学良，使出了无耻政客们的惯技，每天派出大量心腹、爪牙，不惜金钱，大肆购阅该报，并在选票上填写杨宇霆的大名。

这样一来，每天有杨宇霆名字的选票多达数千张。

张学良对这种厚颜无耻的勾当看得一清二楚。

除此以外，为了拉拢对自己有用的人，杨宇霆对各类官僚政客，大肆封官许愿，施以小恩小惠。一时各类投机钻营、趋炎附势之徒云集于杨宇霆周围。杨公馆似乎成了东北军事、政治中心，杨宇霆本人似乎已成了东北军政首脑。

与此同时，杨宇霆还凭借手中职权，使用分化手段，对忠于张学良的各级人才设法调离，以扫除他与张学良抗衡的障碍。

这一阴谋被张学良识破后，杨宇霆又改变手法，对新上任各级官吏进行面见、密谈，以便拉为己用。

最令张学良不能容忍的是，杨宇霆竟公然与日本帝国主义勾结。

事实也的确如此。杨宇霆的公馆常有日本人"光临"，为其提供信息、出谋划策。杨宇霆为了攀上这棵大树作为晋身之梯，也不惜以民族利益为代价，尽量巴结、讨好日本人。这样你来我往，相互利用，日、杨逐渐结为一体，大有遮盖东三省之势。

张学良对杨宇霆的一举一动，尤其是对他勾结日本帝国主义、牺牲民族利益、认贼作父的丑恶行径十分痛恨，遂萌生了平杨之心。

杨宇霆不仅千方百计抬高自己的身价，扩大自己的影响，到处搜罗人才，拉帮结派，而且在与张学良的交往中，对张学良的指令、安排也置若罔闻，有时甚至设法刁难，公开反对。

张学良执掌东北后，由于内忧外患，加之连年荒灾，财政十分紧张，曾一度出现难以维持的局面。

为了紧缩开支，保障军政机构正常运转，张学良忍痛采取了一系列措施。他把军事上的将官，一律改成军事参议官，成立参议官会议，并商议准备裁军事宜。参议会每周召开两次会议，在大部分会议上，杨宇霆都喧宾夺主，完全置张学良于不顾，每每大放厥词。他不但当面反对张学良的意见、建议，而且出言不恭，含沙射影，气势汹汹。

有一次，张学良在会上询问有关东北军政事务，杨宇霆竟然态度生硬地大声斥责道："此事你不懂，你不要管！"使张学良十分尴尬，也使与会者面面相觑。

在人事安排上，杨宇霆更是"天下老子第一"，处处我行我素。

一次，张学良召开会议，令杨宇霆接替吴俊升遗下的黑龙江军务督办或担任吉林省有关要职。杨宇霆先是在会上公开反对张学良对自己的任命，后又吊儿郎当，一直没有上任。他还扬言："张学良有什么资格任命我？"

由于杨宇霆处处对抗、为难张学良，使张学良的威信大大受损，境况十分艰难。不但如此，杨宇霆还伙同常荫槐等人常给张学良出难题，故意刁难，让张学良下不了台。常荫槐以为张学良软弱可欺，便积极配合杨宇霆，干了不少不利于张学良的事。

有一次，杨宇霆乘东北财政紧张、张学良一时无法筹集巨款之机，再三电告张学良要求给所辖兵工厂拨巨款以供急用。

杨宇霆还故意在电文中写道："工人的生活十分艰难，人心惶惶。我已向他们做出保证，说少帅素来体恤下属，绝不会袖手旁观。不日必有巨款送来……"

张学良边看电文边生气，但事已至此，只好先稳住工人情绪再说。于是，他硬着头皮去筹钱。

当时东北主要经济收入来源于常荫槐掌管的铁路运输。张学良无可奈何之下，只得向常提出筹款一事。

但杨、常早就串通一气，常荫槐怎么会轻易筹款？他左诉苦，右推托，最后还是借故不给。

张学良无计可施，整天坐立不安，急得像热锅上的蚂蚁。而杨、常二人却在一旁幸灾乐祸。

张学良是一位爱国军人，通过皇姑屯事件血的教训，他看清了日本帝国主义蛮横、凶残的侵略本质，深深认识到与日本人合作无异于与虎谋皮，

　　再加上蒋介石不断派人游说，张学良准备脱离日本人的控制，易帜投蒋。

　　而在易帜之前，张学良对国民党中央政策等问题较为关注，时常考虑与国民党合作后的一系列事情。

　　为了把事情做妥帖，在一次与杨宇霆的谈话中，张学良涉及了这个问题，想征求杨的看法。

　　岂料，杨宇霆不假思索，竟大言不惭地说："你走你的中央路线，我是要走日本路线的。"

　　杨宇霆如此露骨的言论，使张学良十分震惊，也让他彻底看穿了杨宇霆的肮脏灵魂。

　　血气方刚的张学良，没有忘记国恨家仇，不久，张学良决心归附南京政府。于是他克服重重阻力，排除多方干扰，于1928年7月中旬，双方派出代表在北京"六国饭店"进行最后协商，终于达成易帜协议。

　　张学良的"叛逆"之举，无异于给了日本帝国主义当头一棒。他们深知，东北易帜就意味着自己在东北的统治根基的彻底动摇，于是千方百计进行阻挡、刁难。

　　日本人一方面对张学良施加压力，想在易帜之前捞取更多的特权；另一方面使出浑身解数，竭力拉拢，劝诱东北军中的亲日分子，以便扶持新的走狗。

　　此时的杨宇霆心里比谁都焦急。他知道，一旦东北易帜，他就会变成一文不值的丧家之犬，于是风风火火想通过日本人之手来阻挡张学良与南京国民政府合作。他根本不考虑国家的前途、民族的命运，拼命站在日本人一方，以期达到自己卑鄙的目的。

　　然而张学良已经下了决心，于1928年12月29日断然宣布易帜的决定，表示服从南京政府。

　　从此，张学良脱离了日本人的控制。这意味着杨宇霆想借东北军势力称王东北的美梦成为泡影。

1928 年 12 月 30 日，南京政府任命张学良为东北边防军司令长官，张作相、万福麟为副长官，杨宇霆被踢到了一边。

为了保住兵权，留得青山，杨宇霆曾厚着脸皮向张学良建议设东北边防军副司令长官三人，分辖辽宁、吉林、黑龙江三省军务，由他自己任驻辽副司令长官，但这一建议被张学良一口回绝。

这样，张、杨之间的矛盾就更加公开、激化，已到了一个无法调和、非兵刃相见不可的地步。

血与血的较量一触即发。

杨宇霆暗中操戈，张学良虎厅除敌

东北易帜以后，杨宇霆想凭借手中势力和日本人的帮助顺利爬上"东北王"宝座的希望彻底破灭。

不甘居人下的杨宇霆岂能就此罢休？他一方面继续向日本人频送秋波，结成同盟；另一方面制造分裂，散布谣言，使出背后捅刀和借刀杀人的手腕，试图扼制张学良。他还提出所谓的"靖国计划"，纠集一批死党，向南京政府发难，想挑起张学良与蒋介石之间的争斗。但所有这些计划一一被张学良挫败。气急败坏的杨宇霆便又心生毒计，计划通过武力来达到自己的目的。他做的第一步就是纠集力量，扩充武装，妄图与张学良在军事上抗衡。

由于利益关系，与杨宇霆勾结最密、最深的人首推东北交通委员会委员长、黑龙江省省长常荫槐。此人历来骄横跋扈，野心极大，早就与杨宇霆为夺取东北大权而狼狈为奸。

常荫槐见杨宇霆过于急躁，情绪低落，便给他打气说："洪水过了天还是天，山还是山，你急什么，怕什么？"

老谋深算的常荫槐并不只是说说，他把更多的精力放在行动上，与杨宇霆打得火热。

他们利用手中特权，甩开张学良，从东北铁路交通入手，遍地安插死党、亲信，如泰山铁路局、沈阳铁路总办、吉长铁路局、洮昂铁路局等要道上的主要成员均是其走狗。杨、常此招确实厉害，一旦张、杨发生武装冲突，东北整个交通都在杨宇霆的控制之下，只要暗授机宜，张学良对此是鞭长莫及，只能望路兴叹。对张学良来说，这无疑是一个极大的危险与威胁。

更为阴险的是，杨、常合谋以设立黑龙江省山林警备队为借口，以前军法执行总处为基础，肆意扩充军队，并从杨宇霆掌管的东北兵工厂调来大批武器予以装备，逐渐形成了一支有相当规模和较强战斗力的武装。为了能在关键时刻拿出"杨家军"这一杀手锏，杨、常两人统一口径，对张学良谎报数目，以掩其耳目。

另外，杨宇霆觉得这还不足以与张学良在势力上抗衡，于是又在扩军的基础上，装备精良部队。他未经张学良同意，擅自从捷克订购了3万支重机枪和一批重型武器。显然，杨宇霆的目的是军事方面不但在数量上而且在质量上压倒张学良。一旦有风吹草动，便来个先发制人，给张学良以致命打击。

然而，世上没有不透风的墙，这些小动作早被张学良的心腹探听得一清二楚。

当张学良得知详情后，沉思良久，深感此事有关自家性命，绝不能等闲视之。他决定与杨宇霆交锋，看他究竟要搞什么鬼把戏。

但是，当张学良前去询问此事时，杨宇霆却十分心安理得地回敬说："我们自己的武器没有人家的好。这有什么不可以的？"

　　杨宇霆这种明目张胆扩军备战的做法，使张学良倍感震惊，他知道此人不除，后患无穷。

　　1929 年 1 月，日本人再次向张学良提出建立满营五铁路之事，这正是张学良深恶痛绝的，但迫于当时国际国内的复杂形势，他不好在日本人面前发作，因而只好又一次以外交问题为中央之权限托词严拒。

　　日本人见张学良毫无商量余地，于是另辟蹊径，把目光转向杨宇霆。杨宇霆当时正在与张学良较劲，想讨好日本人，于是双方一拍即合，很快在北平就这一问题商讨出一个初步结果，并打算公之于众。

　　这一行径，既违背了张学良的意愿，又进一步暴露了杨宇霆甘当日本人走卒的丑恶嘴脸。同时更使张学良领悟到，日、杨勾结对自己极为不利，且会危及国家和民族的前途命运。因而，他对杨宇霆到了一个不杀不足以泄心头之恨的地步。

　　机会终于来临了。1929 年 1 月 10 日下午，身受日本人重托的杨宇霆、常荫槐二人堂而皇之地来到了张公馆，张学良忍着满腔怒火和无比怨恨把他们引进了公馆老虎厅，双方象征性地握手后，杨宇霆刚刚落座，就迫不及待地提出令张学良十分恼火的修建铁路一事，并要求成立东北铁路督办公署，管理铁路建造有关事项。

　　张学良强忍着怒火，先是反复诚心说明此事绝不可为的理由，后又态度十分强硬地予以拒绝，说："我若答应，东北的百姓都不会答应，全国人民不会答应；我若答应，我将成为千古罪人！"

　　但骄横成性的杨宇霆却毫不知趣，一味坚持自己的意见，并步步紧逼。常荫槐也在一旁帮腔。

　　最令张学良不能忍受的是，杨宇霆竟然从口袋中拿出事先准备好的有关条文，威逼张学良签字，做出"不签也得签"的阵势。

　　这无异于火上浇油。

张学良的忍耐到了尽头，他只觉得怒从心头起，恶向胆边生，以前的矛盾、不满、怨恨此时来了个总爆发。

只见张学良脸色铁青，双手握拳，足足沉默了两三分钟之久，突然虎眼圆睁，大喝一声："来人！"

话音刚落，门外即刻冲进数名持枪卫士，枪口直逼指杨、常二人。

杨、常二人开始还想反抗，但怎敌得过训练有素、身手敏捷的卫士！卫士们三下五除二迅速把杨、常制服在地。

张学良只是用眼光略作示意，持枪卫士马上心领神会，手指轻轻一扣扳机，就把杨、常二人送上黄泉路。

杨宇霆一生以"小诸葛"自居，最终还是死在主子的枪下，真可谓"聪明反被聪明误"。

但是，杨宇霆至死也没算到这一"小聪明"竟连小命都搭上了。

杨、常二人毙命的消息传出后，东北民众都说其死有余辜。

春天将来未来，冬天似乎过去。

这季节，这年头，怎一个"闷"字了得？

第十五章　野岭孤魂

——"郭鬼子"郭松龄之死

当历史抖落一身尘埃，从残枝败叶中抬起头来，我们看到的是一幕幕充满阴狠、恐惧、算计乃至谋杀的一系列暴力镜头。这些镜头血淋淋的，虽然凌乱不堪，却生动真实。

1925年12月25日，奉天小河沿，狂风在阴沉沉的天空下肆虐怒吼。大雪没完没了地下，仿佛要一次下个够似的。倘若平时，这种寒冷的天气，人们不会将自己置于刺骨的风雪中，但是接连两天，这儿有些异常，数十名全副武装的士兵不停地在寒风中来回走动。

远远地，一只秃鹫立在一棵光秃秃的树丫上，一动不动，像在等待什么。

而在离士兵不远的一块较为宽阔的草地中央，摆着一具尸体，数百名群众正冒着严寒在围观，嘈杂的声音使周围树枝上的雪片纷纷坠落，映入眼帘的是一幅惨不忍睹的景象：草地中央的尸体面目全非，肠肚尽被挖去，只剩下一副血糊糊的躯壳。令人作呕的血腥味伴杂着刺骨的寒冷，令观者不寒而栗。

"作孽啊！"一老者吓得大叫一声，赶紧缩回脖子。

"唉，世事难料，人心难测啊。"也有人这么不痛不痒地感叹。

而更多的围观者则是窃窃私语，或摇头叹息，或掩面而走，都不敢高声评论，唯恐出言不慎，招来杀身之祸。尽管如此，还是有不少人的眼里流露出同情的目光，对死者遭此毒手愤愤不平。

死者叫郭松龄，原系奉军张作霖部高级将领，英勇善战，在奉军中颇有威望。郭松龄从一位高级将领到死后被剖腹挖心、暴尸街头，确有一段曲折离奇的过程，这段过程与奉系军阀总头目张作霖是息息相关的。

穷小子立志出道，"郭鬼子"从严治军

郭松龄，字茂辰，1882年生于沈阳奉天渔樵寨。年幼时，郭家十分贫寒，"小松子"（郭松龄幼时绰号）一年到头穿着一件破衣裳，一双破草鞋，常常饿得眼发黑，嘴发紫，小小年纪就体会到了生活的艰辛，感叹"活着是一件多么痛苦的事"。

但"小松子"并未因此而沉沦。虽然家穷，但他十分喜爱读书，且刻苦聪敏。

"小松子"看的书大多是从当地一老先生家里借来的，为此，他得替老先生干不少杂活，其中包括挑水和劈柴。

有一回，老先生病了，大小便失禁，瘫痪在床。"小松子"自始至终帮他擦身子，喂饭菜，时间长达两个多月。老先生病愈后十分感动，他对"小松子"说："我一生爱书如命，但是现在，你看中什么就拿什么，我绝无二话！"

但"小松子"并不贪婪，他只拿了一本《古文观止》。从此，他将这本书放在枕头下，日日温习，从不厌烦。

郭松龄人穷志不短，他从小就有远大志向。年龄稍大一点，他就对中国当时的动乱局势有了比较准确的认识。他明白武力是革命的根本，学识是治军的基础。因此他先后进奉天陆军速成学堂和永平府北洋陆军第二镇学习军事。

1908 年，郭松龄以优异成绩毕业，回到奉天，任奉天陆军朱庆澜部哨长。一年后随朱庆澜去四川，先后任队官、管带之职。

郭松龄具有较强的革命热情。这在当时的旧军人中并不多见。

辛亥革命前，郭松龄不但思想激进、开明，对革命抱同情、支持态度，且参加了同盟会。

武昌起义后，四川独立，郭松龄回奉天密谋闹革命。但奉天毕竟是张作霖的老巢，革命最终失败，张作霖四处捕杀革命党人。郭松龄被捕入狱，至民国建立后才得释放。

出狱后，郭松龄又潜心学习，相继考入北京陆军部将校研究所和北京陆军大学。毕业后曾在北京讲武堂做过一段时期的教官。

年轻气盛的郭松龄思想活跃，洞察力强。但目睹当时袁世凯称帝、张勋复辟的丑剧，对中国政局十分忧虑，只恨自己无回天之力。

1917 年，郭松龄随朱庆澜赴粤，并见过孙中山，对孙中山的革命思想有一定认识。

在粤期间，郭松龄也时常以改造东三省局势为念，认识到"欲谋三省改造，非推倒军阀不可；而欲推倒军阀，则非作绝大牺牲不可"。

于是，郭松龄在广州待了一阵子之后，决定回头投身军中，谋取兵权，储蓄力量。

郭松龄怀着远大的目标投身奉军，开始时"东北王"张作霖十分看不起他，说他是"山旮旯里的小九九"，既无根基，又无见识。

应该说，郭松龄能在奉军中平步青云，与张学良是分不开的。

早在沈阳讲武学堂时，郭、张就相识了。有意思的是，郭松龄是张学良的老师。张学良后来的所作所为很大程度上与郭松龄所灌输的激进思想有关。

张学良尽管出身将门，见多识广，但通过接触和了解，对郭松龄的为人和学识十分敬佩，两人的关系越来越好。

依靠这种特殊的关系，郭松龄的真才实学有了用武之地，加之张学良在张作霖面前的极力推荐，郭松龄便官运亨通，不断升迁。

1920年，郭松龄任张学良旅参谋长，不久升为团长。后来张学良任第二旅旅长，郭松龄则为第六旅旅长，两旅合并行事，大多由郭松龄掌管全盘。

由于张学良和郭松龄的通力合作，后来这两个旅都成为了东北军的精锐之师。

张学良曾"月夜追韩信"，以及郭松龄遇难后张学良闻讯抱头痛哭两件事，就充分说明了他们二人关系是十分亲密的。

应该看到，郭松龄在对奉军整改中表现出了他治军带兵的特殊才华。他曾下力整治讲武堂，创办教导队、军官教育班及步兵学校，吸收大批青年学生，训练、培养部队干部，对奉军中的陋规恶习，郭松龄尤表痛切。

在所有奉军将领中，郭松龄也有别具一格的作风。他不像其他军阀那样横征暴敛，欺压士兵，鱼肉百姓，对嫖、赌恶习从不染指。他生活俭朴，无论冬夏春秋，总是穿着整整齐齐的制服。穷苦人家出身的郭松龄还时常告诫他的下属"不要忘本，不要张狂"。

在严格要求士兵的同时，郭松龄总是身先士卒，律人先律己。更难能可贵的是，他常在闲暇之际，涉猎新出书刊，吸收新的知识、思想。

正因如此，当时军中绝大多数人对郭松龄的这些"反常"现象极不理解，认为是标新立异。于是，人们送他一个外号——"郭鬼子"。对于别人的议论、看法，郭松龄不加理会，只要认为是正确的东西，他就会不顾一切地去坚持。

正是由于"郭鬼子"理想上、行动上有诸多与众不同的地方，加之他在奉军握有实权，成为举足轻重的人物，因而遭到奉军中各级军阀的敌视。从而陷进了矛盾、斗争的漩涡。

郭松龄

奉军内矛盾重重，郭松龄树大招风

军阀历来奉行"有枪便是王，有奶就是娘"的信条。

张作霖绿林出身，在扩充队伍的过程中，吸收了各个层次的人员。以张作霖为首的奉军无疑是一个集社会残渣之大成的军事集团。这个集团成分十分复杂，矛盾也层出不穷。为了各自私利而钩心斗角、尔虞我诈之事屡见不鲜。

当时奉系军阀中，新派和旧派之间矛盾最为突出。所谓旧派，是一批跟随张作霖数十年出生入死的绿林人物，诸如张作相、张景惠、吴俊升等。这些人文化层次低，性情凶残，草莽粗鲁，个个都是亡命之徒。但他们都是与张作霖一起打天下的老伙伴，称得上是"德高望重"的奉军元老，张作霖对他们十分信任。

正是这一批老朽，对郭松龄的言行极不以为然，对郭松龄日益显赫的地位也耿耿于怀。他们经常在张作霖的耳边说郭松龄的坏话。不仅如此，他们还不断寻机生事，制造麻烦以威胁郭松龄。

而奉军中的新派是一些科班出身的军人，他们大多精明能干，富有才智。他们中绝大多数人受过近代军事思想的启迪与熏陶，在治军上与老派存有很大分歧，在为人上多自视清高，看不起旧派。

新、旧两派积怨颇深，彼此明争暗斗，互不相让，而且为了各自利益，他们经常在张作霖面前争功邀宠，互相排挤。

在新派中，又有所谓"土派""洋派"之分。

"洋派"主要以杨宇霆、姜登选为首，是一批从日本士官学校回来的留学生。

"土派"主要以郭松龄、李景林等人为首，是一批毕业于国内陆军大学的人物。

在张作霖的心目中，"洋派"比"土派"地位高，他们常围绕张作霖左右，为之出谋划策。张作霖对他们十分看重。特别是"洋派"头头杨宇霆为人奸巧、精明、圆滑、善于投机，尤为张作霖所倚重，有"小诸葛"之称，位居幕府总参议。

"土派"中大多数人是中下级军官，势力远比"洋派"弱，加之张作霖对"土派"头头郭松龄的所作所为颇有反感，更重要的是由于"旧派""洋派"在张作霖面前搬弄是非、挑拨离间，使"土派"明显失宠。

但是，"土派"由于有张学良的支持，郭松龄的势力也是不断发展、壮大。更由于他治军有方，就军事实力来说，他超出了以上两派，这就引起了"旧派""洋派"的极度仇视。

这样一来，各派之间的矛盾，以杨、郭为焦点一步步公开、激化，至第二次直奉战争时发展到不可调和的地步。

第二次直奉战争开始时，郭松龄为张学良军副军长，在榆关、九门口战斗中，郭松龄率部攻榆关正面之敌，姜登选指挥第九军攻侧面之敌。

榆关久攻不下，张作霖即命姜登选、韩麟春率部由九门口攻入。当姜、韩率部抵达沙河寨，攻打山海关背后之敌时，遭到直军顽强抵抗。战争打到白热化程度，双方伤亡都很大。

在这种情况下，姜登选与张学良商量，决定将郭松龄的第八团调至沙河寨。张学良连夜下令，叫郭松龄火速增援。

郭松龄奉命率部赶到，坚决要求接替第一线，从正面进攻敌人。他在请战书中说："现敌军乃疲惫之师，元气大伤，我军奋气挺进，必大获全胜！"

而姜、韩二人却不以战事为重，认为郭松龄此举是有意争功，破坏军纪，只让郭部充当预备队。

当时情况十分危急，不但前面有势力强大的敌军，更严重的是郭松龄察觉姜、韩二人已生害己之心。于是，郭松龄愤然率部掉头而去。

张学良闻讯后，骑马追了三十多里，才将郭松龄劝住。

张学良说："郭军长，你我情谊之深，情同手足。大敌当前，你岂能因一时之气而不辞而去？你要跑是吧？那好，现在我是你的长官，你要听我的，除非你把我打死，你打死我吧。"

郭松龄见到张学良把枪递过来，十分羞愧，他说："我给你丢人，我对不起你，让我死了算了……"

张学良说："想死还不容易？你这样死窝囊。想死到前线死，去被敌人打死。"郭松龄被张学良感动了，遂跟他回了前线。

这就是前文所言张学良"月夜追韩信"一事。

郭松龄返回战场后，全力投身战斗。姜登选却托病回沈，并将此事添油加醋地电告张作霖，要求按军法惩治郭松龄。

张学良闻讯大怒，急忙告诉张作霖，要他不要相信姜登选的胡言乱语。张学良还把当时的真实情况给其父做了汇报。张作霖见张学良如此护着郭松龄，便不再追究。

恰在此时，杨宇霆认为郭松龄不听他的命令，心中自然十分恼怒。至此，郭松龄与杨、姜之间的冲突越来越尖锐、激烈。

这次直奉之战，由于冯玉祥北京倒戈，直系大败，奉系全胜。

郭松龄在战斗中身先士卒、英勇顽强，尤其是在关键的石门寨、黑山窑战役中，冒死冲锋陷阵，轻伤不下火线，率军直插敌后，切断直军退路，可谓劳苦功高，战绩赫然，有目共睹。

但战后论功行赏时，张作霖却全然不顾这一切。他令李景林督直，张宗昌督鲁，而派郭松龄与张学良到天津组织京榆督军司令部，以防备冯玉祥的国民军。

其实，郭松龄对皖督一职，早已窥视，想争得一席之地以作后盾。无奈张作霖又令姜登选督皖，杨宇霆督苏。只可怜郭松龄一人，徒有劳苦功高，而无晋官加职。这就使郭松龄不但对姜、杨十分痛恨，而且对张作霖亦十分不满。

尽管张学良再三安抚郭松龄，并暗示他来日方长，但伤透了心的郭松龄完全认清了自己在奉军中的位置，看清了自己在张作霖心中的位置。

郭松龄既对杨宇霆、姜登选等人万分痛恨，又对张作霖的昏庸、老朽万分不满的情绪，加速了他易帜倒奉、同室操戈的决心。

张作霖起死回生，郭松龄功亏一篑

郭松龄在奉军中既得不到张作霖赏识，又受到杨宇霆等人的多方排挤，觉得如果再待在奉军内前途是十分可悲的，从而产生了倒奉之心。

与此同时，郭松龄从许多方面得知，张作霖正在与日本帝国主义勾结，以出卖民族利益为代价，获得日本人的支持。

这一事实，对郭松龄这样具有一定家国心的将领来说是难以接受的。于是其倒奉之心，更为强烈。

1925 年 10 月，冯玉祥领导的国民军及张作霖领导的奉军均派人员赴日本观操。国民军代表为韩复榘、程希贤等，奉系代表为郭松龄等。

在这次赴日过程中，郭松龄通过日本参谋部一要员得知，张作霖为了扩大自己的势力，正以民族利益为筹码，与日本方面商订密约，以取得日本人的军力支持。

令郭松龄啼笑皆非的是，当他到达日本后，日方还认为是张作霖派来的修约代表，遂热情地为他安排住宿，提供种种方便，甚至派来两名艺妓专门侍候，令他大感意外。当日方约见郭松龄，见他对密约之事一无所知时，才知道弄错了对象。

郭松龄到这时才恍然大悟。

张作霖与日本帝国主义相互勾结、狼狈为奸已成事实。对于这种割肉饲虎、认贼作父的行径，郭松龄十分气愤。

于是，还在日本观操期间的一个晚上，郭松龄就与国民军代表韩复榘对此事交换意见，把整个事情的来龙去脉告诉了韩复榘，并表示要对张作霖的罪恶行为作坚决斗争。

郭松龄激动地说：“中华民族之所以灾难深重，就是因为有人甘为卖国贼，甘当亡国奴！”韩复榘也装模作样，点头称是。

后来，郭松龄还对韩复榘说，军人虽以服从命令为天职，但作为一个有良心的中国军人，绝不能做丝毫有损本国利益的事情。若是张作霖依仗日本力量打国民党，他就要起兵攻打奉军。

“绝不能让卖国贼的阴谋得逞！”这掷地有声的话明确表明了郭松龄的爱国、倒奉、反日之心。

韩复榘回国后将此事禀告冯玉祥，冯大喜，并马上开始商讨对策。后经双方多次密谋、协商，终成冯、郭反奉之势。

不久，冯、郭又拉进李景林，组成反奉三角同盟。

是年 11 月，全国反奉倒段运动日益高涨，郭松龄借机加快了反奉步伐。

然而，对于郭松龄暗中的一切活动，老奸巨猾的张作霖早已有所觉察。

为了阻止郭的"反叛"，张作霖多次电令郭松龄回奉，想对其采取强硬措施进行控制。

郭松龄并非糊涂虫，他对张作霖召他回奉之意图十分清楚，因而借故一拖再拖，予以回绝。

如此这般，更加重了张作霖的怀疑，在这种严峻的情况下，郭、张矛盾已十分公开化了。

至此，郭松龄别无选择，只得横下心来死心塌地地走"倒段反奉"这条路了。在正式通电反奉之前，郭松龄对各方面进行了妥善安排、布置。

1925 年 11 月 17 日，郭松龄派亲信李坚白、郭大鸣赴仓头访冯玉祥，在原有基础上，达成了冯、郭合作密约。

21 日晚，郭松龄在滦县附近召开了一个军事会议，明确宣布反奉大计。

会上，郭松龄慷慨激昂，声泪俱下，历数张作霖出卖民族利益、投靠日本帝国主义，危害东北人民的滔天罪行。

郭松龄在台上讲话时，密切注视台下的动静。只见大多数人在认真地听他讲话，但也有少数几个人在鼓噪。

这时，郭松龄大声说："郭某反奉主意已定，不愿意跟我干的可以走！"

此话一出，果然有 3 名官兵走出了队伍。其中一名还说："我们就是奔着张帅来的。如今要反他，我们不干！"说完扭头就走。

"我们不造张大帅的反！"另两人也赶紧跟着走。

郭松龄冷笑一声，稍一暗示，即有数名卫士尾随而去。

"砰砰"几声枪响，大家都知道发生了什么事。

郭松龄又大声说："还有打退堂鼓的吗？"

台下鸦雀无声，死一般静。

尽管如此，郭松龄还是按既定方针，对多名张作霖的死党作了处置。

22 日，郭松龄向全国发表通电，公开反对张作霖。

通电内容主要是："为了清君侧，驱逐杨宇霆，恭请老帅下野，拥护少帅张学良上台，开发东北，巩固国防，反对少数人争夺地盘，以纾民困。"

从郭松龄通电内容看来，这是一种奇特的反父不反子的倒奉局面。

一切准备就绪，1925 年 11 月 23 日，郭松龄在河北滦州正式扯旗，发动反奉军事行动。

郭松龄历来治军有方，手中握有精兵良将，因而郭部在军事上明显占有优势。

战事一开，郭部出兵迅捷，先发制人。他们不顾天寒地冻，浩浩荡荡一路扑向山海关，直捣沈阳。

沿途遇张作相等奉军，如秋风扫落叶，郭部几乎没有遇到强有力的抵抗。

而当时，汤玉麟、吴俊升的部队又远在热河、黑龙江一带，根本来不及援防，沈阳尽是空城一座，形势对郭松龄十分有利。

郭部锐不可当，奉军节节败退，情况十分危急。

张作相于晚间潜回奉天帅府，惊慌失措地向张作霖报告了前线的战事。

张作霖深知自己气数将近，只得对张作相长叹说："等我明天准备下野的各项办法。"见张作相在一旁发愣，张作霖停了一下，又说："你也赶快回家休息吧，明天你也要抓紧安排，到时好跟我走。"

由此可见，此时的张作霖已到了非常绝望的地步。

第二天早晨 6 点，张作霖令秘书到大帅府，亲授下野电文，秘书问："大帅真的要下野？"张作霖没好气地说："他妈的，老子不下野谁下野！"

这时，整个帅府内人人交头接耳，个个人心惶惶，不知所措。喊声、哭声、尖叫声，不绝于耳。

张作霖的眷属也手忙脚乱地收拾细软的珠宝首饰，准备逃走。

那些胆小如鼠的幕府大员们，眼看江河日下，大势已去，人人如丧家之犬，个个似漏网之鱼，纷纷登上南满火车，逃往大连，直气得张作霖破口大骂。

然而，在这种有利形势下，郭松龄却过分大意。他忽视了张作霖这位绿林出身、在战火中摔打了数十年的老军阀的能耐，低估了张作霖在东北的反动根基。郭松龄出关后整军封官，放慢进军速度；没有采取相应措施以瓦解对方力量，减弱其战斗力。

这样一来，就给了张作霖喘息整顿、待机反扑的机会，也为郭松龄自己埋下了致命的祸根。

张作霖不愧是老奸巨猾之人，他看到了一线空档，有了一丝希望，就毫不犹豫地抓住机会，进行反扑。

首先，张作霖下令调回躲避在大连的杨宇霆，要他火速返回，商讨大计。杨历来诡计多端，回来顾不上喘息，与张作霖一阵密谋之后，拟就了一个完整的阻击郭军的作战计划。他们占据有利的地形，在郭军的必经之路巨流河上筑起一道坚固防线，埋伏了大量兵力，只等郭军钻口袋。

其次，张作霖授命杨宇霆，调集吉、黑两省所有留守部队，拼凑成一支庞大的武装力量，向郭军发起猛烈的反攻。

关键时刻，郭松龄的盟友李景林立场不够坚定，态度暧昧，甚至还暗藏杀机，直接危及郭部后方。

这样一来，形势急转直下，郭松龄丧失了绝对的优势，为以后的失败埋下了伏笔。

尤其要紧的是，郭松龄倒戈反奉，遭到日本帝国主义的干涉、破坏。

妄图坐收渔翁之利的日本人于战事初，持"中立"观望态度，隔岸观火，幸灾乐祸。当郭部获胜、形势对日本不利时，他们便于 11 月 27 日出兵干涉，叫嚣要"维护好东北秩序"，对郭部进行拦截追击。

后来，张作霖拜倒在日本人脚下，完全接受了日本提出的关于"二十一条"要求中有关东北条款，有了这块肥肉，日本帝国主义的武装顺利运至沈阳。

13 日，郭军猛攻张作霖老巢——沈阳，奉军渐感不敌。

然而就在这节骨眼儿上，日方突然宣布营口为中立区，强行命令不许郭军通过。

随后，大批日本军警开进沈阳，撕下中立面具，直接出兵援张。

由于同盟的瓦解，加之郭松龄在指挥上的某些失误，更主要是由于日本帝国主义的直接武装干涉，本来稳操胜券的郭军一下子陷入了进退维谷的危境之中。

而此时的张作霖却狐假虎威，利用拼凑的部队，凭借地形，与郭军展开了一场血战，直杀得暗无天日，死伤无数，血流成河。

22 日，吴俊升骑兵猛袭郭军阵地，郭军不支，开始败退。

正所谓"屋漏偏逢连夜雨"，在这紧急关头，郭军内部很不争气，有人倒戈投奉，从背后捅了郭松龄一刀。

至 23 日，郭军再无还手之力，几乎全军覆灭。

丧权失地的郭松龄此时已是四面楚歌，性命难保。熟读兵书的郭松龄无计可施，只好三十六计，走为上计。

临走之前，郭松龄双膝跪地，仰天长啸："老天啊，郭某到了如此境地，非个人无能，实乃上苍无眼啊！"

郭松龄束手被擒，死对头矫令杀人

1925 年 12 月 23 日下午，沈阳新民县一带激烈的战事已近尾声，四周渐渐静了下来，只偶尔传来几下稀落的枪声。

傍晚时分，风更紧，雪更大，远近难见人影。

突然，在一条崎岖的小道上，急匆匆走来一男一女两名身着便服的行人。他们一面没命地往前走，一面紧张地回头张望。

这两人就是化了装的郭松龄夫妇。

约莫走了一个多小时，他们走进了一家姓沈的农户家里，也许是脸上的惊恐之色太明显，把围在大炕旁烤火的人吓了一大跳。

来人并未掏枪行凶，只是央求沈家借一辆马车代步逃命，并掏出一把银两放在沈家桌上。老农不知是出于救人一命，胜造七级浮屠之意，还是怕追兵赶来难脱干系之心，二话没说，火速套上一辆马车，让来人快走。

郭松龄夫妇一再道谢，然后跳上马车，扬起马鞭，消失在茫茫雪夜里。

天黑得伸手不见五指，凛冽的寒风夹带着雪花在空中狂挥乱舞，郭氏夫妇坐在车上，望着昏暗的天空，回想起近年来的所作所为，只觉得是噩梦一场！他万万没想到落得个仓皇逃命，无处可归的结局。

郭松龄摸了摸长发蓬乱的娇妻，不禁潸然泪下。

一路上，郭松龄头脑在紧张地动转，往事如潮，他极力抑制不去想它，可又怎能抹去那些悲壮和凄凉！郭松龄就这样胡思乱想，不知不觉，马车已到达新民县苏家屯，此时天已放亮。

面对茫茫征途，郭氏夫妇只得抱头痛哭。

忽地，远处传来马蹄声。

郭氏夫妇侧耳一听，脸色大变，知道后面追兵马上就会追到眼前，求生的欲望迫使他们只好弃车而走。

两人像无头苍蝇一样，在野外奔跑、逃命。

马蹄和吆喝声由远而近。逃命者十分恐慌，却无计可施。

正在坐以待毙之时，突然，郭松龄拉住女人的手，跑进附近一家农户，随后双双躲进了一个只能容纳两人的白菜窖里。

两人刚刚缓过气来，后面追兵已到，在窖中，郭氏夫妇隐约听到外面士兵的吵闹声。

追兵乃黑龙江省王永清部骑兵。

23 日，郭军几乎全军覆灭之后，王永清奉命四处追寻郭松龄夫妇，但活不见人，死不见尸，无法交差，于是只好沿途四处撒网，跟踪追击。

24 日下午，他们只比郭松龄晚半个小时来到郭氏夫妇藏身的苏家屯。

数十名士兵继续搜索，突然，一名眼尖的士兵发现地上有一张精致的小纸片，顺手拾起一看，不禁失声大叫。

原来掉在地上的竟是一张赫然写着郭松龄名字的名片。

士兵们如获至宝，急忙顺藤摸瓜，最后终于发现了菜窖，把郭氏夫妇从里面捉了出来。

那个拾到名片的士兵十分"幽默"地对郭松龄说："你躲在这么个鸟洞里，怪不得我们找不到。要不是你的名片帮忙，你可能在这洞里多待些日子。"

其他人都哈哈大笑。

郭松龄看了那人一眼，昂起头，朝前走去……

郭松龄被捉的消息传开了，张作霖在帅府闻此喜讯，兴奋得忘乎所以，急忙电令马上把郭松龄押送帅府。他又命人在帅府准备了公堂，一旦郭松龄解到，马上升堂问审，以泄心头之恨。

押送郭松龄赴府候审的命令被郭松龄的死对头杨宇霆获悉，杨宇霆大喜过望，他咬牙切齿地骂："狗东西，想不到你也有今天，老子叫你死无全尸！"

正如前文所述，郭、杨乃势不两立的两大仇人，杨宇霆早生去郭之心，当杨宇霆得知张作霖要把郭松龄押送禺会时，唯恐节外生枝，尤其是他怕张学良去说情，以保郭松龄性命。若郭松龄捡回一条性命的话，那么他杨宇霆离死期也就不远了。

基于此，杨宇霆把心一横，矫令行事。他以巡阅使的身份，于 24 日晚电令吴俟升，就地处决郭松龄。

24 日夜，天阴沉得可怕。辽东县老达房一带呼呼的北风刮得更紧。雪花大团大团地下，似乎要将天地涂得更加亮堂些。

夜色中，数名全副武装的士兵，从一栋砖房里押出了双手被反绑的郭松龄。只见他脸色铁青，头发蓬乱，眼中布满了血丝。

郭松龄知道末日降临，便大声呵斥押他的士兵："不要你们推搡，我自己会走！"说毕，挺直腰杆向前走去。

大约走了数丈之远，仰天大叫："老贼不除，我郭某死不瞑目啊！"

两名士兵赶紧对准郭松龄的要害部位连开数枪，郭松龄立即扑倒在地，当场死亡。

张作霖得知郭松龄被杀的消息，骤然变色，大发雷霆。

张作霖并非认为郭松龄不该杀，而是因为有人竟敢违背他的命令，另作主张，使他未能亲自审问"郭鬼子"以泄心头之怨气。

后来，杨宇霆赶到帅府，小心翼翼地解释了一番，说什么违令杀郭是怕押送途中郭松龄逃脱，或被日本人抢去云云。

张作霖觉得言之有理，对此事也就不加追究。

尽管如此，张作霖认为这样处死郭松龄真是太便宜他了，于是下令运回郭松龄尸首，挖腹剖心，在奉天暴尸三天，以泄心头之恨。

为此事，张学良与张作霖发生过激烈争吵，并把这笔账暗暗算在杨宇霆头上。杨宇霆残害郭松龄，他哪里想到，郭松龄的今日就是他的明日。

作孽啊。

枯树上的秃鹫瞪大了眼睛。

第十六章　自取灭亡

——"胶东王"刘珍年之死

窗外，野风劲吹。

有人惆怅，有人迷乱，有人茫然。

那是一段不堪回首的岁月。

无疑，20世纪上半叶是中国社会最黑暗的时期。整个社会动荡不安，民不聊生，苦不堪言。老百姓除了上缴名目繁多的苛捐杂税外，还要承受大小军阀你死我活的争斗所带来的伤害。几乎每一天都有血淋淋的新闻发表在报纸上。空中弥漫的血腥味使老百姓都渐渐变得麻木起来。

有人感叹"生不逢时"，也有人信奉"乱世出英雄"。军阀刘珍年就属于后者。他见缝插针，善于钻营，经过几年的跌打滚爬，苦心经营，居然成了点气候，有了自己的地盘，有了自己的部队，过上花天酒地的"人上人"的日子。然而，好景不长，刘珍年同其他许多军阀一样，终以悲剧收场。

打开布满灰尘的历史，我们看到：1932年，国民党南昌军事委员会军法处判处第二十一师师长刘珍年死刑，立即执行。

罪名是刘珍年驻兵胶东时纵兵殃民。

刘珍年驻兵胶东，是一师之长，何以被抓呢？又为何在江西南昌被军法处置呢？

秘密投蒋，过河拆桥

刘珍年，字儒席，河北南宫人。

刘珍年自幼聪明过人，深得父母溺爱。他6岁开始读私塾，但并不专心读书，喜欢舞枪弄棒，顽皮异常。

在县城中学毕业后，刘珍年如愿以偿，考进了保定军官学校，于1924年毕业。毕业后，刘珍年在外闯荡两年，惹过官司，也吃过棍棒，长了见识，随后，他到东北军第一师李景林部历任排、连、营长等职。每次提升，都是用生命换来的。刘珍年勇猛顽强，渐渐引起了李景林的注意。

李景林入关任直隶督办，他把刘珍年调到身边，并任命他为所属某旅参谋长。

1926年，李景林被冯玉祥击败，所属部队改编为直鲁联军，刘珍年担任褚玉璞部十六旅旅长。

刘珍年在褚部任旅长时，常常冲动行事。褚玉璞有个亲信，叫罗寿鹤，此人阴险狡猾，狐假虎威，虽在刘珍年部任营长，却不把刘珍年放在眼里。刘珍年早就想教训他。

有一次，刘珍年带一班人去山野打猎，罗寿鹤也在其中。上山后，罗寿鹤大出风头，总是抢先射击，而又射不中猎物，反而把猎物惊跑。刘珍年怒火中烧，对一名随从耳语一番。当一只山鸡出现时，罗寿鹤又大叫一声，抢上前去，但不料，刘珍年的随从枪响了，罗寿鹤应声倒地，并很快死去。为对李景林有个交代，刘珍年又狠心处死了那名随从。

尽管如此，刘珍年还是因为失罪，被褚玉璞责罚一百军棍，并革掉旅长职务，即所谓"一打二革"。

不得已，刘珍年就到山东投靠张宗昌，由于打仗勇敢，很快被任命为"模范团"营长。

刘珍年

到 1928 年，刘珍年已升任为张宗昌部支队司令。

是年秋，国民革命声势浩大，北伐军兵分两路进攻山东。

信奉"乱世出英雄"的刘珍年不愿久居人下，他认为时机已到，见张宗昌部已明显地敌不过北伐军，就决定不随张宗昌北撤，反而要以武力强行收容张宗昌的残部。

为了保险起见，也为给自己留一条退路，刘珍年决定派心腹与蒋介石秘密联系，准备以蒋介石作后盾，趁机逐走张宗昌，从而占据胶东乃至整个山东。

刘珍年的几个心腹当中，有的有勇无谋，有的虽有才智但胆气不足，在他看来，只有跟随自己多年的副官韩栋是一个有胆有识、智勇双全的人物。

于是，联络蒋介石的重任便落在韩栋的肩上。

刘珍年找来韩栋，面授机宜，并把心里话掏给了他。韩栋见刘珍年这么信任他，就拍着胸膛说："如果司令信得过我，请将这件事交给我去办！"

刘珍年点点头，提醒韩栋说："你要见机行事，切不可走漏风声！"

韩栋满口答应。

韩栋根据当时的实际情况，认为和蒋介石方面秘密联系并不容易，最好是先找陈诚，通过陈诚先将反张拥蒋之意转上。

当时陈诚位居国民革命军总司令部警卫司令，是蒋介石的亲信，并且此时陈诚已率军攻入济南。

应该说韩栋选择陈诚作为突破口没有错。

通过几天的准备，韩栋带着刘珍年的密信，化装混进了济南城，到陈诚的临时官邸求见。

当陈诚弄清了韩栋的来意后，仔细考虑了一会儿，认为无论刘珍年是不是真心拥蒋，只要他有实际的反张行动，对北伐军总是有利的。这种送上门的好事，何乐而不为呢？

于是，陈诚对韩栋说："刘珍年这样做很好，我将电呈蒋总司令为他请赏！"

韩栋连忙致谢。

陈诚说了声："今后咱们就是一家人，不必客气。"当即叫来副官，签署了一份电报，命令副官马上发给蒋介石，说已策反了张宗昌部下刘珍年的支队，请给予改编封号。

韩栋完成任务后，高高兴兴返回向刘珍年报告。

韩栋说："长官对我很热情。他对您的义举很赞赏！当即向蒋总司令做了汇报，并为您请功。"

刘珍年哈哈一笑，说："这就叫一个有情，一个有意，情投意合嘛。"

随后，刘珍年退据烟台、龙口等地，准备将胶东作为自己的势力范围。

几天之后，蒋介石即下令刘珍年部改编为国民革命军第一军，并委任刘珍年任军长。

但刘珍年并不以此满足，对蒋介石的"忠诚"也只是停留在口头上。他有他的野心。

刘珍年打着青天白日旗，做着自己的美梦。他一方面以烟台为根据地，吞并地方势力；另一方面收编绿林土匪，拼命扩充自己的势力，以达到独霸一方的目的。

刘珍年收编土匪，经营胶东作为自己的势力范围，引起了蒋介石的不满，蒋暗地里骂刘珍年"过河拆桥，不得好死"，却又不便马上惩处他。

当然，老奸巨猾的蒋介石可并不糊涂，对刘珍年耍的小聪明，他可谓是应付得游刃有余。这不，老蒋眉头一皱，计上心来。

于是，蒋介石借整编的名义，将刘珍年的国民革命暂编第一军改编为二十一师，师长还是由刘珍年担任，师司令部仍旧驻守烟台。

才过几天的军长瘾，刘珍年被蒋介石轻轻一拨弄，就降了一大格，这叫自视颇高的刘珍年如何想得通？

占山为王，对抗老蒋

虽说老蒋借整编的名义让刘珍年降了一大格，但他仍控制着胶东地区。有了这块地盘，他就可以做山大王，对老蒋的指令，他可以置之不理。即使是对顶头上司山东省主席韩复榘，他也采取了抵抗的态度。

一个明显的事实可以说明这一点。当时刘珍年防区内的文登、蓬莱、海阳、日照等十几个县中，所有县长、民团大队长、税收人员及其他行政官员，均由刘珍年自行委派。在这些县内的行政措施，均由刘珍年自行处理。所得的田赋税收一律不缴省府，都由刘珍年自行支配。

所以，当时有人形容刘珍年"蒋介石山高皇帝远管不着，韩复榘的近水楼台又管不了"。一个"管不着"，一个"管不了"，可见刘珍年多么逍遥。

但是，蒋、韩不会真的坐视不管，只是时机未到而已。

刘珍年做"山大王"做得很滋润，他有了地方财政税收等收入，就用这些聚敛起来的民脂民膏来扩张势力。在胶东时期，他从德国购买了大批武器装备，其中包括机枪、步枪、手枪、迫击炮等。后来该师到江西时，尚有金质驳壳手枪两支，一支由梁立柱送给卫立煌，另一支被梁立柱据为私有。这种金质手枪，系英国皇家卫队专用武器。刘珍年在扩军上舍得花血本，他还购买了探照灯、电影放映机和电影摄像机以及可以和世界各地通报的无线电发报机。

此外，二十一师全体官兵每人都有一件麻织的伪装网。

由此可见，刘珍年的二十一师武器装备之精良比蒋介石的嫡系部队有过之而无不及。

蒋介石对刘珍年大肆装备部队也有所耳闻，有人劝蒋介石趁早干预，否则待其翅膀硬了，麻烦就大了。蒋介石当然也明白这些，但他考虑更多的是要利用刘珍年在胶东的力量来牵制韩复榘。

蒋介石知道，刘珍年不服从韩复榘管制，刘愈强大，韩愈分心，蒋介石自己就可以省不少心。因此，他对非嫡系的刘珍年部搞的这些小动作，睁一只眼闭一只眼，他还想通过笼络的手段使之为己所用，完全听命于己。

1931年初，蒋介石在南京传见二十一师各团中校团副，对于当时蒋介石的部下来说，这是一种莫大的荣誉。

但刘珍年知道，蒋介石想利用这个机会，用金钱、美女、官职来拉拢分化自己的部下，因此，刘珍年不让这些军官亲赴南京，却用自己的亲信代替前往。

临行前，刘珍年特意叮嘱其亲信，说："你们表面要装作极尊重老蒋。

他若问其他人为何没有去，就说他们眼下训练正忙，一时走不开。请他原谅。"

刘珍年甚至还写了一封假惺惺的亲笔信，请亲信转达蒋介石，信中说了不少"万分感激"之类言不由衷的话。

蒋介石对于刘珍年的这种行为非常恼火。他看了刘珍年的亲笔信，立即撕毁，并连骂几声"娘希匹"。

蒋介石气归气，但他对刘珍年一时又无可奈何，只是内心又多了一个疙瘩，从而更加提防刘珍年了。

钦差大臣，自投罗网

刘珍年在胶东割据一方，称"山大王"，韩复榘在山东做"土皇帝"，两人都是以自我为中心，对南京政府当面一套，背后一套，这些都是蒋介石所不愿见到的情况。但对目前的局势综合衡量、权衡利弊，蒋介石觉得还没到兴师动众对他俩大动干戈的时候，他采取以毒攻毒的方法，利用刘珍年的力量来钳制韩复榘。

因此，继召见刘珍年部各团中校团副之后，蒋介石又从南京派出一个视察团去烟台，名义上是视察刘珍年部，实际上是策动和监视刘珍年部。

刘珍年为了维持他在胶东的地位，表面上也不得不应付蒋介石。因此，以李振武为团长的8人视察团受到了刘珍年的热情款待。

这些"钦差大臣"在对刘珍年进行密令行动：白天到刘珍年属下的各旅团去进行视察和检阅，夜晚便以私人名义进行拜访。

刘珍年见此情景，有点坐不住，他虽然明白蒋介石的走卒们来者不善，但没料到他们会来这一着。刘珍年暗暗观察了两天，他觉得视察团的大员们太肆无忌惮了，若这样下去的话，自己的部队就会被他们彻底分化，到时候，自己就将成为一名光杆司令。

刘珍年只觉一股冷气从背后袭来，他不敢往下想，直觉告诉他：无毒不丈夫，先下手为强。

经过一阵紧张的思考，一个干掉李振武等8人的计划在刘珍年的心中形成。

当天晚上，刘珍年找来自己的警卫连连长武建威，对他说：

"南京来的这几个鸟人，在我部造谣惑众，离间关系，我命令你去宰了他们！"

武建威答应了声，转身想走。

"慢！"

刘珍年又叫住了他，担心他不动脑筋，就问道："你打算怎么干？"

"暗暗进行，不留一点痕迹。"

武建威信心十足，做了个彻底干净的手势。

刘珍年点了点头，又把武建威叫到跟前，对他耳语一阵，拍了拍他的肩膀，说："你去吧！"

武建威立即挑选了20名士兵，他们都身强力壮，会些武功。武建威命令他们全部换上便衣，带上匕首，并简要地布置了一番。他最后语气低沉地说："你们要做得干净利落，不动声色，谁走漏风声，我就要谁的命！做好了，你们都会得到重赏。"

为了做到滴水不漏，武建威还派了4人到李振武等人住的旅馆里去侦察，看他们是否全回了旅馆。

不一会儿，就有一人回来报告，说"钦差大臣"中，在旅馆舞厅跳舞的有4人，在房间休息的有两人，还有两人去向不明。

武建威听后把手一挥，说："继续盯，查清所有人的去向！"

到夜晚11点半，又有一人回来报告说："舞会已经结束，4个跳舞者已回房间休息；另有两人在 11 点 15 分时，由第一旅第二团团长张于庚派人送回旅馆。"

"好，这帮兔崽子都进了窝，"武建威显得既兴奋又紧张，他捏着右拳在空中狠狠地劈了一下，说："前面都交代清楚了，还有什么不明白的吗？"

参加行动的人一脸严肃地望着武建威，回答说："明白了！"

李振武等 8 人入住的旅馆是一栋 4 层楼的古式建筑，每层都有十几个房间，他们都住二楼。因此，武建威安排了 4 人警戒，自己坐镇指挥，其余 16 人每两人对付一个房间的人，他要求大家同时动手，这样，即使有个别视察员在被杀时叫出了声音也对大局无妨。

12 点半左右，两条黑影一窜就进了旅馆登记室，挥拳打晕侍者，打开保险柜，从中拿出了二楼 8 个人房间的钥匙。

午夜静悄悄。偶尔一声不知名的虫鸣使夜间更显幽深、空旷。

凌晨 1 时整，16 条黑影同时闪进了 8 个房间……

半个小时后，这队人马出现在海边，将 8 个麻袋往海里一丢。几声沉闷的水声过后，一切归于寂静。

凌晨 3 点，一直在焦急等待消息的刘珍年终于等来了气喘吁吁的武建威。刘珍年迫不及待地问："怎么样？"

"杀了 8 条猪仔，小菜一碟！"武建威抑制不住内心的激动，吹起牛来。见刘珍年还在看着他，便又补充道："都解决了，干净，利落，不留一点蛛丝马迹！"

"很好！"刘珍年彻底放心了。他立即叫来侍者，吩咐道："搞几样好菜，拿两壶酒来！"

侍者应声急退。

第二天，烟台的一份报上就刊登了一条消息："南京派来的视察团李振武等 8 人，昨晚在旅馆被匪人杀害，二十一师师长刘珍年正在缉捕凶手。"

韩复榘看到这则消息时，脸上顿时僵住了。他没料到刘珍年竟胆大如斯！

而蒋介石收到刘珍年的来电后，也一看就知道是刘珍年干的好事，气得吹胡子瞪眼：

"娘希匹！刘珍年太狂了！"

末日降临，在劫难逃

"钦差大臣"被杀后不久，蒋介石密电韩复榘说："政府支持山东省将财政税收统一。"

韩复榘早就想把占据胶东的刘珍年赶走，将富裕的胶东地区控制在自己的手中。现在有了蒋介石的支持，便更加急不可耐了。

1932 年，韩复榘派了 3 个师到潍县集结，准备对刘珍年诉诸武力。

刘珍年得知韩复榘陈兵潍县，眼中冒火，他二话没说，也将部队摆到莱阳一带，准备应战。

韩、刘两军对峙，大有一触即发之势。

蒋介石本想利用韩复榘的力量消灭刘珍年，但一想到韩复榘除去刘珍年后，二十一师归己利用就比较难了，并且很有可能被韩复榘吞并。韩复榘的势力就更加壮大，对己十分不利，因此，老谋深算的蒋介石决定派人"调解"。

刘珍年的二十一师在"调解"的借口下，不得不离开胶东，被调往浙江温州。蒋介石见刘珍年上了钩，趁此机会，以江南山多水多，不宜骑兵活动为由，令刘珍年的骑兵团留在江北。

骑兵团是刘珍年的精锐部队，蒋介石一声令下，骑兵团不得不留在蚌埠，刘珍年的势力被削去不少。

刘珍年离开老巢，犹如猛虎离开了深山，处处受到牵制。他的后勤、粮食、军饷都由蒋介石供应。至此，他才后悔离开胶东。以他的精良之师对抗韩复榘，鹿死谁手还很难说。刘珍年后悔自己一时糊涂，把主动权拱手交给蒋介石，真是混账透顶！

然而此时，刘珍年别无选择了。

再说第二十一师通过海运到达浙江温州后，蒋介石又令刘珍年将其第三旅开往福建蒲城。

该旅到达蒲城后，在蒋介石的分化收买下，旅长张銮基通电脱离二十一师建制，归南京军事委员会直接指挥。这个旅更是二十一师精锐部队，全旅三个团的士兵都配有驳壳枪，具有很强的战斗力。

因此，刘珍年得悉张銮基的通电后，非常恼怒，立即电告蒋介石，声称三旅旅长叛变了，他要率其他两旅前去剿办。

蒋介石复电严厉制止刘珍年的行动，气得刘珍年要吐血。

就这样，刘珍年离开胶东不到两个月，实力便削弱了近一半。不久，刘珍年又接到蒋介石电令：开赴江西铅山、中阳等县。

刘珍年被折腾得浑身冒火，他知道蒋介石要一口一口将他的部队吃掉。但又没有解救的办法，只有走一步看一步，努力寻找新的机会。他强忍着怨气，率部开往江西，途经杭州时，恰遇梅雨天气。刘珍年决定在杭州暂驻一段时间，趁此想想下一步的打算。他将此想法电呈蒋介石，得到了批准。

蒋介石觉得杀刘珍年之事不能再拖下去了，他深知刘珍年的暴躁脾气，狗急跳墙时，什么事都干得出。蒋介石担心夜长梦多，后患无穷，因此，他密令浙江省保安处处长俞济时，设法擒获刘珍年。

俞济时接到命令，顿感为难，要想捕获一个握有重兵的师长，谈何容易！且不谈其师司令部两步一岗一哨，就是出门在外时，也是警备森严，难以下手。

俞济时召集亲信琢磨了好一阵子，最后决定以尽地主之谊为名派人送去请柬，请刘珍年吃饭，到时再找机会下手。

刘珍年接到俞济时"情真意切"的请柬，心里虽有疑惑，但想到人家是尽地主之谊，也是对自己的尊重，何况他只是一个保安处处长，谅他不敢对自己怎样。

因此，刘珍年决定赴宴，但为了以防万一，他带了不少护兵警卫。

到了赴宴这天，刘珍年果真带去了他的警卫近两百人，在俞济时的周围四下分开，像作战布防一样，弄得俞济时无从下手，也不敢下手，因为他寓所的所有杂役、侍者虽然多是警察所扮，但总数只有三十来人，再加上几个名正言顺的贴身警卫，也只及人家的五分之一。

俞济时对刘珍年说："刘将军辛苦了！"停了一下，又故意补充一句，"不过，吃一顿饭，弄得刘将军兴师动众，在下深感不安。"

俞济时补充的话本是试探刘珍年的，谁知刘珍年大大咧咧，毫不隐瞒自己的想法。他哈哈大笑对俞济时说："俞处长不必多心。常言道，害人之心不可有，防人之心不可无。江湖险恶，人心难测哪！"

刘珍年的这番话直说得俞济时脸红脸白，心跳不已。他极力镇定自己，附和刘珍年，连连说："刘将军见多识广，所言极是。"

为了打破紧张、尴尬的气氛，俞济时一边在前面引路，一边好意似的对刘珍年说："不过，在下今天设的可不是鸿门宴。"

"管它是红门宴还是白门宴，只要有好吃的，刘某就敢赴！"不知刘珍年故意装傻，还是真的没听清，他居然随口说了这么一句话。

俞济时不再说话，他明白刘珍年早有准备，他的计划已经落空。

因此，俞济时的"摔杯"动手信号一直到刘珍年走后也没有发出。

一心想讨蒋介石欢喜的俞济时一计不成，再生一计。他知道浙江省主席的父亲过几天就是八旬大寿了，他想利用这个机会来擒获刘珍年。

也许真该刘珍年气数将尽，他在接到浙江省主席的请柬时，居然放松了戒备，没想到这可能是个陷阱。他提着寿礼祝寿去了，仅仅带了几名贴身随从。

刘珍年的亲信武建威劝他多带些兵去，"多一个人就多一分安全嘛。"但刘珍年不听，他说："人家是喜事，带那么多兵去干嘛？不扫人家兴吗？"

武建威见劝不住，只好说："话虽这么说，你还是小心为佳。"

刘珍年刚要出门，他突然听到房子里一声猫嚎，回头一看，他那只心爱的白猫满头是血，在地上打滚。这只白猫是他一个星期前在街上买回来的，他十分宠爱。

宠物无缘无故受伤，刘珍年奔过去一看，竟是他挂在床头边的军刀掉了下来，正好砸在白猫的头上。

武建威见状，有了一种不祥之感，他对刘珍年说："司令，咱们不去祝寿了吧？"

谁知刘珍年眼珠一瞪，斥道："你今儿怎么了？有什么可怕的！"说完，他叫人照顾一下他的白猫，昂头走出了家门。

然而，刘珍年兴冲冲地带着礼品，刚刚跨过祝寿大厅的大门，就被早已埋伏的便衣警察七手八脚地绑了起来，几个随从也被扣押。

"你们这是干什么？混蛋，你们想干什么！"刘珍年大声吼道。

一个便衣警察朝他后背狠狠地砸了一枪托，几个人推拥着，将他押到俞济时面前。

俞济时对刘珍年讥笑道："刘将军，没想到你也有今天！"

"王八崽子，我跟你无冤无仇，为何要害我！"刘珍年狂叫。

俞济时冷笑道："你死期将近，还如此猖狂。实话告诉你。是蒋总司令要我们这样干的。你该明白了吧？"

刘珍年一听，脸"唰"地白了。

俞济时捕获刘珍年后，怕夜长梦多，当即派人将他押送南昌军事委员会委员长行营。

当时蒋介石正全力以赴在指挥"剿共"，懒得见刘珍年，他只是命令军法处从速审理。

几天后，刘珍年便以"纵兵殃民"罪被处决了。

野风未停，血溅西天。

第三部 毒杀

- 「大帅」吴佩孚之死
- 直隶都督赵秉钧之死
- 「四川王」刘湘之死

第十七章 "治牙病"的日本宪兵

——"大帅"吴佩孚之死

吴佩孚向曹锟立下了军令状

乱世出枭雄。

吴佩孚的军旅生涯开始于 1898 年。

那时，他在天津的"武卫军"里当一名勤务兵。

1900 年，八国联军进攻天津，吴佩孚所在的"武卫军"拼死抵抗，但因战斗力太弱，又孤立无援，被八国联军打得一败涂地。吴佩孚似乎早就看出"武卫军"绝不是八国联军的对手，在最后一次战斗开始之前，他化装成一个民工，躲进了老百姓的家里，后又设法逃离了天津。

尽管"武卫军"以溃散失败而告终，但在军队里的两年还是让吴佩孚尝到了不少甜头，不仅吃穿不愁，平时还可以在老百姓的面前耀武扬威。更重要的是，当时吴佩孚也看到了，清朝政权动荡不安，土匪、洋匪横冲直撞，谁有枪杆谁就是爷。因此，他下定决心要吃军伍这碗饭。

离开天津后，吴佩孚考取了李鸿章创办的开平武备学堂，后来又进入袁世凯在保定开办的陆军速成学堂。

1904 年，吴佩孚从陆军速成学堂毕业，被派往天津北洋督办公所参谋处工作，官衔为陆军中尉。从此，他正式成了北洋系中的一员。

吴佩孚的发迹始于 1909 年的那次关外剿匪，在剿匪中，他表现出来的军事才能得到了北洋大将曹锟的赏识。

那时东北的土匪被称为"胡子"。"胡子"们气焰非常嚣张。他们采取"你来我走，你走我抢"的办法来对付官兵，令当时负责关外治安的曹锟一筹莫展，大为恼火。

万般无奈之下，曹锟向部下求计。吴佩孚在参谋处工作，对"胡子"的所作所为非常清楚，心中早就有了一套对付"胡子"的办法。只是他见时机未到，没说出来而已。见曹锟问计，吴佩孚觉得自己出头之日到了。他当即毛遂自荐，拍胸脯向曹锟立下了军令状：只带一营士兵，配备20匹战马，在3个月内消灭"胡子"。对这个小小的中尉参谋，曹锟毫无印象。见他口气不小，曹锟虽然不以为然，但实在无计可施，遂抱着试试看的心理，任命他为剿匪特务队的队长，给了他一营士兵，20匹战马。

吴佩孚跟以往的那些官兵战术不同，他针对"胡子"的行动特点，采取"跟踪惊扰，守株待兔"的办法：派人监视"胡子"的行动，如果是小股作乱，就地予以歼灭；如果是大股出动，则派特务队在后面跟着，他们作案时马上出击，但不与他们硬拼。如此，"胡子"不能安稳作案了。相持了两个多月。"胡子"被特务队跟累了，跟怕了，只好决定先散后聚——先各自回到自己家里，待官兵撤了之后再集合。"胡子"这样做，早在吴佩孚的预料之中，正中他的下怀。"胡子们"一散，吴佩孚立即将特务队归整为零，守候在早已查清楚的"胡子"的家中……

吴佩孚剿匪成功，曹锟大喜过望。吴佩孚很快就被提拔为标统（相当于团长）。不久，他又被保荐为第三师第六旅少将旅长。

1916年，"讨袁运动"风起云涌。第三师奉袁世凯之命，开赴赵州南，阻击蔡锷的护国军，吴佩孚的第六旅为先锋。为了报答曹锟的知遇之恩，吴佩孚十分卖力，屡立战功。而且，他还舍生忘死，两次在危急时刻救出曹锟。对于这个像狗一样忠实、像牛一样卖力的部下，曹锟心存感激。后来，他在得了大势之时，便把第三师师长的宝座交给了吴佩孚。"讨袁运动"过去之后，吴佩孚通过大战的经历，深感军队的重要性，一回到保定，他就四处招兵买马，极力扩充自己与曹锟的势力。

1917年，张勋率辫子军进京复辟。吴佩孚又作为北洋政府讨逆军的先锋，调部从保定向北京进发。7月12日，他攻破北京城，打败辫子军，粉碎了张勋的复辟阴谋。

就在这时，革命先驱孙中山发动了"护法运动"。他以广东为根据地，成立了军政府，与北洋政府形成了南北对峙的局面。在对待孙中山南方军政府的问题上，以冯国璋为首的直系与以段祺瑞为首的皖系发生了尖锐的矛盾，段祺瑞主战，用武力统一南方；冯国璋则主张议和。作为直系大将，曹锟出尔反尔，先是主和，后来经不住副总统职位的诱惑，又提出出兵征服南方。

1917年，潭浩明以湘粤桂三省联军司令的名义占领了长沙，控制了湖南。冯国璋害怕联军与军政府联合，决定出兵湖南。

曹锟为攻湘军总司令，作为曹的心腹大将，吴佩孚为第一路司令，率第三军师攻下襄樊，直通羊楼司。

羊楼司是湘鄂交界的要隘，联军以得兵驻守，攻湘第二路司令张敬尧曾攻打过，但被联军打得落花流水。

吴佩孚到达羊楼司后，经过几天的观察，发现了联军的内部矛盾：右路的湘军遭到攻击时，中路的粤军全力援助；而在桂军受到攻击时，粤军却作壁上观，一枪不发。于是，吴佩孚利用粤桂矛盾，以小部分兵力佯攻中路，先以左路为突破口，一举拿下了羊楼司。接着，他又采用离间计，分化联军内部，结果导致联军发生内讧，最终弃岳州而去。

吴佩孚得到了岳州后，没作停留，乘胜前进，兵不血刃就占领了湖南省会长沙。接着，他又率部向南挺进，攻下了湘南重镇衡阳。

　　这次南征，吴佩孚劳苦功高。但他没有想到的是，北洋政府只给他授了"二等大绶宝光嘉禾章"，而没有半点功劳的皖系将领张敬尧则被授予了"一等文虎章"，同时张被任命为湖南督军。

　　吴佩孚对北洋政府的这种做法十分不满。他在打下衡阳后，就地驻扎下来，死活也不肯再往南走了。

　　北洋军取得湘鄂战争的胜利后，段祺瑞控制了北京政府。为了制约直系势力在北方的发展，他大力排斥曹锟，曹锟则为了确保在北京政府的地位，指示吴佩孚向段祺瑞提出撤回河北休整的要求。对于吴佩孚提出的要求，段祺瑞明白是曹锟在搞鬼。他知道吴佩孚不仅才干出众，而且实力不小。为了拉拢他，分化曹锟部属，段祺瑞对他好言安抚，并给他戴上了一顶"孚威将军"的高帽子。

　　段祺瑞给了脸，吴佩孚不好再说什么。曹锟虽是上级，是恩人，但自己更为重要。于是，他不再提出回河北，而是将注意力转向自己所处的湖南。他一面积极联络各路军阀，一面支持湖南正在进行的反内战、反卖国的民主运动，以收买人心，讨好南方民众。

　　1919 年，震惊中外的五四爱国运动爆发。中国人民在向全世界表示反对在巴黎和会上签字、要求废除丧权卖国的"二十一条"的坚强决心。对于这场学生运动，段祺瑞却视为洪水猛兽，竟下令镇压。与段祺瑞恰恰相反，吴佩孚则通电全国，表示支持。

　　吴佩孚对于五四运动的态度，不管出于什么目的，但有一点是可以肯定的，那就是与他早年所受的启蒙教育有关。

　　孩提时的吴佩孚清纯可爱，是他父亲的心肝宝贝。他父亲精通文理，常给他讲古代爱国民族英雄的故事。就是在父亲这种教育影响之下，他从小就崇拜明朝的抗倭名将戚继光，认为抗击外来侵略、保家卫国是无上光荣且能名留青史的事。后来，他又亲眼看到过日本军舰炮击蓬莱阁，将我中华名胜毁于一旦，故特别对日本人耿耿于怀。

有一次，吴佩孚重游蓬莱阁，回想起日本人的暴行，一时感慨激昂，填成一词，名曰《满江红·登蓬莱阁》。词中写道：

> 北望满洲，渤海中风浪大作，
> 忆当年，
> 吉东辽沈，
> 人民安乐，
> 长白山前设藩篱，黑龙江畔列城郭。
> 到而今，
> 倭寇任纵横，
> 风云恶！
> 甲午役，土地削，
> 甲辰役，主权弱，
> 江山如故，夷族错落。
> 何日奉命提锐旅，
> 一战恢复旧山河！
> 却归来，
> 永作蓬山游，
> 念弥陀。

现在，日本人要夺取山东，吴佩孚当然十分愤慨。他通电痛斥巴黎和会，甚至请求北京政府把军队调到山东，对日本作战。

吴佩孚的这些言行，博来了一片喝彩声，甚至被一些人称为"民族救星"。段祺瑞却看在眼里，火在心里。他认为这又是直系在跟他过不去，

曹　锟（左）
吴佩孚（右）

不禁对吴佩孚大加责骂。至此，直皖两系已到了水火不容的地步了。

1919 年 12 月，直系头领冯国璋病死，曹锟成了直系新的领军人物。

对曹锟来说，段祺瑞自然是其眼中钉、肉中刺，早就想除之而后快，只是时机尚未成熟。现在曹锟做了直系的头领，力大势众了，他便准备联合奉系张作霖等其他几个省的军阀，来对付段祺瑞。于是。他多次密电吴佩孚，要他带部北上，用武力胁迫段祺瑞下野。

对曹锟忠心耿耿的吴佩孚接到密电后，排除皖系的种种阻挠，于 1920 年 5 月率第三师离开衡阳，直指北京。

回到中原，吴佩孚立即致电各省，提出召开国民大会的建议。同时，他又以"不结交洋人，不借外债，不进租界"来标榜自己，取得了更多人的信任，威望一天一天地提高。

吴佩孚举师北归，段祺瑞非常惊恐。为了先发制人，段祺瑞胁迫北京政府总统徐世昌颁发了"大总统令"，处分曹锟、吴佩孚：吴佩孚"交陆军部依法惩办"，曹锟"褫职留任"。

曹、吴两人没把这道处分放在眼里，反而更加坚定了反段的决心。他们把直系军队全部集中到保定，并称之为"讨逆军"，由曹锟自任总司令，吴佩孚任前敌总司令，率军分三路向北京发起进攻。

在曹锟宣布"讨逆"的同时，段祺瑞也在调集兵力，准备与直系决一雌雄。他将自己的皖系军队改名为"定国军"。

1920年7月14日，酝酿了三年之久的直皖战争终于爆发。两方在京汉铁路沿线像发怒的公牛，开始了疯狂的厮杀，一时搅得天昏地暗。直系有备而来，吴佩孚的第三师又骁勇善战，加之奉系张作霖相助，"定国军"不是对手，只三天时间就被"讨逆军"打得溃不成军。

直皖战争以直系胜利而告终。作为直系中流砥柱的吴佩孚也自此成为本系的军事首脑。

几年的南征北讨，不仅使吴佩孚进一步认识到了军事实力的重要性，也使其萌发了称霸中国的野心。战事一停，他把军队集中到古都洛阳，在全军开展正规的军事训练，开始做"武力统一"的迷梦，妄想凭借手中的军队，统一天下，完成霸业。

"我这样做，就是为了统一全国"

吴佩孚既已掌握直系的军权，就开始实施他"武力统一的第一步计划"——训练军队，扩充实力。

洛阳，地处中原要塞，且周围地形错综复杂，是历代兵家必争之地。袁世凯曾于1916年拨巨款在城西的北邙山南麓建造军营。袁世凯垮台后，段祺瑞派他的边防军两个旅驻扎在这里。

吴佩孚非常重视对懂高深战术的军官的培养。为此，他成立了第三师军官研究所，培养初级军官。

在培养初级军官的同时，吴佩孚特别重视培养后备军。他采取学校与军队合二为一的办法，先后成立了学兵营和幼年兵团。主要招收河南各县的小学生和第三师官兵子弟。吴佩孚对这些孩子非常关心和爱护，经常亲自过问他们的生活和训练，同时对他们寄予莫大的希望。他常对孩子们说："将来，我就要靠你们给我带兵，担负起统一中国、收复被外国侵占的失地的重任。"

除了培养人才外，吴佩孚也开始用现代化的武器来装备他的军队。他先后成立了航空大队、无线电话队，配备了飞机、装甲车和电台等，还建立了一个飞机机械厂。

吴佩孚在洛阳扩充实力、埋头练兵的目的，是路人皆知的。对此，他毫不隐瞒。他曾直言不讳地对下属说："我这样做，就是为了统一全国，收回主权，恢复失地。"

奉系头子张作霖在直皖战争中帮助过吴佩孚，但自从吴佩孚屯兵洛阳，野心表露之后，他又忌恨起吴佩孚来。

张作霖认为，段祺瑞已经被打败，不可能东山再起了，再能起来与自己争天下的只有吴佩孚了。因此，为了钳制吴佩孚，他派人四处活动，南下浙江、广东等地，建立起了反对直系的"三角联盟"。

反过来，据有东三省，实力强大的奉系也是吴佩孚的心腹大患。他在完成第一步计划之后，又加紧实施他的第二步战略：打败张作霖，消灭奉系，统一北方。

当张作霖频频活动，建立反直"三角联盟"时，吴佩孚则密派使者南下，到广东与当地实力派军阀陈炯明联系，并达成协议；陈炯明采取行动牵制广州革命军不能北上。

这样，吴佩孚巩固了南方，使自己在福建、江西的部队没有了后顾之忧，可以集中精力盯住浙江的皖系军队了。张作霖的所谓"三角联盟"也名存实亡。

对吴佩孚的这一切，张作霖蒙在鼓里，他以为有了"三角联盟"，已稳操胜券，不久便率 12 万大军入关，分兵两路，直逼天津。

吴佩孚胸有成竹，毫不示弱，亲率 10 万主力迎战。

史称"第一次直奉战争"的大拼杀在华北大地拉开了帷幕。

在这次战争中，西路长辛店的争夺战最为激烈。奉系在西路配备了 21 门榴弹炮，实力很强。兼任直军西路司令的吴佩孚为了应付强敌，亲临第一线指挥。4 月 28 日，奉军开炮轰击直军阵地。为了减少伤亡，吴佩孚命令士兵都躲入树林。等炮声一停，又马上走出树林应战，这样奉军的炮弹打完了，直军也没有多大伤亡，等奉军的炮声再也响不了的时候，直军没有大炮的威胁，蜂拥而上，一举拿下了长辛店。

张作霖得到长辛店失守的报告，马上派大批援军迅速赶到，于 29 日拂晓夺回了长辛店。

张作霖夺回长辛店，吴佩孚岂能罢休！次日，他又来到战场，并亲自参加战斗。直军将士见其身先士卒，顿时精神大振，不要命地狂攻猛打。

正在相持不下之时，奉军第十六师师长邹芬阵前倒戈，直军大喜，一鼓作气攻下了长辛店。

这次战争，奉军损兵折将，共伤亡七八万人，可谓一败涂地，元气大伤。吴佩孚则大获全胜，"常胜将军"的名声也大了起来。

此后，吴佩孚和曹锟一起完全控制了北京政权。

取得了直奉战争的胜利，吴佩孚从此把洛阳视为福地。因为他正是在这里厉兵秣马，虎视天才，才有现在的踌躇满志。

打败了张作霖，曹锟以为从此便天下太平了。但他已不满足于现状，想当当总统了。

手里有强大的武力，当总统其实也不难。曹锟先是想方设法挤下孙中山和徐世昌这两个一南一北的总统，然后软硬兼施，半用武力、半用金钱胁迫国会议员选举他为总统，竟遂了心愿。

但是，曹锟贿送总统，吴佩孚是不赞成的。可惜曹锟听不进劝告，引起了吴佩孚的强烈不满，直系内部开始发生矛盾，出现了以吴佩孚为首领的"洛阳派"和曹锟直接控制的"津保派"之间的争斗。直系开始走下坡路。

张作霖看到直系内部出了矛盾，顿时觉得报仇雪恨的机会来了。他联合一直想东山再起的段祺瑞，以讨伐曹锟贿选为借口，再次进兵关内。

第二次直奉战争就这样爆发了。

这一次与上一次不一样。张作霖吸取兵败长辛店的教训，回到关外，闭门思过，卧薪尝胆，加强了对奉军内部的整顿。他一方面把大批年轻有为的士兵提拔为军官，另一方面建立了反对直系的"三角联盟"，而且利用直系内部矛盾，收买了直系大将王承斌、冯玉祥。

吴佩孚则不同，他打败了张作霖之后，以为武力统一全国指日可待了，就渐渐地目空一切起来。他觉得，中国之大，除了吴佩孚就再也没有第二人能带兵打仗了。虽然他也防过奉系的分化政策，但绝对没有料想到他素来视为心腹的得力干将会背叛他。

第二次直奉军战争是 9 月 18 日打响的。

第一阶段，两军对阵，战斗激烈，伤亡惨重，但没有分出胜负。

可是，到了 10 月 23 日，冯玉祥在北京发动了兵变，在吴佩孚的背上捅上了致命的一刀。

对冯玉祥的倒戈，吴佩孚又气又恨。他丢掉张作霖不管，直回北京平定"叛乱"。战争进入了第二阶段。

吴佩孚原以为冯部不堪一击，谁知他还没到北京，所带的两个旅就被冯部收拾得干干净净。

由于吴佩孚的离开，在前线替他指挥作战的部将张福来根本无法抵抗奉军强大的进攻。不久，直军兵败如山倒，全线崩溃……

直军战败的消息传来，吴佩孚全身发凉。他知道，过去的一切努力算白费了，自己统一全国的梦想也像肥皂泡一样迸裂了。

逃亡途中

吴佩孚被张作霖打败之后，知道自己在京津地区已无立足之地，于是登上"华甲"号海轮，准备到青岛登陆，然后回大本营洛阳重整旗鼓。

然而，控制着北京的冯玉祥怕他东山再起，于己不利，便悬赏10万元捉拿他；同时，重新上台的段祺瑞向全国发了通缉令，要将他逮捕。吴佩孚到达青岛后，再不敢上岸，只好继续南下，然后沿长江到汉口，转道回到洛阳。

吴佩孚原以为只要回洛阳，振臂一呼，召集残部，便可重建跟过去一样的一支强大的军队。他没想到的是，洛阳也今非昔比了，已不再是自己的天下。

吴佩孚在洛阳只待了四五天，就被陕西的刘镇华指使部下赶了出来。

洛阳待不下去，吴佩孚悲愤难当，但他还是觉得天无绝人之路。他想：别人不留我，难道我过去的部下也不留我吗？他决定去找自己一手提拔起来的正在湖北的萧耀南。

吴佩孚赴洛阳时途经湖北，萧耀南为报知遇之恩，曾亲到汉口迎接，还口口声声挽留他。那时，吴佩孚回洛阳心切，执意要走。萧耀南不好勉强，只能厚资相助，并派亲信护送他回河南。

但是，吴佩孚这次又失算了。萧耀南知道他又要来湖北之后，连忙派人传来口信，说"湖北治安环境不好，不敢保证大帅安全"等，委婉地对他关上湖北这道大门。

吴佩孚真正体会到了"树倒猢狲散，墙倒众人推"的滋味。但他不怨萧耀南，他知道，萧耀南也是不得已。因为自己是段祺瑞和冯玉祥的死敌，萧耀南就是有天大的胆子也不敢与他们作对。

万般无奈之下，吴佩孚住进了过去的部下靳云鹏在鸡公山的别墅里。

不知道为什么，吴佩孚躲在鸡公山的消息很快就被冯玉祥打听到了，立即派部将胡景翼率军直扑过来。

吴佩孚还没喘过气来，就如惊弓之鸟，连夜下山南逃。

1925 年 1 月，无家可归的吴佩孚几经辗转，来到了黄州。他实在逃累了，实在躲累了。他打算在这里住上一段时间，好好休整休整。但是，他还是不敢上岸，只好把"家"安在自己的船上。

过了两个月平平静静的日子，吴佩孚竟然很满足。

3 月 2 日晚，整个黄州都笼罩在一片黑暗之中，呼呼寒风和沥沥细雨，竟营造出一种别样的寂静。

吴佩孚在船舱里看书。他的副官和几名随从轮流着到舱外警惕地注视宽阔的江面。两个月来，他们都是这样过的。

突然，副官闯进舱来。

"大帅，有 8 艘军舰正在向我们驶来！"

8 艘军舰！吴佩孚顿感情况不妙：若不是冲我而来，若不是来捉拿我，用这么多军舰干什么？

"立即起航，开往岳州！"吴佩孚赶紧下令。

吴佩孚的果断，又使自己躲过一次灭顶之灾。这八艘军舰的确是来抓吴佩孚一行的。

原来，段祺瑞虽然重新组织了北京政府，但没有把军队的权力抓到手里，所以常常夹在张作霖和冯玉祥之间受气。在这种情况之下，他想到吴佩孚，想在他落难之时，将其拉拢过来，为自己组建一支军队。

段祺瑞尽管向吴佩孚发出过通缉令，但他是有所保留的。吴佩孚在鸡公山时，他曾派了几个手下到那里去请其出山。但吴佩孚对段祺瑞难以释怀，不肯为其所用。吴佩孚到黄州之初，段祺瑞并不死心，再次派代表来请。对段的代表，吴佩孚态度还算可以，但谈到出山之事，他总是心不在焉，顾左右而言他，双方最终不欢而散。

吴佩孚不愿为其所用，段祺瑞的火气又来了，他回想起直奉之间以往的种种过节，决定除掉这个潜在威胁。只可惜 8 艘军舰也没能逮住狡兔般的吴佩孚。

吴佩孚到达岳州后，受到了湖南军阀赵恒惕的热情款待。而且，在赵恒惕的策划和全力支持下，他很快就组织了南方 14 省联军，直系各部纷纷响应，似有东山再起之势。

这次直系力量的联合，从客观上讲还是段祺瑞和张作霖促成的。

张作霖在打败吴佩孚后，时时想着如何去独揽北京政府的大权。因此，处处排斥异己，特别将冯玉祥部和散布在南方的直系全部视为眼中钉，处心积虑地想消灭他们。同样，段祺瑞在培养自己皖系的同时，也把手伸到了南方直系的地盘。这样，南方各省的直系部队就感到了一种莫大的压力和危机。因此，当他们的老上级吴佩孚来到湖南组建联军时，他们便纷起响应。

吴佩孚组建了联军后，下决心要做的第一件事就是消灭冯玉祥。因为在他看来，他统一全国梦想的破灭，他危机四伏的逃亡生活，他无家可归的悲惨结局，无一不是冯玉祥造成的。他始终认为，如果冯玉祥不发动北京兵变，不在他的背后捅上一刀，他是不会失败的。特别是一想起冯玉祥对他千里追杀，他就恨得牙根都发痒。此时，曾是朋友的张作霖和冯玉祥也反目成仇了，因为冯玉祥支持张作霖的部下郭松龄倒戈，逼得张作霖差点下了野。张作霖也想除掉冯玉祥而后快。

就这样，两个死对头转眼又成了朋友，他们要联合起来向冯玉祥开火了。

冯玉祥思想比较激进，他所领导的国民军也开始支持国民革命。一心与人民为敌的张作霖、吴佩孚更坚定了进攻冯玉祥的决心。直奉联合讨冯的战争就这样开始了。

1926年1月16日，张作霖在山海关，吴佩孚在河南，几乎同时向冯玉祥的国民军（后改称"西北军"）发起进攻。冯玉祥处在南北夹击之中，形势十分危急。

为了保存实力，冯玉祥思虑再三，采取以退为守的策略，宣布下野，国民军也同时发表通电，表示拥护吴佩孚。吴佩孚却杀红了眼，他对国民军的通电置之不理，一意要将他们彻底消灭。

国民军为了生存，全军改编为7个军，在张之江和李鸣钟的率领下，退出了河北，向山西进军。

吴佩孚与张作霖的联合矛盾重重。他们为各自的利益一直在钩心斗角。对于如何消灭国民军，双方经过讨价还价，直到当年6月才达成协议：由吴佩孚指挥直军、已入关的奉军、直鲁联军及晋军各部，追击国民军。

双方的决战于6月底在南口展开。可是，在这次战役中，吴佩孚丢尽了脸面。战前他曾夸下海口，说不用10天就可以攻下南口。张作霖当然知道吴佩孚还是挺会打仗的，故对他深信不疑。谁知，这回吴佩孚指挥的军队与以前不一样，是七凑八拼起来的，不仅战斗力弱，而且根本不听吴的指挥，不肯为吴卖命。而驻守南口的国民军却是冯玉祥部最能作战的一支。吴佩孚猛攻了二十多天，南口还在国民军的手里。幸亏后来国民军为保实力不想玩命，主动撤走，吴佩孚才算进得南口。

就在吴佩孚向南口疯狂倾泻炮弹的时候，南方的形势却风云突变，北伐战争开始了。国民革命军以破竹之势连克湖南重镇，直逼武汉三镇。北伐军的作战对象就是各路军阀，吴佩孚则是其要消灭的第一个目标。于是，吴佩孚顾不得与张作霖争权夺利，待讨冯枪声一停，就连夜匆匆南下，妄图阻挡革命的历史洪流。

吴佩孚到达汉口时，北伐军先锋叶挺独立团已攻到湘鄂交界的汀泗桥。

吴佩孚顾不得休息，立即来到前线。他举起了望远镜向战场望去，不由倒抽了一口冷气：北伐军将士冒着枪林弹雨，踏着战友倒下的躯体，前赴后继，奋不顾身……这可是他从未见到过的。他知道，他碰上了有生以来最强劲的对手。

来不及多想，吴佩孚听到从自己阵地上传来阵阵骚动声。原来，北洋军吃不住北伐军的枪炮，部分官兵开始后退。

吴佩孚急出了冷汗。他立即下令组织大刀队，自己也拿起大刀在后面督战。但是，官兵们在独立团的勇猛进攻之下，还是一波一波地往后退。情急之下，吴佩孚挥起大刀，一顿乱砍，不久便砍下了十几个涌到他身边的士兵的脑袋。常言道：兵败如山倒。他依然阻止不了本部官兵的溃退。无奈，他只好下令全线撤退。

吴佩孚退到汉口后，四处发电求援，妄想组织力量对北伐军反扑，但求援电如石沉大海，而身边的北洋军将领都纷纷倒戈，吴佩孚只好逃离汉口，乘车北上。

吴佩孚兵败武汉后，张作霖落井下石，准备以"援直"为名乘势抢占地盘，挤垮直系。直系将领靳云鹏为了拒奉，决定联合北伐军，因而在吴佩孚到达郑州后不久，即逼他交出了兵权。

这时，冯玉祥也由苏联回国，接受了广州政府的任命，收降吴佩孚的部下张联升等人，又一次使吴佩孚收集残部的梦落空。

此情此景，吴佩孚终于意识到自己的风云时代一去不复返了。从此，他又开始了寄人篱下的流亡生活。

"大帅走好，鸣枪为你壮行"

吴佩孚在得势之时，虽然专横跋扈，目空一切，但也常对部下和一些小军阀施些小恩小惠。因此，在他后来逃亡的日子里，不少人向他伸出援助之手。

四川军阀杨森，在吴佩孚兵败京津时就曾向他发出过邀电。现在，他已接受了蒋介石的任命，投到国民革命军的旗下。但是，他还是没有忘记吴佩孚，又一次向吴发出邀请。

吴佩孚为了躲避冯玉祥斩草除根式的追杀，也为了联络在川的各路军阀，以等待日后卷土重来，决定带领他的大约五千残兵败将入川，投奔杨森。

张联升接到冯玉祥的命令后，一方面大肆招揽吴佩孚的部下，一方面再悬重赏捉拿吴佩孚。听说吴佩孚要逃往四川，冯玉祥立即率兵前往湖北，同时电令张联升予以阻击。

张联升接到冯玉祥的命令之前，已经收到吴佩孚的亲笔信。吴佩孚在信中尽说旧日之谊，并请他网开一面，借道让他进川。

张联升并非糊涂之辈，他深深懂得，军阀之间的生争死斗就如天上的变幻风云，结果无法预料。他不能排除冯玉祥、吴佩孚重归于好的可能，因为冯玉祥毕竟是吴佩孚的老部下；他也不能排除吴佩孚东山再起的可能，吴佩孚上次兵败京津、落难鸡公山就是例证。因此，他不得不为自己留条后路。何况，自己也曾是吴佩孚的部下，受过他不少恩惠。

主意拿定了，张联升便演起关羽放走曹操的那幕戏。他命令部下对吴佩孚"击而不阻"。"击"，是为了应付冯玉祥，还可以顺便捞点油水；"不阻"，一是为了给吴佩孚留点面子，二是为了让他尽快离开自己的地盘进入四川，免得给自己添过多麻烦。冯玉祥早就料到了张联升的这个算盘，不然他就不会千里迢迢、日夜兼程来湖北了。

冯玉祥到达湖北，张联升不敢轻心，只好硬着头皮亲自去追吴佩孚。

不久，张联升率军赶到汉水岸边。吴佩孚人马已经过江，但物资装备还在装船待渡。张联升一看，总算松了口气。他毫不客气地收缴了物资，却意味深长地向对岸大声喊道："大帅走好，联升我为你鸣枪壮行。这点东西就留给我作纪念吧！"经过这次打击，吴佩孚已如丧家之犬，惶惶不可终日，不仅灰心丧气，还得提心吊胆地过日子。

昼伏夜行地奔波了二十多天，吴佩孚一行到达四川奉节，被杨森安排住在白帝城的三义庙里。

这个时候，蒋介石已经背叛革命，对共产党和人民大众进行血腥镇压，并在南京建立了政权。

吴佩孚进川，成了蒋介石的一块心病。他怕吴佩孚野心不死，怕吴佩孚死灰复燃，怕吴佩孚联合四川各路军阀跟自己对着干，最终危及南京政权。

然而，四川不是别的地方，是杨森的地盘。他不能派兵去，也无法指望杨森帮忙。杨森虽然接受了南京政权的任命，但那是表面上，他绝对不会真正听命于自己。因此，他只好一面发出通缉令，一面派出特务，收集有关吴佩孚活动的各种情报。

冯玉祥本想在吴佩孚入川途中亲自将他捉住，计划落空之后，也只好把希望寄托在蒋介石的南京政府上了。

吴佩孚在杨森的保护下，总算暂时有个安身的地方。但是，他到四川绝对不是来养老的。一方面是为躲过蒋介石和冯玉祥的追杀，另一方面是东山再起的野心未死，入川不久，他又暗中活动起来，四处收罗残部，积极联络川军各部。

蒋介石得到有关吴佩孚的情报后，如芒刺在背。他既感觉到了吴佩孚的潜在威胁，也忌恨杨森的不配合。

不久，蒋介石与唐生智的湘军开战，他终于想到一条妙计：将杨森调出四川，然后占其老巢。于是他发布命令，任命杨森为讨唐西路军总司令，立带所部赴鄂西作战。

蒋介石这条所谓的"妙计"，其实不过是"司马昭之心，路人皆知"。杨森接到命令后，马上找到吴佩孚商量对策。

"大帅，蒋某要我出兵讨唐，你看如何是好？"

"子惠（杨森，字子惠）老弟，你可知道蒋某的用心？他调你出川，一可让你与唐生智彼此厮杀，消损实力，二可趁机抢占你的地盘。"

"还可让你我分开，使你孤立无援。真是一石三鸟！"杨森补充说。

吴佩孚略加思考，不由双拳紧握："我们何不来个将计就计？你先出兵鄂西，然后联合唐生智、孙传芳等，来他个反戈一击！"

"大帅高见。我们就这么干！"杨森也握紧了双拳。

后来，因为泄密，杨森这个计划以破产而告终。但蒋介石的"一石三鸟"打算也化为泡影。蒋介石知道，杨森这么做的幕后策划者肯定是吴佩孚。如此，他对吴佩孚更加惊怕，决心非除去他不可。

蒋介石占领武汉后，为了使吴佩孚失去靠山，也为报杨森密谋倒戈之仇，下令免去杨森的一切职务，并命令四川的另一个军阀刘湘讨伐拒交兵权的杨森，然后取而代之。

杨森内外受攻，不久就下台了。吴佩孚失去了保护伞，也只好另投别处。

又是一番昼伏夜行，吴佩孚历尽艰险来到绥定，想投奔驻兵于此的昔日朋友刘存厚。刘存厚与吴佩孚的确有很深的私谊，但杨森的教训使他不能不有所顾忌。犹豫再三，他最后还是派手下的一个旅长把吴佩孚接到驻地河市坝。

在河市坝，吴佩孚再也不敢狂言他的"复兴计划"，一怕连累别人，二怕招来更大的灾祸。但江山易改，本性难移，他还是偷偷地挂出了一块

"兴国军"的空招牌。

1930年，蒋介石陷入中原大战，无暇顾及吴佩孚。北洋残余势力纷纷出头，都派代表来绥定见吴佩孚，请他出山重整旗鼓。

吴佩孚看到形势的发展对自己有利，准备以"调解中原战争"为名出山。行动之前，他又是游说，又是通电，用"天下兴亡，匹夫有责""居中调解"等美丽的词语，把自己打扮成一名"和平使者"。

同年6月4日，吴佩孚率领他的数千"兴国军"从绥定出发，前往四川万县，寻找机会进军中原。

真可谓此一时彼一时，如今的吴佩孚已绝不是当年威风八面的"吴大帅"了。刚到万县，他就被奉蒋介石之命监视他的刘湘死死地拦住了去路。

中原大战结束后，蒋介石看到对付吴佩孚来硬的不行，决定改来软的。他取消了对吴佩孚的通缉信，并劝说其到南方去。蒋介石的如意算盘是这样的：吴佩孚到南方，既便于监视和控制，又可以利用他的余威号令南方各省的北洋残部。

老谋深算的吴佩孚一眼就看出了蒋介石的用心，决定将计就计，先答应蒋介石的安排，然后再借南下之名，行北上之实。

为了掩人耳目，麻痹蒋介石，吴佩孚以游玩为名，于1931年5月22日开始北上。在行程中，他多次发出电文，都是给蒋介石和南京政府戴高帽子的漂亮言辞。

7月底，吴佩孚到达甘肃武都。很快，他又迫不及待地联络力量，招兵买马，扩充实力。

蒋介石自知中计，大为恼火，立即电令西北军杨虎城消灭吴佩孚。杨虎城马上宣布出兵讨伐，并派部将马迁贤扣留正在天水的吴佩孚。

吴佩孚只好离开天水，前去兰州。刚到兰州，冯玉祥又马上电令驻守兰州的雷中田将吴佩孚"捉拿归案"。此时，杨虎城也率军入甘，吴佩孚只好放弃去兰州的打算，转而往北平去找他的"世侄"张学良——这是吴佩孚的最后一条路了。

由于有了张学良这把保护伞，吴佩孚总算摆脱了蒋介石和冯玉祥的追杀。但是，他万万没有想到，他最终落入了日本人的魔掌。

要与日本人"倔强到底"

1931 年，日本帝国主义发动了"九一八"事变，占领了我国的东北三省。为了把整个中国变成它的殖民地，他们又于 1937 年 7 月 7 日炮轰卢沟桥，发动了全面侵华战争。

全国人民在中国共产党的倡议和领导下，抗日活动日益高涨。

日本帝国主义为了达到"以华制华"的目的，极力扶植傀儡政府，物色在野军阀和失意的政客，鼓吹"中日亲善"，建立"大东亚共荣圈"。吴佩孚就是他们瞄准的主要对象之一。

前面说过，吴佩孚素来对日本人没有好感。在五四运动期间，学生们反对日本接收德国在山东的权益，反对"二十一条"，要求惩办亲日的卖国贼，吴佩孚对此是持支持态度的，他不仅亲自接待学生代表，表示愿意从自己做起，一致对外，还多次发电给政府，要求对日宣战……

如今到了北平，他对张学良把东三省拱让给日本一事大加指责，并要替张学良带兵与日军决战，夺回东三省。

但吴佩孚的野心是出了名的，谁对他都防范三分。张学良按照蒋介石的指令，对他敬而远之，从不谈出兵东北的事。

日本帝国主义也知道吴佩孚的野心，便投其所好，以帮助他扩充实力为诱饵，利用他在北洋政府时所树之威，号召百姓，建立亲日政权，从而削弱中国人民的抗日力量。

1924 年 9 月 8 日，美国《时代周刊》杂志
的封面上第一次出现了中国人的身影，他就
是吴佩孚

　　于是，日本方面频频出动高级特务，极力拉吴佩孚出山。

　　华北伪政权的头子王克敏，是日本的忠实走狗。他首先出马联络吴佩孚。他以请吴佩孚为高级顾问之名，每月送给吴所谓的车马费 4000 元。另一个汉奸头子殷汝耕逢年过节或在吴佩孚的生日，也必定送上个四千五千元。其他汉奸纷纷效法，找各种各样的理由，你三千我五千地给吴佩孚送钱。

　　吴佩孚对汉奸们送钱来的目的，心里十分明了。收下吧，怕被迫就范——这是他不情愿的；不收吧，自己的确到了贫困潦倒的地步——跟随他的二百多名亲信已闹了多时的饥荒。为了生计，吴佩孚打算走一步看一步，睁一只眼闭一只眼地让他夫人张佩兰如数收下。

　　日本人见吴佩孚收下金钱，以为他心有所动，就派王克敏来下聘书，请他去当"绥靖军事委员会委员长"。吴佩孚也不置可否。但他已陷入极度的矛盾之中：一方面，他只有依靠日本人，才能达到扩充实力的目的，才能在有生之年完成过去的梦想；另一方面，自己一向标榜抗日，若去当汉奸，"卖国贼"的骂名也实在不好受。

见吴佩孚没来当"委员长"，日本人心里急了。其特务头子土肥原决定亲自出马。

土肥原的出马，使吴佩孚更加意识到自己这块砝码在日本人心中的分量。但是，他也冷静地分析了当时国内外的形势：日本人必定会被中国人民赶走，只是时间问题而已，自己还是不能为了眼前的利益去背个"汉奸卖国贼"恶名。

土肥原来了三次，三次都被吴佩孚顶了回去。特别令土肥原恼火的是，在 1939 年 1 月 30 日，他专门为吴佩孚召开了一个记者招待会，为他准备了讲话稿，要他讲讲"中日议和""共同兴亚"之类的话。然而，尽管吴事先答应得好好的，可当着记者们的面却变了。他抛开讲稿，发表声明，"不出洋""不入租界"，还说要与日本侵略者"倔强到底"……闹得土肥原灰头土脸。

土肥原失败了，但日本人并没有弄明白吴佩孚心里的想法。他们以为吴佩孚之所以这样，目的是抬高自己的身价，因此并不死心。

1938 年 12 月 18 日，汪精卫公开投降日本，并准备在日本特务的帮助下，到上海成立汉奸政权。但日本侵略者总觉得汪精卫号召力远不如吴佩孚，因为吴佩孚毕竟统率过北洋军，于是指示汪精卫出面去请吴佩孚，并指定一高级特务川本协助。

汪精卫见日本主子一定要请出吴佩孚，心里很不是滋味。但他不敢不听主子的话。他十分清楚，若请不出吴佩孚，日本人就不会兑现帮他建立政权的承诺。没办法，他只好硬着头皮去拉吴佩孚。

川本则吸取土肥原失败的教训。他以拜师为名接近吴佩孚，并且重金收买吴的幕僚，形成层层包围圈，对他进行车轮战。结果，吴佩孚处在这个包围圈中，欲走不能，欲罢无计。

为了摆脱川本设下的圈套，吴佩孚思忖良久，最终决定采取以柔克刚的方法。他向川本提出了出山的条件：第一，以自己为核心组织新政府，这个新政府要有政治、军事实权；第二，日本人要划出一块势力范围归自己管辖。

吴佩孚的出山条件，实质是踢开汪精卫，独揽新政府大权。他认为这样一来，日本人就会死心了。他肯定日本人绝不会放弃已做了汉奸的汪精卫而答应自己。

然而，川本在得到上司的同意之后，竟表示愿意满足吴佩孚提出的两个条件。吴佩孚为难了：提出条件只是为了应付，并不是真的要去降日。而且，日本人今天可以抛弃汪精卫，难道明天就不可以抛弃自己吗？

无奈之下，吴佩孚又耍了一个花招。他向川本提出：日军撤出华北，并组织自己指挥的 30 万军队。

当然，这个条件川本是无论如何也不能答应的。日本人又一次失败了。

日本侵略者看来软的不行，就决定搞硬的。不久，日军侵华总参谋长板垣亲自出面，给吴佩孚下达了最后通牒：划出河北、河南、山东、湖北、湖南、江西六省，由吴佩孚在此组织汉奸政权，名称自定。

这六省是中国人民抗日烽火燃烧得最旺的地区，日本人把这块地盘拿出来，一是为满足吴佩孚扩充实力、独揽大权的欲望；二是为利用吴佩孚建立的傀儡政权抵抗抗日力量，达到"以华制华"的目的。

吴佩孚看到了日本人的险恶用心。他明白即使能建立起一个新的政权，也未必能在国人的抗日运动中站稳脚跟，与其到时落个"汉奸卖国贼"的骂名，不如现在拒绝降日，博个"民族英雄"的美誉。

而且，这时以英美为靠山的蒋介石害怕吴佩孚日后于己不利，也别有用心地大吹特吹"吴大帅"为抗日英雄。吴佩孚知道，蒋介石这番话说出来，自己还去降日，他将死无葬身之地。

于是，对于板垣的最后通牒，吴佩孚一拒了之。

日本人付出了不少的代价，吴佩孚却终不为其用。而且，他们还明白，吴佩孚既不为己用，就有可能倒向南京政府。若如此，以他在地方军阀中的威望，肯定会带来无穷的麻烦。于是，他们决定干掉吴佩孚。

1939 年 12 月 4 日，吴佩孚在北平什锦花园自己的住宅里经历着痛苦——他的牙病复发了。

吴佩孚静静地躺在床上，半边脸肿得老高，连嘴巴都张不开了。他的夫人张佩兰和幕僚害怕他有个三长两短，急得团团转。他们一个劲儿地劝他到东交民巷的德国人开的医院去治疗，可是，他还记得他说过的不与外国人打交道的话，死活不肯。

正在此时，一辆汽车开到了吴宅的大门口，车上走下北平汉奸组织"治安总部部长"、吴佩孚的老部下齐燮元，以及荷枪实弹的日本宪兵。他们声称是来为"大帅"治牙病的。这阵势哪像是来治病？吴佩孚的幕僚本能地出来阻挡。这伙人连骂带闯，硬是冲进了屋里。

川本一行径直走进卧室，就要给吴佩孚动手术。张佩兰见气氛不对，站在床前不让日本军医靠近。川本向宪兵们挥了挥，宪兵们如狼似虎，把张佩兰和吴的幕僚统统赶出了卧室。

张佩兰和幕僚们只好在门外焦急地等待。

不一会儿，两个护士出来，并下楼去了。张佩兰等以为要送吴佩孚去医院，更是不安。

两个护士又上楼来了，低着头走进卧室。顷刻间，卧室传出一声惨叫。

川本一行匆匆离去。张佩兰等人冲进卧室，见状目瞪口呆：吴佩孚双目圆睁，嘴角挂着血丝，床前的地板上一片鲜红……他，已停止了呼吸。

死者已矣，化为黄土。

黄土之中，灵魂在挣扎。

第十八章　替死鬼，冤大头

——直隶都督赵秉钧之死

猫哭耗子

许多人都在演戏。

那么，在历史的舞台上，权重一时的枭雄们的戏又是如何演的呢？

1914 年 2 月 27 日深夜，中华民国大总统府里的灯光在呼啸的寒风中若隐若现，比往日更加深远，更加神秘。

大总统袁世凯在卧室里来回踱步，毫无睡意。他像是在等待什么。

"叫克文来！"

侍卫听见大总统吩咐，急匆匆地去了。

不一会儿，袁世凯的次子袁克文气喘吁吁地走进了父亲的卧室。

"去天津那班人回来了吧？"尽管语气平缓，且有点漫不经心，袁克文一听却有点挂不住了。这是他父亲在这天晚上第四次唤他来，并第四次问他这个问题了。

袁克文知道，如果没有特别重大的事情，父亲不会对自己派出的一个检查小组如此关注的。

袁世凯重重地叹了一口气。

袁克文的心里十分沉重，他看了看父亲，没有回答，只是缓缓地摇摇头。

正在袁克文不知所措之时，忽听侍卫通报有人求见大总统。

袁克文刚想退出，袁世凯却向他招了招手说："克文，你等等。"

来人正是大总统府赴天津检查小组成员朱家宝。

朱家宝问安之后，径直走到袁世凯身边，压低声音嘀咕起来。

袁克文竖起耳朵，总算听到"赵秉钧""中毒""流血""死亡"几个词，听完朱家宝的述说，袁世凯表情痛惜异常，浊泪直流，好一阵子才平息过来。

"克文，你过来。"袁世凯叫儿子坐到自己身边，颇为动情地说："赵秉钧是我臂膀，今无故亡逝，我心痛不已。克文，明天你与朱家宝前往天津，代我吊唁吧。"

接着，袁世凯铺开纸，提起笔，一字一顿地写下挽联："弼时盛业追臬益，匡夏殊勋懋管萧。"并头也不抬地说："你们把这挽联带去。还有一万元治丧费……"

第一号亲信

赵秉钧，河南汝州人。1878 年，19 岁的他因没考中秀才弃文投武，进入了左宗棠所部楚军，随军进驻新疆，由于"边防得力"，屡有升迁。1899年，赵秉钧被提升为知县，补直隶保甲局总办兼统巡防营，以"长于缉捕"闻名官场。

野心勃勃的袁世凯就任直隶总督之后，四处网罗人才，培植党羽。赵秉钧深沉阴鸷，被袁世凯一眼看中，得到重用。袁世凯需要一个特务组织为他排除异己，镇压人民。因此，他派赵秉钧担任保定巡警局总办，和警务顾问日本人三浦喜传一起，"参照东西成法"，拟定警务章程，创设警务学堂选募巡警，不久便成立了一支唯袁世凯马首是瞻的巡警队。次年，直隶全省巡警网建成，袁世凯欢喜不已，将赵秉钧视为左右手。

1905 年，革命党人吴樾在北京火车站炸死出洋考察政治的五大臣，举朝震惊。赵秉钧奉命带天津侦探队队长杨以德进京破案，不久便弄个水落石出。清廷赏识他的才干，任命他为新成立的巡警部侍郎，由于袁世凯和巡警部尚书徐世昌对他极为信任，不久，赵秉钧就把北京的警政大权弄到手。从此，他把侦探、巡警布置到各个角落，不仅老百姓受迫害，就是达官贵人的一言一行也逃不出他的监视，甚至宫廷动静也在其注视之列，他成为了袁世凯集团的特务头子。

辛亥革命爆发后，袁世凯为了逼迫清帝退位，从 1912 年 1 月中旬就称病，不复入朝，赵秉钧就成了袁世凯的代理人，出面逼宫。在一次御前会议上，赵秉钧按照袁世凯的指示提出了内阁解决时局的方案，要求清政府和南京临时政府同时取消，而由袁世凯另在天津组织临时政府。当然，这个方案遭到京贵王公的一致反对。

赵秉钧对此极不耐烦地说："此案实为内阁苦心孤诣于万难之中想出来的办法，若不见纳，除了袁内阁全体辞职，别无办法。"说罢扬长而去。清廷无奈，只得答应清帝退位，而隆裕太后竟哭着求他保全母子性命。

袁世凯的目的达到了，赵秉钧也分得了红利，成为唐绍仪内阁的内务总长。

为了将内阁控制在自己的手中，袁世凯逼走了总理唐绍仪和陆征祥后，让赵秉钧代理。

考虑到同盟会在全国的影响，袁世凯授意赵秉钧骗取孙中山、黄兴等人的信任，于是，赵秉钧连忙请人代填了一份志愿书，加入同盟会，同时，他对应邀来京的孙中山和黄兴极表亲热。黄兴果然上了当，打算通过赵秉钧来实现他的"政党内阁"主张。

赵秉钧有了黄兴的左右疏通，内阁竟顺利通过。此时，同盟会已改组为国民党，赵秉钧当然就是国民党党员了。在他的内阁中，外交总长梁如浩、农林总长陈振先、司法总长许世英都表示愿意加入国民党，工商总长刘揆一也表示愿意恢复国民党党籍。于是，赵内阁就被人称为"国民党内阁"。

然而，谁都知道，赵秉钧加入国民党只是为了骗取孙中山、黄兴等人的信任而已，因此一旦大权在握，他就露出了本来面目。每当别人问起赵秉钧加入政党之事的时候，他就说："我本不晓得什么叫政党，不过有许多人劝我进党，统一党也送什么党证来，共和党也送什么党证来，同盟会也送得来，我也有拆开看看的，也有搁置不理的，我何曾晓得什么党来？"不仅如此，他还把国务会议移到总统府召开，一切听命于袁世凯，使内阁变成了袁世凯独裁统治工具。

赵秉钧如此能干，为袁世凯又立下这么大的功劳，袁世凯自然把他看成是自己的"第一亲信"了。

第一血案

对于袁世凯巩固个人独裁统治的做法，国民党内的有识之士是看得很清楚的，他们试图用某种手段来限制他个人权力的扩大，宋教仁便是他们最突出的代表。

宋教仁是湖南人，1882 年出生。1904 年他与黄兴、陈天华、刘揆一等在长沙创立革命团体华兴会，后去日本。1905 年中国同盟会在东京成立，他任司法部检事长，1912 年 1 月任南京临时政府法制局局长，同年 3 月，他在唐绍仪内阁中任农林总长。1913 年春，孙中山去日本，他被推为国民党代理理事长。

宋教仁是一个责任内阁制的积极鼓吹者，他醉心于西方资本主义国家的政党政治和议会政治。对袁世凯的专制独裁，宋教仁极力反对，并想通

赵秉钧

过组织一个健全的内阁来限制他的权力。袁世凯的权欲和野心极大，他绝不愿意充当一个受法律约束的总统，因此，宋教仁便成了他的眼中钉、肉中刺。

而赵秉钧一则是袁世凯的忠实走狗，谁反对袁世凯就是反对他；二则他想稳坐在内阁总理的位子上，因而对他的政敌宋教仁也有除之而后快的想法。

当唐绍仪内阁辞职时，宋教仁也退出了内阁，为了实现自己的理想，他拒绝了袁世凯的收买，离京南下演讲并布置国会选举事宜。

1913年初，国会选举揭晓，国民党独占优势，宋教仁兴奋异常，春风得意地计划组织真正的国民党内阁。眼看国民党真要得势了，袁世凯急得坐立不安，而赵秉钧见宋教仁要来抢他的头把交椅，也气恨交加。于是袁、赵两人一面稳住宋教仁，一面定下毒计，准备谋杀宋教仁。

1913年3月20日夜晚10点，宋教仁由上海启程到北京，黄兴、廖仲恺、于右任等到上海北站为他送行，谁知他刚刚踏进车门就中了一枪，黄兴等人急忙来救护，凶手安然逃去。

宋教仁中的是毒弹，伤势十分严重，虽经抢救，还是在 22 日凌晨与世长辞。宋教仁临死还没忘记他的责任内阁制，也没抛弃对袁世凯的幻想，他在致袁的遗电中说："望总统开诚心，布公道，竭力保障民权，俾国会确立不拔之宪法，仁虽死犹生。"

袁世凯听闻宋教仁遇刺，心中十分高兴，他一面假惺惺地表示慰问，电令"迅缉真凶"，一面指使报纸散布谣言，挑拨离间，转移人们的视线。然而，谎言掩盖不了事实，事情的发展大出袁世凯的意料之外。

就在宋教仁去世的第二天，一个自称董商的河南人到四马路中央捕房报案说："10 天前，我在文元坊应桂馨的家兜售古董。我们彼此熟悉，他拿出了一张照片来，叫我把这个人杀掉，许以事成之后，给我 1000 元作报酬。我只懂得做买卖，从来没动手杀过人，因此我肯承担这件事。今天我在报上看见宋先生的照片，正是应桂馨要我作为暗杀对象的那张照片。"

根据这条线索，侦探当天就在湖北路迎春坊 228 号妓女胡某家里抓住了应桂馨。次日，侦探搜查文元坊应宅，捉到了真凶武士英，并搜出了应桂馨与内务部秘书洪述祖往来的密电本函及函电多起，五响手枪 1 支。仅仅两天，案情大白了：杀人的主使犯不是别人，正是袁大总统和赵国务总理，同谋犯是内务部秘书洪述祖，布置行凶的是上海大流氓应桂馨，直接行凶的是流氓军痞武士英。

事情做得不干净，杀人内幕被揭穿，袁赵两人吓出了一身冷汗。但是，老练狡诈的袁世凯很快就平静下来了，他百般狡辩，矢口否认与宋案有关，而且，他指使洪述祖躲入租界。当上海组织特别法庭传讯国务总理赵秉钧出庭对质时，袁世凯收买了一个被天津女校开除的女学生，要她到北京法庭"自首"，诡称黄兴在各地组织了一个专门从事暗杀活动的"血光团"，她就是奉了黄兴之命，前来暗杀宋教仁的，北京法庭便据此传黄兴来北京听审。南北两个法庭，一个要传赵秉钧，一个要审黄兴，真真假假，假假

袁世凯

真真，是非莫辨。

在铁的事实面前，上海特别法庭审判结束，武士英已死在狱中，应桂馨被判刑下狱。但是，此时人们已将注意力转移到了即将爆发的南北战争上，杀人主犯袁世凯和赵秉钧竟得以逍遥法外。

特务头子赵秉钧因做贼心虚，不得不引咎辞职，但是，袁世凯认为"一个人越是想避嫌疑，这嫌疑就越会洗不清"。

于是，赵秉钧便改辞职为请假，袁世凯批了他 10 天假，后来他一再续假，不得已，袁世凯于 7 月 16 日批准他辞去国务总理的职务，改任步军统领兼管京师巡警。看来，若不是"宋公显圣"或"阴曹调卷会审"，他赵秉钧就没什么麻烦了。

兔死狐悲

应桂馨是上海滩上的一个流氓头子，被捕入狱之后，买通看守，与他的江湖兄弟取得了联系。7 月 25 日，这班流氓兄弟率领一批徒子徒孙冲进监狱，竟把应桂馨劫了出来，并立即把他送回青岛躲避起来。

可是，这个时候国民党正在忙于进行反袁的"二次革命"，人们的注意力也被枪炮声吸引了过去，应桂馨越狱一事竟无一人问津。

没多久，"二次革命"爆发后，袁世凯武力统一的梦想成为现实，辽阔中华成了袁家天下，在青岛躲避的应桂馨认为出头的机会到了，迫不及待地跳了出来。

应桂馨连接发表两个通电，要求北京政府为他"平反冤狱"。

他的第一个电报说："叛党削平，宋实祸首。武士英杀贼受祸，功罪难平。请速颁明令平反冤狱。"他将暗杀宋教仁看作是为国除害，而他则是有功之人，谈到作案，他竟轻轻松松，不躲不避！

应桂馨见第一个电报发出后北京方面没有反应，他又发出了第二个电报："宋为主谋内乱之人，而竟死有余荣，武有为民除害之功，而竟冤沉海底。彼国党不过实行宋策，而种种戏剧，实由宋所编制。当时若无武之一击，恐今日之域中、未必有具体之民国矣。桂馨栖身穷岛，骨肉分离，旧部星散。自念因奔走革命场已破其家，复因维护共和而几丧其身。伏求迅颁明令，平反斯狱，朝闻夕死，亦所欣慰。"对袁世凯来说，若为应桂馨、武士英等平反，就等于承认了自己是宋案的主使者，这样就会招来舆论的指责和国人的唾骂，于自己的统治不利，他本来就做贼心虚，怎敢再揭伤疤呢？

应桂馨到底是流氓出身，贼胆不小，他见袁世凯对他的电报毫无反应，竟于 10 月 20 日公然来到北京，住进李铁拐斜街同和旅馆，并和他的旧相识胡某时常往来。

对于这个无赖的到来，袁世凯颇觉头疼，他叫人给应桂馨送去了一笔钱，要他离开北京，去过隐居的生活。可是，应桂馨坚决要求袁实践诺言，给他"勋二位"和现金 50 万元，并声称少一件他都不干。袁世凯见软的不行，就派人去警告他说："老袁不是好惹的，你要动土莫要在太岁的头上动。"他居然指着自己的鼻子说："我应桂馨是什么人，他敢拿我怎么样！搞火了我全给他兜出来。"

应桂馨软硬不吃，袁世凯动了火，他找来军政执法处的侦探长郝占一，命令将应干掉。

郝占一带领几名侦探很快摸清了应桂馨的住处。1914年1月18日晚，4名侦探摸进了应桂馨的相好胡某的住宅，而应桂馨该晚恰恰不在，郝占一打草惊蛇。

第二天，应桂馨在得知郝占一夜访胡宅之后，察觉不妙，他急急忙忙收拾行李，准备离开北京。当他爬上京津铁路头等客车时，郝占一和另一名侦探已在车上等他多时了。

可悲下场

袁世凯扑灭了"二次革命"，赵秉钧获益不少，他不仅用不着担心有人追究宋案，而且还接替冯国璋担任直隶总督。他明白自己在袁世凯心目中的分量，他相信，只要袁大总统"万寿无疆"，他赵秉钧要权要官，要金要银是不成问题的，否则还算什么"第一号亲信"？

可是，没过多久就传来了应桂馨被杀的消息，赵秉钧为弄清事情的原委，立即派心腹去京打听。第二天，心腹就回来告诉他，是郝占一奉令在火车上将应桂馨杀死的。

赵秉钧似乎突然明白了：袁世凯原来是心狠手辣，有利就用你，不利就干掉你！一想起应桂馨的下场，他不免凄然泪下，然后又愤愤不平地说："如此，以后谁肯为总统做事？"

但是，赵秉钧又想回来，他认为自己为袁世凯立下了汗马功劳，算得上是袁世凯的心腹干将，无论如何，袁世凯总不会对他怎样吧！他又觉得应桂馨死得太冤，自己应该为他报仇，不然怎对得起死者呢？又怎么向应桂馨的兄弟们交代呢？

赵秉钧一时心血来潮，竟不向袁世凯打声招呼，就径自发电通缉杀应桂馨的凶手了。

在处理应桂馨之后，袁世凯就一直在注视赵秉钧的举动。

赵秉钧发出通缉令后，袁世凯大为恼火，刺杀宋教仁一事，别人追查到了他的头上，他好不容易才摆脱，如今应桂馨被灭口，赵秉钧又要追查，结果不又查到自己头上来了？新旧两笔账加在一起，他袁世凯就会吃不了兜着走，因此，袁世凯下决心"烹"了这条走狗，保自己太平无事。

袁世凯一面装作不知赵秉钧的内情，并且还在 2 月 19 日让他兼做直隶民政长，一面伺机下手。

赵秉钧是特务出身，为人精细，有一套侦探和反侦探、谋杀和防谋杀的经验，弄不好会偷鸡不成反蚀一把米。袁世凯仔细考虑之后，选择了下毒一手。

2 月 27 日，袁世凯派人来天津督署检查工作，一番例行公事之后，赵秉钧设宴招待。席间赵外出方便，北京来客迅速做了一下手脚，赵返回后端杯一饮而尽。不一会儿，便"腹泻头晕，厥逆扑地"。当天，这个专以杀人害命为职业的天才特务便魂归西天了。

赵秉钧的葬礼十分隆重。

第二年，袁世凯做了皇帝之后，他还被追封为"一等忠襄公"。

但是，赵秉钧若真能泉下有知的话，肯定会大骂袁世凯"猫哭耗子假慈悲"，因为正是袁大总统"遣人置毒羹中，杀人以灭宋案之人证者"，他赵秉钧才有如此下场。

然而，已作泉下孤魂野鬼的赵秉钧哪里知道自己是一个"替死鬼"呢？

琴弦已断。用手一摸，暗哑的音符布满了灰尘。

有谁在呜咽？

窗外，模糊一片。

第十九章　出师未捷身先死

——"四川王"刘湘之死

佛曰，一个人的能量越大，在世时的影响越广，做的善事多，那么，他（她）死后灵魂之烟便向天空飘去，这个人便进了天堂；反之，灵魂之烟便向地面坠去，这个人便进了地狱，成为魔鬼。所以佛祖告诫人们，活着要多做好事，要活得让人尊重你，即使死后人们也会发自内心怀念你，佛祖教谕的根本在于"因果报应"。

因此，大凡信佛的人，都活得宁静淡泊，于生无悔，于死不怨。

然而，尘世中，许多人做不到这一点。

有人说，一个人最大的悲哀在于不知道自己的价值在哪里，不知道活着的意义何在。

这种说法固然不错。然而芸芸众生，能够如此认真思考人生的又有几人？不说凡夫俗子，即使是一些"大人物"，在这个问题上也是糊里糊涂的。

在历史上颇有影响的军阀刘湘，本是一个比较精明的人，也颇有抱负，但在人生态度上，却表现得"不清白"。他曾发感慨："人生何益，人死何惧。生死由命，活而无味！"

对刘湘而言，其人生最大的悲哀除了不知道自己的价值在哪里之外，更重要的是，他死后还留下一系列谜团，连真正的死因也叫人说不清，道不明。

如此这般，刘湘的灵魂能安宁吗？

众所周知，刘湘是民国史上一个很复杂的人物，他资格不老，却在群雄并起、大小军阀数以百计的四川，脱颖而出，成为名副其实的"四川王"；他与蒋介石的矛盾甚深，却能在关键时刻归顺中央，消弭内战，并主动请缨出兵抗日；他有一定的政治军事能力，却极端迷信，认一个玩弄骗局的相士为他领军作战，结果大败，损兵折将。

美国人克鲁曾形容刘湘"有一个绅士的形貌，但其残忍却如一只苍鹰"。这个比喻较为传神地反映了他的真实形象。

由于刘湘的复杂经历和身份，他 48 岁去世，加之死前有些怪异，就被很多人出于各种目的加以渲染。民国史上大凡猝死的重要人物都被人想方设法地加上很多神秘的色彩。

刘湘虽不完全属于猝死，但由于死于抗战初期，因而他的死也被蒙上了一层厚厚的迷雾。

从学徒到四川第一人

刘湘，字甫澄，四川邑人，1890 年生。

刘湘幼年家贫，仅上了几年学就辍学回家，经人介绍到一个姓周的裁缝家做学徒。

周裁缝见刘湘朴实肯干，机灵乖巧，十分喜欢，不仅将生平手艺传授于他，还将唯一的掌上明珠周书许配给他。

读过几年书的刘湘不满足于将来仅仅做个裁缝。因此，他对岳父传授的手艺学得半心半意，每天思量着如何走出这种沉闷的生活。

凑巧，一天，刘湘正在做活时，有个会看相的王篾匠偶尔撞见了他，王篾匠见刘湘天庭饱满，英气逼人，大吃一惊。他悄悄告诉周裁缝说，如果刘湘去从军，将来可以官拜大将军，做到四川第一等人。

刘湘

周裁缝当然希望快婿能有番作为。

1906 年，周裁缝资助刘湘到潼川去投考"弁目队"，录取后赴成都受训。

不久，刘湘又进入刚成立的"军事讲习所"学习。

1908 年，四川总督赵尔丰开办"陆军速成学堂"，"军事讲习所"并入学堂中，刘湘在此接受了近两年的较为完整的军事教育，毕业后投入队伍中。

由于刘湘生活简朴，不嫖、不赌、不抽（鸦片），加之作战勇敢，因此升职很快。

1916 年，刘湘升任至旅长，1918 年，升任师长。

刘湘所率领的第二师在四川军队中最为精锐，因而此时他已成为川军精英。

1920 年，刘湘再走官运，任第二师军军长。此后在与各军阀的纵横争斗中，刘湘一度成为四川最有实力的军事将领。

1926 年初，刘湘与袁祖铭发生冲突。在与袁的战斗中，刘文辉、杨森乘机占据他一部分地盘，刘所辖地盘只剩下巴县、江北与璧山三县，但其兵力仍十分强盛，故被称为"巴璧虎"。

同年7月，蒋介石誓师北伐，刘湘被任命为国民革命军第二十军军长，名义上已归属国民党中央领导。

1930年，冯玉祥、李宗仁、阎锡山和汪精卫等改组派联合发动反蒋战争。

四川的实力派人物刘文辉、邓锡侯、田颂尧均表示支持冯、汪一方，只有刘湘、杨森站在蒋介石一边。

刘湘还故作姿态，派出部分军队进抵宜昌、沙市一带，待机作战。

冯、汪战败后，四川省政府改组，刘湘由川康裁编军队委员会委员长转任四川善后督办，地位得到提高。

不久，刘湘与刘文辉发生"安川战役"，刘文辉惨败，退入川边雅安一带，刘湘成为独霸一方的"四川王"。

1933年10月，刘湘被任命为四川"剿匪"总司令，统一指挥川省各军。

当时，中共在川北一带已经建立了稳固的根据地，刘湘为巩固自己的地位，开始进攻川北根据地，但由于其思想迷信，居然重用术士刘神仙，结果被打得丢盔弃甲，屡战屡败。

1934年12月，由于独霸四川的迷梦破灭，刘湘应蒋介石电召，前往南京晋见蒋介石。

在南京，刘湘获得蒋介石承诺，他在可保留对四川的控制地位的同时，须答应允许中央军势力进入四川。

回川后，刘湘在回答记者提问时曾说："四川'剿共'军事、省政、财政各问题，均与中央商定办法，如中央军入川'协剿'，改组省府，补助财政，整理金融诸端，将逐渐推行。窜湘赣共军，皆由中央军负责'清剿'。"

1935 年 1 月，由贺国光任主任的参谋团进入重庆。

2 月，四川省政府成立，刘湘任主席。

中央军事力量深入四川后，刘湘迅速为地盘、防区、财税问题与中央发生尖锐矛盾，他和蒋介石间的"蜜月"期即告结束。

刘湘与蒋介石之间的矛盾，最明显地表现在西安事变上。

西安事变种下谜团

1936 年 12 月 12 日，张学良、杨虎城发动西安事变。

蒋介石被扣留在西安，这在全国迅速掀起了一阵轩然大波。

事变发生时，刘湘正在四川大邑老家养病。

得到消息后，他立即电令驻上海代表刘航琛赴南京，向孔祥熙、何应钦表示四川态度。刘湘的态度十分矛盾，他一方面赞成营救蒋介石，另一方面又反对对西安用兵。其实这也是当时许多人的一种心态。

12 月 14 日，刘湘顾不上自己身体还没完全康复，急忙由大邑赶回成都，随之召集重要将领会商对事变态度。

刘湘希望利用事变之机重新树立自己在四川的优势地位。因此，他对南京要求其出兵营救蒋介石一事不置可否。

直到 12 月 18 日，在南京一再催促下，刘湘才发出通电，提出自己的四点意见。通电云：

一、望各省军政同仁，团结一致，极力拥护中央，以求国家之完整。

二、望各省军政同仁，团结力量，排除万难，在公共拥戴之中央领导下，冒百死御外侮。

三、望各省军政同仁，以政治赞渊中诩。稳定全局，促成和平解决之办法，以保全御侮救国之实力，以维我国家民族之生存。

四、望中柜当局，各省同仁，速谋有效之方，促劫持者之觉悟，恢复领袖之自由。

刘湘的通电，既没有明确表示反对张学良、杨虎城扣留蒋介石的行为，也没有表示赞成武力讨伐的方针。尤其对西安是否出兵，更是只字不提。

另外，刘湘还有一些相当暧昧的举动。当时有人写过一篇文章，提到过刘湘的一些情况。文中写道：

据（张学良）派往四川代表宋醒如谈：他到达成都后，刘湘显得极为兴奋，表示川陕唇齿相依，愿作后盾，二十五夜设宴为宋氏洗尘，甫就坐，而成都各报已刊发号外，报道张副司令已送委座离陕，安返洛阳，刘氏阅报大怒，当宋氏之面拍案大骂张副司令不止。

文中所述内容是否属实，暂且不论，但刘湘在此期间的确做过一些蠢事。比如，刘湘曾根据部下一些将领的建议，还准备接管南京在成都的一些军事设施和部队，其中包括军校和宪兵队甚至包括国民党成都市党部。

刘湘这些迫不及待的"不友好"举动，为南京与成都的关系蒙上了一层阴影。

1937 年初，中央军与川军之间剑拔弩张，大有一触即发之势，以致春节时，当局在成都禁止燃放鞭炮，以免被误认为中央军与川军互相开火，引发冲突。结果，这个春节，整个成都冷冷清清，如一潭死水。百姓多有意见，说刘湘与中央较劲，使大伙过了一个"死年"。

是年 3 月，为缓和矛盾，刘湘特派省府秘书长邓汉祥、建设厅厅长卢作孚和刘航琛等，代表他进京向蒋介石反复交涉，最后达成协议，决定四川军队由 50 万人裁减为 40 万人，其他空军、兵工厂亦交中央统筹办理，中央力量进一步深入四川。

对此结果，刘湘虽不满意，但也无可奈何。

病死、毒死，还是吓死？

七七事变爆发后，1937 年 8 月 7 日，刘湘奉中央电召，赴南京研商川军出川抗战事宜。

刘湘风尘仆仆抵京以后，立即发表谈话，慷慨表示：“决以川的人力、财力贡献国家，可以出兵 30 万，提供壮丁 500 万，粮食若干万石。”

8 月 14 日，刘湘由南京返川。18 日，即与各军商定共出兵 11 个师，其后又有增加。

当时，刘湘已有重疾在身，体力、精力均敷作战之需。但他仍决计亲自率军出川。他在战前作总动员时，用嘶哑的声音一字一顿地说：

“我多年来致力于四川的统一，并使四川确为中央的一个省份，但各方面仍不能如蒋委员长一样真正了解四川赤诚拥护中央统一的意愿。加以今年春天又发现使人误解的谣言。经此教训，使我大彻大悟，了解必须破釜沉舟、奋勇前驱的表现，才能使中央信之不疑。此次在京面陈蒋委员长呈请国府迁川，确系出于忠诚。若我不亲自出川，或将以为我尚有盘踞的心理，未必有够放心西迁。因此，为了国家民族的前途着想，我不能不亲自率兵出川。”

刘湘率军出川后，10 月 15 日被委派为第七战区司令长官。11 月 9 日，刘湘赴南京筹组第七区川军抗敌事宜。

这一时期，刘湘胃疾日益严重，已卧病在床。刘湘在吃了一系列药感觉起色不大后，对药物产生了抗拒的情绪。他对街头方士情有独钟。有个江湖骗子装神弄鬼为刘湘烧咒祛病，赚去大把钱财后，刘湘的病却并未好转。但他不怪这个骗子，反而将他招为军医。还有一个略通中医的道士，为刘开了一个奇特的处方，刘湘的病反而加重了，刘湘被折腾得七颠八倒。奇怪的是，他对这些江湖术士还深信不疑。也许骨子里对小时候那个算命先生过于崇拜，刘湘认为世间的一切都是命运安排好的，只有少数玄妙之人如方士、道婆、巫姑、相士等能够提前获悉一些奥秘。因此，重病之后，他并不显得特别怕死。

刘湘的病一天比一天加重，有时甚至陷入迷糊状态，情况十分危急。经蒋介石命令，由护卫把他扶上船，送往汉口万国医院治疗。

一个多月后，即1938年1月20日，刘湘在汉口病逝。

刘湘一直患有严重的胃病。他出身贫寒之家，后虽贵为一省之长，但自奉简约。其夫人周书也是出名的节俭，经常将放久变质的食物加热后照样食用，因此，刘湘很早就得了胃溃疡。到南京后，病情进一步加剧。

刘航琛在一篇回忆文章中写道："刘甫澄在南京时，正是螃蟹上市，他喜欢吃，但他有胃溃疡的毛病，螃蟹和醋吃多了，使他胃病大作，吐血厉害。11月2日，他叫我先回汉口，我是坐飞机去的，他在后面乘轮船来，带着他自己的医生和护士，住进汉口万国医院。"

后来的验尸报告称，刘湘患的是胃溃疡和糖尿病并发症，加之大量吐血，最终不治身死。

但是，关于刘湘的死因，历来有各种不同的说法。有的人说是戴笠假手护士下毒把他害死的；有的人则说因其与韩复榘勾结，事情败露，惊吓而死。后一种说法在《川军出川抗战纪事》中记载得最详细——

戴笠利用范绍增与刘湘的矛盾，在万国医院刘湘病房旁边弄了一个房间，要范绍增监视刘湘，并对范说："已掌握刘湘、韩复榘之间经常来往电报，就是翻不出来。"

有一天，戴笠侦察到韩复榘的代表来到汉口，立即通知范绍增注意。范绍增果然看见一个不认识的人，在医院与刘湘密谈很久，但不知来者是谁。为了更好地监视刘湘，范利用跳舞手段，拉拢刘湘的特别护士陶小姐，从她口里了解到刘湘的一些情况，向戴笠作了密报。

1938年1月5日左右，刘湘部的团长潘寅久从南京前线退到汉口。潘去看望刘湘军务处长徐思平时，看到了刘湘的一份电令，要求川军军长王乡赞率两个师驻扎宜昌、沙市，与韩复榘在襄阳、樊城的队伍取得联系，拒蒋入川。

潘寅久原是范绍增的老团长，又与范是同一个堂口的袍哥，他便急忙跑去，把电报内容告诉范绍增。

范绍增认为报仇的时机已到，连忙过江将此事告诉孔祥熙，转报蒋介石。

1月20日傍晚，蒋介石派何应钦到汉口万国医院看刘湘。

何见了刘湘说："韩复榘已被关押了。"

刘湘警觉地问："为什么？"

何应钦加重语气说："他的部队要开到襄樊去。"并当即"叭"地一声，把刘湘致韩复榘联合反蒋的密电稿甩在桌子上，说："你看这是什么？"

刘湘惊骇，知事已泄露，惶然不已。

何应钦走后10分钟，刘湘便大口吐血，昏迷不醒，抢救无效，当晚8时死去。

这段记载，绘声绘色，有细节，有因果，仿佛事情真是这样。

但据邓汉祥回忆，出事时，徐思平还在香港，根本不在武汉，所谓从他处看到电报一说便无法成立。

同时，以刘湘如此机警精明的人，他也不会轻率地把"反蒋"密电放在一个军务处长手上。退一步讲，即使徐思平是刘湘的亲信，刘湘把密电交给了他，他也不会随随便便放在书桌上，能够让潘寅久一下子就看到了。

另外，在中央入川已成大势所趋的情况下，亲自出川抗战的刘湘会否出此下策也十分可疑。

　　总之，有关刘湘之死的种种猜测，都难以找到足够的证据自圆其说。

　　一个人活得糊涂已经可悲，倘若死后，连死因都弄不明白，那更是可悲中的最悲了。

　　蝉无语，鸟无声。

　　月无痕，云无影。

　　然而，总有什么东西留了下来。即便是阴影，也是一道危险的开关。

第四部　自杀

第二十章　沉重的"厌世者"

——陕西督军阎相文之死

"你走了，你把光明留了下来；

我走了，我把阴影留了下来。

不是我厌世，而是不堪承受生命之轻……"

这首名为《致沉重的"厌世者"》的诗登在《字林西报》上，据诗作者莫里在附言中声称，此诗是献给三天前自杀身亡的阎相文的。

那是 1921 年 8 月 24 日，新任陕西督军不到两个月的阎相文突然吞服鸦片自杀，人们还在他的衣袋内找到一份遗书，上面写着："我本愿救国救民，恐不能统一陕西，无颜对三秦父老。"

堂堂督军，有权有势，难道真为"不能统一陕西"而自寻绝路吗？

恐怕其中另有玄机。

这玄机，诗人莫里哪里知道！

奉命督陕，荆棘满途

1920 年，直皖战争以皖系失败而告终。

树倒猢狲散，属于皖系的地方官也纷纷下台。

陕西督军陈树藩属皖系，直系首领曹锟、吴佩孚自然将他视为眼中钉，也准备让他下台。然而，陈树藩却是个不好对付的人，他拥有好几个师的兵力。而且陕西的形势特别复杂：北有以于右任为首的靖国军，南有郭坚的陕西民军，直系即使能占据西安，也不免要陷入两面夹攻之中，再加上一个阴险狡诈的省长刘镇华，曹、吴要想控制陕西就不得不费一番大力气。

经过一年的准备，曹锟终于下达了撤掉陕西督军陈树藩的命令，同时任命自己手下的第二师师长阎相文为陕西督军，并命他立即率自己的二十师、吴新田的第七师、张锡元的第四混成旅及冯玉祥的第十六混成旅入陕。

由师长升为一省督军应该是件大喜事，但阎相文受命后却忧心忡忡。他知道，曹锟、吴佩孚给他的不仅是副烂摊子，而且还要靠自己去抢过来。陕西民情复杂，兵匪横行，哪个不知？阎相文是忠厚胆小谨慎的人，在别人的指挥下带兵打仗还行，但若要他去独当一面、治理一方就有点为难了。可是，犯愁归犯愁，上司下了命令，他还是要硬着头皮去执行的。

令阎相文欣慰的是，第十六混成旅战斗力很强，旅长冯玉祥因处境困难，正寻求发展。冯玉祥接到进入陕西的命令之后，态度相当积极，主动提出愿为他承担攻占西安的任务。而且，陕西省省长刘镇华已发表通电，对他入陕表示欢迎。

稍事布置之后，阎相文即命冯玉祥率第十六混成旅为先头部队，经渑池、陕州入潼关，吴新田率第七师由荆紫关入陕，而他的第二十师殿后。

冯玉祥以前曾随陆建章来过陕西，对陕西的地理形势比较熟悉，因此进军十分顺利，在阳郭镇、灞桥等处打了几场胜仗之后，很快就陈兵西安城下。

陈树藩在接到曹锟、吴佩孚的免职令后，没把它当回事。他之所以敢抗拒免职命令，除拥有重兵之外，还因为受到了刘镇华的怂恿。刘镇华是个两面三刀的人。对于阎相文的督陕，他一方面表示拥护，另一方面却暗中要陈树藩拥兵自卫，并保证说，双方一交战，他就率部来援，然而，到冯玉祥兵临城下时，刘镇华却毫无动静。陈树藩自知顶不住冯玉祥的炮火，便放弃西安向咸阳退却。他刚出城门，刘镇华却带兵拦住了去路，将他的手枪和重炮营合部缴械。冯玉祥趁机率部穷追，陈树藩只得逃入南山山中，西安和咸阳便控制在冯玉祥的手中了。

冯玉祥的第十六混成旅在这次驱逐陈树藩的战斗中功劳最大，阎相文便看中了这支训练有素、战斗力强、又到处受人排挤的队伍，而且阎、冯两人的妻子都是河北沧州刘姓家族的女儿，说起来算是亲戚，于是为冯玉祥请功。但是，阎相文没有想到，吴佩孚素来对冯玉祥有成见，竟不准所请。他气急交加，一连发了3封电报言称，若失信于部下，以后不好讲话，陕西的局势也就无法控制了。吴佩孚拗不过阎相文的一再坚持，只得答应，但声明不给冯玉祥部加饷增械。

冯玉祥的第十六混成旅总算成了陆军第十一师，但是，生性多疑、凡事往坏处想的阎相文却感慨不已。他觉得，自己作为直系重将入陕西，这么一个小小的请求都是如此难以得到满足，以后还怎么说话。

阎相文明白自己的处境，因而处处推崇和信赖冯玉祥。而冯玉祥受到阎相文的重用，也有知遇之感。两人相处不久，竟成了无话不说的忘年之交，他们常在一起讨论陕西的局势，一致认为目前的困难是暂时的，前途是有希望的。然而，阎相文没有想到，困难比他估计的要严重多了。

粮饷无着，徒叹奈何

在军阀割据时期，军队的饷项和粮食往往靠自己解决，陕西的情况当然也不例外。

当时，陕西的驻军特别多。除了阎相文带去的3个师一个旅以外，还有地方部队井岳秀、田玉洁、田维勤、曹俊夫的4个旅和胡景翼的一个师，再加上郭坚的民军、刘镇华的镇嵩军及汾州的郭金榜部，总人数在 10 万以上。而最麻烦的是，陕西驻军大多独霸一方，各自为政，而且还强迫人民大量种植鸦片，以致财政和粮食供应特别困难。

阎相文把解决粮饷问题的希望寄托在省长刘镇华的身上，他对刘镇华的印象不错：自己奉命入陕时，刘不仅通电欢迎，而且还将从陈树藩那里收缴的枪械奉献给自己。

阎相文到刘镇华处商量粮饷问题时，刘镇华讨好他说："阎将军，这点事不用犯愁，我这儿现留有鸦片烟土价值数百万两，以此应军队粮饷保证不成问题。而且，我们陕西最富庶的地区也控制在我的手下。"

阎相文见刘镇华如是说，心里确实踏实了许多，不免对刘镇华夸奖了一番。

其实，阎相文初来乍到，刘镇华摸不清他的底细，怕他像收拾陈树藩那样来收拾自己，故百般奉承，多方讨好。时间一长，刘镇华看出了阎相文是一个忠厚可欺的人，便顿时改变态度，当阎相文找他催烟土时，他眼睛一翻，不紧不慢地说："阎将军，上次我不过是说说而已，其实哪有那么多烟土。"阎相文听了恨不得扑过去甩他几个耳光，可是，他没这个胆量。

冯玉祥、阎治堂（阎相文任督军后接任的第二十师师长）等听后，都建议阎相文给刘镇华来点硬的。阎相文则长叹一声，说："我也这样想过，可是，他拥有几万人马，而且，陈树藩部尚未肃清，郭坚部也有二心，我们无粮饷无着，怎能再起烽烟呢？"

刘镇华承诺的烟土一事成了泡影，而陕西的富庶之区也控制在刘镇华的手下，阎相文养不起兵马，整日唉声叹气，无可奈何。

食客如云，压力重重

除粮饷问题外，还有一事令阎相文大伤脑筋。

阎相文是奉曹锟、吴佩孚的命令入陕任督军的，因此，曹锟、吴佩孚对他来说有"栽培之恩"。曹锟、吴佩孚两人权倾朝野，找他们求一官半职的亲朋故友多如牛毛，以致他们无法全部安插。

阎相文率部入陕，对曹锟、吴佩孚来说自然是一个好机会。因此，他们把两百多名退职军人、失意政客及亲戚朋友交给阎相文，要阎相文"好好照顾"。这还不算，这些人又带来了更多的亲戚故旧，浩浩荡荡地跟着阎相文到陕西来"走马上任"。

阎相文一则脱不开情面，二则不敢得罪上司，自然要打算安排这些人。可是，阎相文当上督军后，陕西并没有成为他的天下，特别是在用人行政方面，省令所能到达的地方，只有北起渭河，南至秦岭之间宽阔约六十里的狭长的地区。在这样一块小小的辖区之内，却驻有他带来的三师一旅和刘镇华的镇嵩军各部。而这些部队的头头脑脑也各有自己的人，陕西这个地方已经人浮于事了。这样，对曹、吴交给他的这一班人，阎相文就更"心有余而力不足"了。

如果说无法安插情有可原，慢待他们就说不过去了。因此，能安插的安插，不能安插的也得养起来。阎相文按资排辈，将他们或聘为顾问，或委以参议、咨议之类，作为督军署的食客，每天开几十桌酒席来款待他们。

可是，与曹锟、吴佩孚沾亲带故的这班人，远道来陕并不只是为了混碗饭吃，他们的兴趣在于升官发财。因此，不管阎相文怎样款待他们，他们都不满足，三天两头便来找他要官要钱，闹得他睡不好觉，吃不好饭。这些人是有来头的，阎相文不敢得罪，只得耐心解释，并说只要陕西局面经过整顿，问题就可以得到解决。阎相文有耐心，可食客们却没有耐心，继续纠缠不清，阎相文又气又怕，索性就不跟他们见面了。

食客们见达不到目的，就纷纷写信给曹锟和吴佩孚，说阎相文只知任用他自己的人，对他们根本不予重视，甚至还说阎对于直系的人敷衍了事，而对皖系的人反而优礼重用。曹、吴见信之后，不分青红皂白，多次写信诘问责难，而阎相文不敢申辩，他知道对曹、吴进行解释是没用的，只好把痛苦闷在心里。

事情就这么奇怪，堂堂督军竟被一群食客搞得狼狈不堪、压力重重，阎相文曾对手下人说过："看来，我不死掉是没有清静日子过的。"

斩杀匪首，反遭责骂

阎相文算是倒霉透顶了，因为他好心却办了件"坏事"。把一个吴佩孚正要起用的土匪头子杀掉，弄得吴佩孚大动肝火。事情的经过是这样的：

在陕西凤翔、岐山一带有一支数千人的武装，叫作"陕西民军"。陕西民军的首领就是郭坚，郭坚是个自命不凡、行为放荡却小有才华的豪强人物。他起初打着"靖国军"的招牌与各方联系，交游甚广，曾受到陕西地方一部分上层人士的赞许。后来，郭坚在陕西西部招收了几千名土匪，编入地方部队，这就是所谓"陕西民军"的来历。

郭坚在凤翔、岐山一带进行封建割据。他不仅在辖区内横征暴敛，还纵容部下四处骚扰、奸淫掳掠、无所不为，尽管当地百姓纷纷到省告状，但陈树藩、刘镇华对他毫无办法。

阎相文督陕之后，便把整顿地方秩序列到议程上来。一天，他跟冯玉祥、阎治堂、张纪（阎相文的参谋长）谈起了郭坚。冯玉祥对郭坚纵兵殃民十分恼火，极力主张为民除害，其他人也有同样的想法。阎相文一则考虑到郭坚民愤太大，不除不行，二则也是为将来兵进陕南追剿陈树藩扫清道路，便同意了冯玉祥的主张，并要兼任陕西西部剿匪总司令的冯玉祥具体执行。

冯玉祥命部下骑兵团团长张树声负责将郭坚"请"到西安来，但他没把"请"郭坚的目的告诉张树声。

郭坚有一个叫张聚廷的好友，他和张树声曾同在一个帮会里共过事，算是"同门兄弟"。张树声想通过这层关系请动郭坚。郭坚在张聚廷和张树声的陪同下走到咸阳时，突然说自己做了个不吉利的梦，不肯前往西安了。张树声怕向冯玉祥交不了差，百般解释，说阎督军请他绝无恶意，只是敬重他的为人，还说有作为的人不应迷信等。郭坚终于释然，来到西安住进了张聚廷家里。

张树声洋洋得意来向冯玉祥复命，他说："郭坚这小子真不识抬举，督军和师长派人专请，没想到他做了个梦，竟要半途折回，真是令人好笑。"

冯玉祥微微一笑："好了，你能把他请来，就算不辱使命。"

第二天，冯玉祥和阎治堂联名宴请郭坚，郭坚在张聚廷的陪同下满面春风地来到西关军官学校的宴厅。郭坚见参加宴会的只有七八个人，心里觉得有点不对劲，他还没来得及细想，学校的围墙突然倒塌，隐藏在后面的伏兵全暴露出来。郭坚的随从正在厢房吃饭，见状大惊，立即与冯玉祥的士兵冲突起来，冯玉祥见事机已泄，立即指挥士兵一拥而上，将郭坚牢牢捆住。冯玉祥将阎相文的手令拿出给郭坚看了看，然后下令将他枪毙了。请郭有功的张树声事先不知此事，竟吓得跳窗而逃了。

枪决郭坚的消息传开后，陕西舆论大加称赞。然而，此事不久传到了吴佩孚那里时，他正在汉口计划进攻宜昌，西取四川。吴佩孚要利用郭坚从陕南进入川北，牵制川军，曾答应郭坚事成之后将论功行赏。但是，他没有把这个计划告诉阎相文。吴佩孚没想到阎相文一枪把郭坚崩了，这不但打破了吴佩孚的计划，也失了吴佩孚的威信。盛怒之下，吴佩孚写信对阎相文大加责骂，阎相文觉得跳进黄河也洗不清了。

1921 年，陕西督军阎相文自杀身亡，冯玉祥继任陕西督军，接掌西北兵权

欲哭无泪，自导绝路

阎相文初到陕西时本是想有所作为的，他没想到陕西情况这么复杂，困难这么严重，事情这么棘手。既然自己缺乏魄力，在陕西无法打开局面，阎相文顿生退意，但一想到自己这么一大把年纪，督陕还不到两个月便狡猾退出，肯定会遭别人耻笑，便又动摇了。

再者，曹锟、吴佩孚将他派到陕西，是让他牢牢控制陕西，为他们效命的。而今若两手空空回去，曹锟、吴佩孚肯定也不会放过他。思前想后，阎相文突然有了四大皆空的意念，他似乎看到了极乐世界里那种没有欺骗、没有压榨、人人平安相处的理想生活。在那里，谁也用不着害怕谁，谁也用不着讨好谁，要怎么样就怎么样，多么美妙啊！

阎相文的鸦片瘾发作了，恰在此时，参谋长张纪来访，于是两人躺在烟榻上，一灯相对，边吸边谈，动情之处，张纪叹气连气，阎相文则泪水涟涟。直到午夜，张纪才恋恋不舍地离去。

张纪走后，阎相文还没睡意，他又想起了刘镇华的烟土，想起了被杀的郭坚，想起了盛怒的吴佩孚……他强迫自己静下心来，排除杂念。但他做不到，眼前依然是刘镇华那奸笑着的嘴脸，是郭坚临死前那惊恐的目光，是吴佩孚那杀死腾腾的模样……

阎相文再受不了折磨，他长叹一声："我，还是死了好！"

决心已定，阎相文提笔在纸上写好遗书，折好放进口袋，穿戴整齐，然后抓起大烟，大把大把地往下吞……

第二天凌晨，督军署里人声嘈杂，医务人员、卫兵慌作一团。

尽管办法用尽，阎督军还是坚而决之地到他的"极乐西天"去了——

我走了，那些云彩也跟着我走了。

洁白的云彩来自贫瘠的黄土地。

那是我的故乡，

那是我的天堂。

纵使我丢不下绫罗绸缎，

纵使我丢不下人间繁华，

我的心也早已走了。

我的魂也早已去了。

人们爱说就让他们说去吧。

我没有什么可议论的。

我做了自己想做的事。

就这样吧。

再见。

第二十一章　督军自戕"谢国人"

——三省巡阅使李纯之死

为什么天地之大容不下你?

为什么人间奢华留不住你?

1920 年 10 月 12 日，对中国许多老百姓来说，这是一个极其平常的日子。但是这一天，对当时的南京市民来说，却不同寻常。

天刚蒙蒙亮，他们便感受到一种异常气氛，只见街头增岗加哨，喊声不断。到处都是警灯闪动，警车尖叫。一队队荷枪实弹的士兵在大街小巷跑动。许多习惯于晨练的市民赶紧缩回脖子，回到家里，关上门窗。远远地有人惊叫一声，给这座城市增加了几分神秘和恐怖。督军署门前更是人来车往，进出人员个个表情肃穆，不少人暗暗嘀咕，这究竟出了什么大事呢? 不久，省警察厅向民众发布了一则通告，通告云:

敬启者:李督军于昨夜时钟自戕（系勃朗宁手枪），弹由左肋入腹。

王夫人闻声一响，惊起，仰卧床上，意为上痰，即延官医须藤治疗，时始检出弹壳手枪，并遗嘱亲笔信三封。大意国事多艰，不能挽救如意，惟有自戕以谢国人……

消息传开，闻者无不感到突然和震惊。省府南京，乃至全国，人们都在惊愕之余，纷纷议论;李纯身为江苏督军，新近又被中央任命为三省巡阅使及南北和议北方总代表，国庆期间还被授予英威上将军衔，其名誉地位已是够显赫的了，权势如此之大，为何还要自杀?

当时民众看到、听到的都是军阀间相互厮杀，或政敌们出于政治目的相互谋杀，其手段之残忍、影响之恶劣虽匪夷所思，却见怪不怪、习以为常了。而今竟有军阀因为国为民而以身殉职，自甘一死以谢国人的，岂非怪事？于是人们便有了各种猜测，有的说某督军与其不和，暗中派人行刺，有说是革命党所为。因为李纯一向对革命党不善，声称凡革命党要一律斩尽杀绝，激怒了革命党。他们不惜重金请了顶尖杀手，说得有鼻子有眼的，令人不得不信，京城则盛传此事件系张作霖复辟前之动作，杀鸡给猴看，以儆其余……一时谣言四起，人心大乱，一些地痞流氓借机搞打砸抢，吓得富人纷纷逃往城外，以至国务院不得不出面辟谣云云。那么，李纯是不是自杀，或者说，作为李纯这个人，有没有自杀的可能呢？其实，就在大家议论纷纷，全国上下都被闹得沸沸扬扬的时候，那些与李纯接近，较为了解其人的最有发言权的人们却始终保持沉默，他们虽对李之死感到震惊，却并不以为怪。社会上一些有识之士也认为，李纯之死，与当时复杂的政治环境有关，是内外因素交互作用的结果。

悲剧开始

李纯，字秀山，直隶天津县人，生于 1874 年。其父荣平曾为天津府衙门刑房帮办书吏，家世甚微。李纯有一叔叔经商，颇有资产，因无子嗣，于是将其收养。李纯 17 岁那年，喜欢惹是生非，常与乡邻斗殴。挨打者每每找其叔叔要钱要物，令其叔叔苦不堪言，打算让李纯走出家门，这正合李纯心意。不久，心高气傲、有"猛男"之称的李纯经其姐夫谭靖推荐，成为天津北洋武备学堂的学员。当时的学监是徐世昌，所以，李与徐有师生之谊。徐世昌对李纯颇为看重。每次训练表演，他都要让李纯露一手。李纯也总是不负厚望，把所学本领表演得淋漓尽致。因此，李纯在学堂小有名气。

李纯毕业后，他委婉地拒绝了徐世昌的推荐，独自到江湖闯荡。当时袁世凯正在小站练兵，他便投靠在袁氏门下。李对操练很用心，阅兵时多有表现，平时待人乖巧机灵，故又受到袁世凯的赏识，再加上徐世昌也调到此间任职，所以，不久李纯就被提升为小队长。从此，李纯一帆风顺，官运亨通，逐级提升，至宣统三年（1911年）时，李纯已成为北洋第六镇标统。

若无战争，李纯恐怕难再有提升的可能，至少发迹不会如此之快。所谓"乱世出英雄"，战争为军人提供了用武之地。

这一年辛亥革命爆发，清廷被迫起用袁世凯。野心勃勃的袁氏在与清政府讨价还价后，派出北洋两军向革命军疯狂反扑。提督段祺瑞为第一军军统，直隶总督冯国璋为第二军军统，李纯统辖的第十一混成旅即归冯指挥。起初，李纯态度并不积极，认为这是清廷利用汉人自相残杀，后冯国璋向他交代说："你的心情我知道，我军到此并不是为了保护清政府，而是另有拥戴之人：打此一仗只为取得某种军事平衡，目的达到，即可停战。"李纯见冯国璋把他当心腹之人，颇为受宠若惊，遂连忙服从，于11月2日攻下汉口，27日攻下汉阳，隔岸炮击武昌，却并不过江。这正是袁世凯的旨意，打的是"敲山震虎"牌，一面武力威胁革命党，一面威迫清政府向其退让，达到一箭双雕的目的。

孙中山将总统之位让于袁世凯后，袁因李纯战功，将其提拔为第六师师长，派驻九江镇守使。此时冯、李等人实力大进，疑心太重的袁不免猜忌，于是又下令任李纯为护军使，并派人接任师长的职务，李猜出袁氏用意，急辞护军使，以保住师长的实权。

1913年，由宋教仁遇刺案引发二次革命。李烈钧奉孙中山之命，在江西组织讨袁军。南北两军在湖口地区展开激战。李烈钧、林虎是有名的虎将，曾打得李纯险些支撑不住，后由于讨袁军内部分化，战术又不协调，加之北洋援军又及时赶到，于是反败为胜。

二次革命失败，革命党暂时退却，李纯却因湖口一役，名声大振，被袁世凯升任为江西都督，兼民政长。当时有人对李纯心怀忌恨，遂散布谣言，说李纯如何狂妄自大，谁都不放在眼里。李纯听后，也不加理论，更不加追究，只是淡然一笑，倒还有些自知之明。事后他对部下说："我受总统知遇之恩，不得已而为之，以同胞杀同胞，违背天理，丧失人道。"又说："我以中央之财力兵力，临于一省，此后妻借夫之宠而欺前妻之弱子耳，且烈钧之退，绌于军火财力，军士之心未尝涣散也。令我继其后，正以军纪民政不及烈钧是惧，又何敢自满哉！"从中可以看到李纯含而不露、阴险狡诈的一面。

李纯在江西4年，作为一省最高长官，他很看重自己的声誉，暗暗下定决心，一定要搞好工作，让那些妒恨他的人口服心服。为此，他大力整治军队，悉心联络地方，对剿匪亦较尽心，使治安有所好转。百姓对军阀只求平安相处，没有更高的要求，所以比较起来，李纯在政界名声还算不错。江西土匪多，是世人关注的一个问题。李纯曾对一西方记者谈了他的看法。他说："赣省有匪，我何不敢讳言，今惟偏僻之乡或有劫掠之事，而又多设警备队，闻警游击，后当日益减少矣。惟肖来灭匪徒无匪盗。君自海外来，试思以租界警政之缜密，而匪盗犹诛不力督军队捕匪？便事理实在如此，今日救国之事，必先裕民生计而后可耳。"

李纯这席话，虽未完全触及本质，但也还算得上较深刻的见识了。

正当李纯准备大干一番的时候，不料，发生了袁世凯称帝之事。李纯心知此举有逆潮流，曾密电袁氏放弃此念，被袁世凯斥为忘恩，李纯左右为难。据传，李纯曾流泪对家人说："吾受袁氏厚恩，万无背叛之理，然千辛万苦所成之民国，何忍坐视其灭亡？倘果正式宣布改变国体者，吾惟与之惧尽而已！"言下似有杀身取义之意。正所谓自古忠孝、忠义难以两全，李纯受传统礼教影响，亦被困扰。那些日子，他心急如焚，却不知如何是好，只能醉生梦死，图一时痛快。后反袁呼声日高，南方护国军起义，在此大潮推动下，李纯遂下决心，与冯国璋、张勋、靳云鹏、朱瑞等联名给袁去电，促其取消帝制以安人心。五将军均为袁氏北洋军干将，后院起火，对袁世凯政治上、心理上打击甚大，不久即忧愤西归。

在袁世凯图谋称帝前，北洋军内部已经开始了新的分化组合。袁世凯死后，这种分化就明朗化了：皖系以段祺瑞为首；直系以冯国璋为首；后来居上的奉系以张作霖为首。还有地方上的大小军阀，相互依附，但左右中国政局的仍是北洋派。经过一番明争暗斗，最后各派达成妥协；推中立派黎元洪为总统，冯国璋为副总统，段祺瑞为国务总理兼陆军总长。政治利益暂时平衡，彼此相安无事。李纯与冯国璋同为直隶天津人，李纯又随冯国璋征战南北，颇受冯国璋的重用，是直系理所当然的中坚，在府院之争、张勋复辟，挤安福倒老段等一系列政治事件中，李纯都与冯国璋保持一致。

1917年张勋复辟失败，冯国璋接任大总统，不得不离开南京去北京就任。但江苏乃富庶之地，是直系赖以敛财的大本营，冯国璋当然不会轻易将这块肥肉拱手让给别人，思虑再三，最终决定将此间掌管大权交给小老乡李纯，较为放心。于是调李纯到江苏任督军。

声名越来越大、地位越来越高、权势越来越显赫的李纯后又与江西陈光远、安徽王占元结成联盟，号称"长江三督"，与在京城的冯国璋遥相呼应，冯身为总统，许多不便说不便做的事，均由李纯出面去做，这必然要遭到皖、奉两系的嫉恨，李纯的悲剧由此开始。

弃世之念由生

心理医生认为，一个人能厌世自弃，必有其外因和内因，李纯处在那

冯国璋

种政治动乱的年代，在他身上折射出社会的种种矛盾，当这些矛盾斗争所造成的压力使其无力承受时，他就有可能以自杀的方式逃避。

那么，李纯当时受到哪些压力呢？

多年来，史学界对此说法不一，但归纳起来，主要有三条。

第一，南北和议问题为李纯自杀埋下伏笔。

自辛亥革命以来，中国政治逐渐形成了南北两大政治版图。北方主要是北洋派系组成的北洋政府，南方则是滇桂军阀与孙中山先生的政治组合。

李纯所处的长江流域，正是南北势力交汇之处，极为敏感。当时皖系势力颇大，段祺瑞强硬要求政府以武力统一南方。奉系张作霖入关后，也持同一态度，目的都在扩充实力。若交战，李必首当其冲，他当然不愿折损自己，为他人火中取栗；而且若允许皖奉军入内，无疑是自己所辖地盘的威胁。

因此，为对抗皖奉两大派系，冯国璋和李纯一直是积极主和的。求和心切的李纯甚至私下与南方各派联络，订立和约。

此举却得罪了皖奉两大派系，特别是皖系对李纯恨之入骨，曾以督军团名义发电,大骂李纯为北洋叛逆。

张作霖、段祺瑞又施压冯国璋,要将李纯撤职查办。

冯国璋在主战派压力下多次让步,唯撤职一事死不松口,李纯才得以保全。李纯作为和议的倡导者,多次以调解人身份与各方交涉,处心积虑欲使和谈成功,当时被人戏称为"高级邮差"。

李纯全身心投入调解角色,是想由此成就一番事业,若和议成功,全国统一,倡和之人必名标史册。但他没有想到,各军阀之间的利益很难调和,况且又有各强利益掺杂其间,和谈始终如一头雾水,不能实现。

直到1919年第一次世界大战即将结束,西方各国抽身关注起中国的利益,于是在英、美、日、法、意五国共同干预下,南北双方终于同意和谈。

北方和议代表原拟由李纯出任,因安福派作梗,后通行证为朱启钤。

和谈会址原定在南京,由李纯作东道主,无奈南方不同意,才改为上海。

此事大伤李纯脸面。不过和谈期间,北方代表多次与李纯密商,且代表费用也多由李开销,所以有人称李纯实际上为北方代表后台,这为李纯的悲剧埋下了伏笔。

和谈是在全国人民强烈呼声中和五国列强所谓的"和平劝告"下召开的,双方都并无诚意,只是做个样子给世人看。南方势力弱,不愿被北洋政府吞掉,和议只是为其赢得喘息的时间,应付而已。

最能说明这个问题的是,南方代表会议经费还是由唐绍仪以个人名义在金星保险公司自筹的,会议期间亦无任何原文记录。和谈有多重要,由此可见一斑,而北方若同意南方条款,徐世昌总统的名分就成问题,北方代表中安福派占其半,本就不同意和谈,其间,安福系代表吴鼎昌致朱启钤电云:"昌意,同人态度似应强硬,力往决裂一方做去。"

这样,和谈会开开停停,勉强维持了三个月,最后以双方总代表辞职告终。值得一提的是，李纯曾代表长江三督，吁请双方重开和会，试图挽救，未果。

1920年6月，和谈又莫名其妙地匆匆重开。

但不久，北方直皖战事重起，南方粤桂战争爆发，正所谓"南与南不和，北与北不和，南北又复又不合"。和谈幻想彻底破灭，李纯劳命伤财，心灰意冷，从此再也不提此事。

随后，在直奉联合打垮皖系后，曹锟、张作霖自恃有功，把持了新政府。

张作霖公开指责李纯既不出钱也不出力，所以只象征性地给他安了两个头衔：其一是使其伤透心的南北和议总代表，其二是徒有虚名的长江巡阅使。

对这两项任命，李纯悲愤难耐，坚辞不就。

第二，举荐省长、财政厅长等问题，为李纯自杀拉开了帷幕。

在军阀纷争的年代，李纯绝无超脱名利场的可能，他与其他军阀一样，既想吃掉别人，又怕被别人吃掉，所以不断地扩充军备，扩充军备已成为李纯及其军阀的生存的本能。

李纯任江苏督军期间，每年军费开支已达960余万，大大高于冯国璋坐镇时期的军费开支。而江苏一年财政税收入1450万，扣除了行政、警备队开支，所余不到900万，尚有较大的缺口需要填补。直皖交战时，急需大批经费，曾由王克敏出面筹措了30万。

另外，为拉拢张勋旧部，李纯将白宝山、马玉久部扩编为师，二人升师长，战事结束后，李纯呈文请政府正式任命，白、马二人原以为简单得很，不过是办个手续而已。不料，北京却以"现为裁兵之际，何能再添军费"为由驳回任命，令李纯大光其火，尴尬不已。

白、马二人闻讯，匆匆赶到李府，说了不少没面子的话。临走时，两人故意激李纯："李督军向来一言九鼎，在北方有举足轻重的位置。今督军已向北京方面举荐鄙人，尽心尽力，只怪鄙人无能无德，没能得到北京方面的认可。尽管如此，鄙人对督军还是感激不尽。"

这番话，直说得李纯脸红一阵白一阵，十分不好受。

由于受白、马二人追逼，怕落个"自食其言"的骂名，故只能在设法自筹军费的同时，一面呈请中央仍正式任白、马为师长，一面又任命文和为财政厅长。

因江苏为江南首富，若得一亲信尽心搜刮，庞大军费开支还可能维持，明眼人一看便可知其中奥秘。

但此次人事变动，李纯显得有些草率。

而另一方面也恰恰反映他很无奈，因为此次他是提名俞纪琦为财政厅长，遭反对后才举荐文和，期间他还提名王克敏为省长人选。

李纯自认在江苏四年，名声尚好，苏人多少会给些面子，他没想到，在省长、财政厅长人选问题上，遭到江苏民众空前激烈的反对。

当时，全国要求废除督军制及要求各省自治的呼声甚高，矛头直指割据各地的军阀。李纯的这一举动，等于火上浇油，不仅省议会议反对，各地方联名抗议，而且报纸舆论几乎天天发文抨击，甚至有抗税、扬言要赶李纯下台的。

李纯声望由此大跌。

李从前一直以"军人不干民政"来标榜自己，此时亦成为把柄遭人讥讽。

客观地说，李纯所保荐的两个人自身形象本来就不好，并非江苏人排外所致，王克敏狂嫖狂赌在京城是出了名的，才能虽有，名声太臭。

李纯面对苏人抗议，曾解释说："我李某做事，不过怜其才耳。"

不料苏人不吃李纯这一套。群众的眼睛是亮的。苏人早已看出李纯是以爱惜人才为幌子，其实目的是为我所控、为我效力。

文和是李纯在江西时认的干儿子，随李赴江苏后，掌管江苏烟酒公卖及两淮盐运使肥差，早有贪污之名。

今李纯再以干儿子为一省掌财权之人，苏人不得不疑其用心：公耶，私耶？

故撕破脸面也要一争。

李纯当时处在这些无法解决的矛盾之中，他要想在江苏立住脚，就必须把握住财权。

可另一方面，地方支持也很重要，没有老百姓的支持，无异于沙滩上的鱼，何况，他又是一个很注重自己形象的人，经常做些施恩施惠的事。

比如，他要求司机在繁华地界不许开快车，遇老弱要停车；将原督军署灯具拆去一半，以示节俭；在家乡办义学，捐资南开，支持江苏兴办实业，对各民意机关也刻意搞好关系，对报纸舆论尤为注意。他专门做了一个剪贴簿，将报纸有关自己的评论收集起来，题名曰"知我罪我"，作为检点自己言行的参考。所有这一切，都为他的所谓"仁政"涂脂抹粉，并赢得了公众的一些赞誉。

可如今，李纯多年精心树立的形象却被毁于一旦，心理上所受的打击难以忍受。据传，李纯又是一个易伤感的人，骨子里很脆弱，好读书，每晚睡觉前必读书，读到动情处，即掩卷而泣，夫人开始常慰，日久也就习以为常。

有人看见，李纯自杀前数日，每次看报都要大哭一场，在当时的军阀中，李纯还算是一个很要脸面的人。

第三，身体诸原因为李纯自杀点燃了导火索。

李纯有烟癖，日久成疾，一时不吸即腹泻，此病使他备受折磨。

李纯曾再三请辞"长江巡阅使"及"和议代表"之职，每次都特别提

李纯

到"操劳过度，脑眩失眠""卧病呻吟，泄泻不止""恳准给假，易地调养"云云。

当时，许多人猜测李纯是因为不满意对他的任命而寻找借口。因为自古以来，托病请辞已成为一种最常用的政治手段。就近的例子，江西督军陈光远与李纯关系甚密，可因李纯被任命巡阅使受其辖制，遂请病假不出以示不满，使李纯大受刺激。

所以尽管李纯真想调养治病，外人也以为他是醉翁之意不在酒。而事实上，李纯受和谈破裂及省长、财政厅长人选遭激烈反对的打击，身心俱疲，心灰意冷，确有避世的念头，可徐世昌为维系政治平衡，不许李纯请辞，多次挽留，后勉强同意让其休假一月，不管病好不好，还得继续上任。

在众多压力下，李纯似乎找不到出路了。

他曾对一亲戚讲过自己的心态，他说：

"南北分子不一，意见不一，各争其地盘若一，两无以餍其欲，万难望其统一，则为南北议和代表难，某督某督，皆我之兄弟行，一则进虑其倒戈，一则有愿辖于苏之宣言；某新督虽为我前日所保荐，安知非貌合神离，则为三省巡阅使难；我保省长及财政厅和，又不见谅于苏人，则以后之行政难。明令去职，而政府不我许，隐身逃世，而家人又不我许，真所谓上场容易下场难耳！"

言毕唏嘘久之，李纯的病在此种心情中只会每况愈下，弃世之念由是而生。

自杀还是他杀？

可以说，李纯有厌世之念头已非一日，在电文中他曾将"披发入山，与世永别"等语下意识地说了出来，令人惊愕不已。他也曾对人言，倘此次和议不成，"予之身家性命将随之俱去"。

后来，他又常以佛经消遣，自题曰"吾生何足恋，吾死何足惜，生死等闲事，无喜亦无戚"。

这种种迹象表明，李纯做出自杀决定，当在1920年10月初。从10月1日至11日，李纯开始做一系列周密安排，下面是他这段时间的工作日程原始记录，从中可以看出他去意已决，死前从容而平静。

1日，召秘书周嵩尧议事，对他说："君看齐帮办如何？齐帮办很能干，所惜年纪不到，尚少阅历。……吾总望你和他同心协力才好……"欲言又止，泪已盈眶。帮办齐燮元是李纯一手提拔起来的接班人。

李纯在遗嘱中推举齐接任督军位置，怕其资历浅不能服众，故要求周从旁协助。

3日，李纯召军需长，交代说："军需一切账目，须赶快结得清楚。"

总之，不要授人以柄，也不要带累自己罢了。

当天，又电召皖督张文生，请其速来南京，有事相托。

张文生计划 11 日到，后迁延一日，结果，李纯已弃世，令他追悔莫及，扼腕不已。

4 日，其弟李桂山将返京。李纯向他详尽地交代家产及他办实业处置办法。李纯还有一内弟在某旅当营长，亦对其说："我的督军不能做，你的营长也干不长。现我谕军需科拨大洋 7000 元，给你回家购置田产可以此养活自己及家人。"

10 日，省长齐耀琳前往探病，李纯对齐耀琳言："君虽有伯道之戚，但有女有侄，我则孑然一身，又病苦剧，有何活人之趣，李虽有妻姜，却无子女。"

李纯曾自解自嘲地说："我国如此，必有灭种之忧，与其他灭之，何不我自灭之？无子何足悲，有子何足喜也。"

11 日，省议会开幕，议员黄炎培等人对财政厅人选问题发表意见，言辞甚激烈。副官刘玉珂答应向督军转达，先与齐帮办商量，齐嘱刘："督军病中，万不可多说。"

故刘只略述议会反对提名俞纪琦、文和，其他事只字不提，李纯听后仍难过不已。

11 日上午 11 时，李纯忽问左右，前几日送机器局修理的勃朗宁手枪修好没有，副官即打电话询问，机器局立即派人送到。

李纯检视一番后收入皮箱内。

当天下午 3 时，李纯散步走到门房，索要当日上海报纸，答报纸尚未到。因近几日，李纯每阅报必痛哭，故下人有意隐瞒。

至傍晚 6 时，李纯又问报纸之事，回答如前。

李纯始知下人骗自己，乃强命将报纸送上。

李纯阅后又顿足大哭。他自言自语地说："我在苏数年，抚衷自问，良心上实在可对得住江苏人。今为一财政厅长，如此毁我名誉，有何面目见人？人生名誉为第二生命，今无端辱我，活之亦无乐趣。"

王夫人急请齐燮元、李廷玉等人，劝慰半晌，李纯侧卧在床，不发一言。

众人以为他要休息，遂一一散去。

傍晚7时，李纯忽传副官、卫兵等预备进京，并嘱夫人随行，意欲先将夫人送回天津再行其事。

前数日李纯即准备带齐燮元等进京面谒总统，表明心迹，被众人劝阻，此次复又被劝阻。

恰在此时，秘书送呈京城发来的两份电报，一为政府国庆授勋李纯为英威上将军令，一为财政部批文，请李纯提财政厅人选。

李纯阅完长叹："我何尝要这劳什子将军，谁又加在我头上，我要它干什么？我不要硬塞给我，我想要做的又行不通，我成了什么东西？"

叹毕，掷电报于地，泪涔涔的。

另据李纯某妾回忆，李纯当日曾对其言："死时之痛苦，无论如何不过刹那之间。苟活人民，蠹国误民，良心上之苦痛久久未已，较之一死之苦痛不知道增却几倍耳。"

又说："什么叫作权位？什么叫作金钱？什么叫作恩爱？一死后都带不去。"

当晚10时许，张季直为财政厅问题派田宝荣来商议。

李纯与田宝荣有多年的交谊，遂直率地对他说，"我命绝不能活，后事决托齐帮办负责，必能继我未了志，务望回通告张四先生，以后全仗大力扶持帮办"云云。

田宝荣以为李纯心情不畅，方出此言，没当回事，只劝慰几句便告退了。

当晚11时，齐帮办进署送稿，事毕退出。

李纯特意送出，并语重心长地对齐说："各事统交代你办，老弟好自为之。"

齐燮元离去后，李纯即伏案作书，王夫人在侧作陪，因不识字，不知其所写为何。

李纯面露难色，不停地抬头看她，似有所思。

后夜已深，王夫人先睡，朦胧中似觉李纯踱至床边，闻声长叹一声，返回己床侧卧。

翌日凌晨4点50分，王夫人梦中闻"砰"一声，又听李纯喉中有痰响，急忙起来观看，但见李纯面色惨变，以为急病发作，忙命人去请须藤医生。

至6时医生赶到，解衣察听肺部时，才发现内衣有血迹，一弹壳在床，手枪在其旁。

众人知事有不好，查至肋下，见一枪眼流血，内脉全断，已不可救矣。

随后检点文件时，在皮包内发现亲笔遗书数封，始知为自杀；遗书之一完于9日，推想原预备"双十"行事，因事有交代未毕，又拖延了一天……

李纯死后，世间传闻甚多。

政府为平息人心，很快就将遗体照片、遗书影印件公开发表了。

通过对当时李纯之处境分析，李纯自杀的可能性是存在的，其中遗书又为有力佐证。

兹录于下，以供世人分辨。

齐省长、齐帮办：

纯为病魔，苦不堪言。求愈无期，请假不准，卧视误大局、误苏省、恨己恨天，徒晚奈何！一生英名，为此病魔失尽，尤为恨事。以天良论，情非得已，终实愧对人民。不得已以身谢国家，谢苏人，虽后世指为误国亡身罪人，问天良，求心安。至一生为军人道德如何，其是非以待后人公评，事出甘心，救留此书以免误会而作纪念耳。

李纯遗书九年十月十日

和平统一，寸效未见。杀纯一身，爱国爱民，素愿皆空。求同胞勿事权利，救我将亡国家，纯在九泉，亦含笑感激也。

李纯别言十月十日

一、代人民叩求浙江卢督军子嘉大哥，维持苏浙两省治安，泉下感恩。

二、代人民恳留齐省长候王省长到苏再交卸，以维地方公安。

三、苏皖赣巡阅一职，并未拜命，即请中央另简贤能，以免贻误。

四、江苏督军职务，以齐帮办燮元代理，恳候中央特简实援，以维全省军务而保地方治安。

叩请齐省长、齐帮佃及全体军政两界周知。

李纯叩遗十月十一日

新安武归皖张督文生管辖，其饱项照章迳向部领，如十月十一月恐领不及，由本署军需科代借拨贰十万元接济，以维军心而安地方。关于皖系可告无罪。此致皖张督军、苏齐帮办查照办。

十月十一日

桂山北手足：兄为病魔，苦不堪言，常此误国误民，心实不安，故寻此下策，以谢国人，以免英名丧尽而留后人纪念。泪下嘱者：

一、兄为官二十余年，廉洁自持，始终如一，祖遗产及一生所得薪公并实业经营所得，不过二百数十万，存款以四分之一捐施直隶灾贩，以减兄罪，以四分之一捐南开大学堂永久基本金，以作纪念，其余半数作为嫂弟合家养活之费。钱不可多留，须给后人造福。

二、大嫂贤德，望弟优为待遇，勿忘兄言。

三、二嫂酌给养活费，归娘家终年。

四、小妾四人，每人给洋二千元，交娘家另行改嫁，不可久留损兄英名。

五、所有家内一切，均嘱弟妥为管理，郭桐杆为人忠诚，托管一切决不误事。

六、爱身为主，持家须有条理，尤重简朴。切嘱切嘱。

兄纯别书九年十月九日

前面所讲的关于李纯自杀的原因，我们在李纯遗书中均可窥得一二。如病魔缠身，求愈无期，苦不堪言；如和平统一，寸效未见，素愿皆空；如开罪苏人，不得已，以身谢国家、谢苏人，等等。

读者还可以看到，李纯自认是爱国爱民之人，生前竭力维护名誉，至死也要保护其"一生英名"。像这种将名誉视为第二生命者，军阀中确不多见。

此外，李纯遗书中，将其遗产一半用于赈灾办学，颇得世人好评。

此举即使有一些沽名钓誉成分，今人亦应承认是一大善举。

不过需补充说明的是，李纯遗产不止 200 万，他在北京、天津有房产众多，地产 100 顷，这些不动产值 220 多万，另有黄金 3300 两、白银 10 万两，现款及股票债券 500 多万。

据原军需科长回忆，李纯所得远不止此数。

由此看来，李所谓的"廉洁自持"是要大打折扣的，或者只是自欺欺人罢了。

对于李纯之死因，除上所述及，还有两种说法尚值一谈——

一说李纯死数日前精神已不正常，言下之意，对自己行为失去控制。

但此说疑点太多，难以自圆。

李纯精神深受刺激，有失常之处，但尚未到已行为不能负责的地步，否则写不出有条有理之遗书。

又说李纯被某妻子情夫所杀，所传情切生动，流播甚广。

此说主要依据是王振中先生在南京政协的一次谈话。

王先生是齐耀琳的外孙，而齐耀琳又是当时江苏省省长，王先生当时是从其母亲或其外公处听说此事的，齐耀琳又何以知晓内情？

据传是李纯家的老花匠亲口告诉他的。

老花匠讲，当日夜晚他在李纯四姨太后窗目睹李纯被刺，并证实伪造自杀一事系帮办齐燮元一手策划，所有遗书皆为李纯秘书周巽之伪造而成。

齐耀琳曾为此事还特意找过伪造遗书的督军秘书周巽之，决心再控虚实。周某虽未承认却显得紧张，并于当日夜间吞食大烟自杀；花匠也在数年后被人追逼跳下西湖。

齐耀琳与李纯虽有隙，还不至于替李编排故事，加之此说有血有肉，颇有传奇色彩，因而被擅作野史者大书特书，甚至添枝加叶，使本来就是一团谜案的李纯之死更加笼罩上一层迷雾。

不过此说也有不少欠当之处。

一个老花匠能看到什么？

李纯死时已是凌晨 4 时 50 分，这么晚了他敢趴到李纯四姨太后窗？

齐耀琳身为省府要员，事情没有查实之前，恐怕也不会信口开河。

毕竟此事有关李纯声誉。更何况当事人没有留下口录各行其是，仅凭一人传说也感欠缺。

督军署不是小家宅院，而是戒备森严，见证人不应只有一个两个啊。

总之，无论有意无意，无论自杀他杀，历史的真相总是遮掩在残根断枝的岁月中。我们不能回避这一点。

最后一点，李纯是军阀群体中少有的几个颇具"自省意识"的枭雄，这样的人死了，比起那些杀人无数、祸国殃民的刽子手来说，李纯的死，我们应该送一个花圈，献上一份应有的同情。

　　谁让你背起历史的重负？
　　谁让你承担岁月的浮尘？
　　看看你带血的手指，
　　你怎能忍心摘下自己的生命？
　　哦，晚祷的钟声响了，
　　不宁的灵魂啊，
　　随泥土一起安息吧！

附录一：中华民国主要军阀名录

中华民国主要军阀名录	
派系	主要人员
皖系	段祺瑞、倪嗣冲、张敬尧、陈树藩、卢永祥、张怀芝、曲同丰、王永泉
直系	冯国璋、曹锟、吴佩孚、齐燮元、王占元、李纯、陈光远、寇英杰、彭寿莘
奉系	张作霖、张学良、张作相、万福麟、马占山、冯占海、郭松龄、杨宇霆、常荫槐
晋系	阎锡山、傅作义、商震、徐永昌
湘系	赵恒惕、唐生智、程潜、谭延闿、何键
滇系	蔡锷、唐继尧、龙云、卢汉
川军	刘湘、邓锡侯、杨森、刘文辉、刘存厚、李家钰、田颂尧
国民一军	冯玉祥、宋哲元、石友三、吉鸿昌、张之江（原直系，后变节自立）
国民二军	胡景翼、邓宝珊、岳维峻
国民三军	孙岳、庞炳勋、刘汝贤
镇嵩军	刘镇华、憨玉琨、张治公
旧桂系	陆荣廷、沈鸿英、林虎、潭浩明、吴荣新
新桂系	李宗仁、白崇禧、黄绍竑、夏威
粤系	（前）陈炯明、邓本殷、（后）陈济棠
黔系	刘显世、王天培、彭汉章、周西成、王家烈、袁祖铭
直鲁联军	张宗昌、李景林、褚玉璞、徐源泉、孙殿英
五省联军	孙传芳、孟昭月、卢香亭、陈调元、白宝山
马家军	马鸿宾、马鸿逵、马麒、马麟、马步芳、马步青、马仲英、马廷贤、马全钦
山东	韩复榘、刘珍年
陕西	杨虎城、郭坚、党玉琨
新疆	杨增新、金树仁、盛世才

附录二：中华民国军阀割据年表

中华民国军阀割据年表			
年份	具体时间节点	具体事件	相关派系
1916	1916 年 6 月袁世凯去世	北洋军阀分裂为以冯国璋为首的直系和以段祺瑞为首的皖系	直系、皖系
1917	1917 年 5 月段祺瑞被免职	皖系煽动十余省区的军阀通电独立，发兵直逼北京	皖系
	1917 年 7 月张勋复辟	段祺瑞讨伐、打败张勋，皖系向日本大借外债、扩充实力	皖系
	1917 年秋"南北统一"战争	段祺瑞发动内战，妄图消灭以孙中山为首的南方护法军	皖系
1918	1918 年 8 月安福国会成立	皖系军阀操控着以安福系议员占绝对多数的新国会	皖系
	1918 年秋皖系一系专制	安福国会选徐世昌为总统，直系、皖系为争夺权力展开激烈斗争	直系、皖系
1919	1919 年 12 月冯国璋病逝	直系首领变为曹锟、吴佩孚，直系、皖系权力争夺日益加剧	直系、皖系
1920	1920 年 7 月直皖战争	皖系被直军和奉军击败，直奉联合控制北京政府，段祺瑞下台	皖系、直系、奉系
	1920 年 8 月粤桂战争爆发	桂军以沈鸿英为攻粤总司令与陈炯明指挥的粤军作战	桂系、粤系
	1920 年 11 月粤桂战争结束	桂军撤出广东，返回广西，第一次粤桂战争结束	桂系、粤系
1921	1921 年 6 月第二次粤桂战争	旧桂系再次出兵广东，旨在重新控制两广地区，仍以桂系失败告终	桂系、粤系

续表

中华民国军阀割据年表			
年份	具体时间节点	具体事件	相关派系
1922	1922 年 4 月 直奉战争	奉军战败，退到关外，直系控制北京政权，推行武力统一	直系、奉系
1923	1923 年 2 月 二七惨案	吴佩孚制造了镇压京汉铁路工人大罢工的二七惨案	直系
	1923 年 6 月 驱逐黎元洪	曹锟在京驱逐黎元洪至天津	直系
	1923 年 10 月 曹锟当选总统	曹锟经贿选窃踞总统职位，直系由此而声名狼藉	直系
1924	1924 年 9 月 第二次直奉战争	第二次直奉战争爆发，奉军获胜	直系、奉系
	1924 年 10 月 北京政变	冯玉祥囚禁曹锟，吴佩孚腹背受敌，率残部仓皇而逃	直系
1925	1925 年 3 月 孙中山逝世	奉系首领张作霖控制北京政权，浙江总督孙传芳成为直系后期最有实力的首领	奉系、直系
	1925 年 10 月	孙传芳组织浙、闽、苏、皖、赣五省联军，以东南五省首领自居	五省联军
	1925 年 10 月	吴佩孚到汉口自称十四省讨贼联军总司令，重新聚集直系势力	直系

续表

中华民国军阀割据年表			
年份	具体时间节点	具体事件	相关派系
1926	北伐战争前夕	孙传芳拥有兵力约20万人，占据着江苏、安徽、浙江、福建、江西等省	五省联军
		吴佩孚拥有兵力约20万人，占据湖南、湖北、河南和陕西东部、河北南部	直系
	国民革命军北伐后	先在湖南、湖北消灭吴佩孚的主力，接着在江西、福建击溃孙传芳军队。不久，直系军队的残部也分别被消灭	国民革命军、直系
1928	1928年6月张作霖被炸死	张作霖在返回奉天时被日军炸死，其子张学良继任奉军总司令	奉系
	1928年12月东北易帜	张学良通电全国宣布东北易帜，服从国民政府，信奉三民主义	奉系
		东北易帜标志着国民政府在形式上完成了全国的统一和北洋军阀割据时期的结束	

后 记

"军阀"一词在《辞海》中的解释是："拥兵自重，割据一方，自成派系的军人或军人集团。""拥有武装部队，并能控制政权的军人或军人集团。"

从这个定义中可以看出，"军阀"大体需要具备以下几个条件：拥有武装，自成派系，割据一方（或控制中央政权）。

在《新华词典》中有关"中国近代军阀"的解释似乎有些变化："拥有军队，霸占一方，为害人民，充当买办阶级、豪绅阶级的代表和帝国主义的走狗。"这表示中国近代军阀，除了具备过去军阀的基本特征之外，还兼有"充当买办阶级、豪绅阶级的代表和帝国主义的走狗"这一"近代"的特色。而对于"国民党新军阀"，有学者认为，主要是指"对1927年反革命政变后，霸据一方，实行反动统治，互相争权夺利的国民党军事实力派的总称"。

事实上，中华民国自成立之日起，由于推派各省都督进行军政治理，为各省军阀有了用武之地。袁世凯死后，北洋军分裂成皖系、直系和奉系。在军阀割据时期，北洋政府的控制权从皖系、直系再更迭到奉系。1928年以后，蒋中正名义上统一了中国，但是各路新旧军阀依然保持了一定的独立性，各种明争暗斗从未停止，对整个中国的历史进程产生了巨大的破坏性影响。

本书所聚焦的21个写作对象都是中华民国时期涌现出来的颇有影响力的新旧军阀，都有着一样的死于非命的历史宿命。这21个非正常死亡的军阀，既是一个时代的缩影，也是1300多个大小军阀生命悲剧的某个侧面。

应当看到，这些为霸一方的乱世枭雄作为中国近代历史上的一个特殊的政治群体，在中国历史进程中留下了不可抹去的一页，这是谁也回避不了和否定不了的。而有关这些军阀的各种史料多如牛毛，因此，如何选择一个恰当的视角，使自己的写作变得真实而富有意义，便成了我最先需要思考的问题。

我最终选定"死于非命的中国军阀"作为切为点，是基于以下三种考虑：

其一，"死亡"如同"生命""爱情"一样，是许多文学作品反复表现的主题。如果说生命是个体的力量的呈示，是暂时的话，那么，死亡则是整体的宿命，是永恒的。写"军阀之死"就是要写死亡的不可回避性和亘古不变的真实性，写死亡的偶然性、悲剧性以及生命的脆弱性。死者虽已矣，但生者应从死者的死亡过程中获得启示，从而更加热爱和珍惜生命，让生命过得更意义。

其二，正如司马迁所说："人固有一死，或重于泰山，或轻于鸿毛。"乱世军阀作为祸乱中国的害群之马，他们的死本不足道，不值得我们去大书特书。但从历史唯物主义观点来看，他们的死既是生命规律的必然，又是中国历史一个侧面的真实反映。某种意义上，他们的死不仅昭示出中国历史的发展走向，而且隐含着许多鲜为人知的秘密，因此，与他们的生一样，他们的死也暗藏着时代的机关，是一个时期的镜像和社会的缩影。更何况，军阀之间亦有区别，不能不加分析而一票否决。对他们的死，也应尊重历史，正确对待。诚如有人指出的那样，他们中有迷信实力者；有兼作政客者；有顽固守旧者；有力图革新者；有纵兵行凶、明夺暗抢者；有稍具良知、不敢妄为者；有圆滑善变、卖国求荣者；也有尚顾民族大义而不屈外侮者……凡此种种，不能一概而论。

其三，本书所写军阀之死均属非正常死亡。死亡是一件可悲的事，不能寿终正寝的死亡是更加可悲的事，而权重一时的枭雄们不能正常的死亡则是更为可悲可叹的事。可以说，每一个军阀的突然死亡都是一场变故，都能从一个侧面真实地反映这段历史。换句话说，本书选择的切入点虽是他们的死亡，但有关他们的身世、发迹和死亡的前因后果无疑更是应写和必写的内容。尤其重要的是，每一个军阀都不是一个孤立的个体，他们所做的不少事情大多与其他军阀有关，都毫无例外地成了中国历史的一部分，展示他们的非正常死亡，其实就是展示一段触目惊心的历史。

在一个又一个血腥的故事中，我慢慢体会到一道关于暴力均衡的残酷的方程式："自身暴力 = 异己暴力。"一个军阀要想维持既定的利益格局，就必须拥有相当强大的暴力，足以抵御异己暴力的侵犯。军阀们大多以暴易暴，大多为权谋，为争利，大多性格暴躁，处于变态与常态、聚合与分裂的人格精神之中。他们的死亡无论是刺杀、处决，还是毒死抑或自杀，都是打破暴力均衡的赤裸裸的游戏。他们用冷凝的血真实地告诉人们：一个野心勃勃、逆天下而为的人，即便一时风光无限，也最终逃脱不了命运的嘲笑和生命的酷刑。

值得指出的是，此书在写作过程中，参考或引用了许多史料或报刊文章，限于体例，我无法一一列出书籍报刊和作者的名字，在此，让我们向这些资料或文章的编辑者、写作者和出版者表示最诚挚的谢意。同时，由于时间匆促，精力有限，书中的遗漏和不当之处不可避免，我真诚地期待广大读者的中肯批评！

2022 年 10 月于长沙岳麓山下静月楼